Der Autor

Robin Becker ist 1975 in Bielefeld geboren. Seit seinem sechzehnten Lebensjahr bereist er mit Rucksack und Feder die Welt. Als gelernter Industriemechaniker zog er 1996 von Bielefeld nach Köln. Ab 2003 studierte er in Potsdam und Bielefeld Sozialpädagogik. 2008 zog er nach Bern, wo die ersten Ideen für diesen Roman entstanden sind und er auf diversen Bühnen Lesungen hielt. Während drei längeren Reisen durch Südindien schrieb er Reisestorys und arbeitete an zwei Roman-Manuskripten. Seit 2015 wohnt Robin Becker in Köln und Berlin und ist freiberuflich als Familienhelfer sowie Autor tätig.

Auf der Seite www.facebook.com/literaturpodium/ veröffentlicht Robin Becker regelmäßig Reisestorys, Shortstorys und Ausschnitte aus seinen Romanen sowie Manuskripten.

Robin Becker

Komfortzone

Roman

5. Auflage (vom Autor überarbeitet) September 2020

Copyright: © Januar 2019 Robin Becker

Umschlaggestaltung: Michael C. Peters, Robin Becker
Cover-Zeichnung: Michael C. Peters

Verlag & Druck: tredition GmbH, Halenreie 40-44,
22359 Hamburg

Impression
Paper: 978-3-347-04203-2
Hard: 978-3-347-04204-9
E-Book: 978-3-347-04205-6

Das Werk, einschließlich seiner Teile, ist urheberrechtlich geschützt. Jede Verwertung ist ohne Zustimmung des Verlages und des Autors unzulässig. Dies gilt insbesondere für die elektronische oder sonstige Vervielfältigung, Übersetzung, Verbreitung und öffentliche Zugänglichmachung.

Bibliografische Information der Deutschen Nationalbibliothek:
Die Deutsche Nationalbibliothek verzeichnet diese Publikation in der Deutschen Nationalbibliografie; detaillierte bibliografische Daten sind im Internet über http://dnb.d-nb.de abrufbar.

E-Mailadresse des Autors: beckerrobin@freenet.de
Webseite: www.facebook.com/literaturpodium/

*Einzig
der
Moment
ist
unsterblich*

I

Der Nebel wurde dichter, verwandelte die Windräder in Säulen einer versunkenen Stadt. Alex drosselte das Tempo und schaltete die Scheinwerfer an. Ich lehnte meinen Kopf an die Scheibe, die angenehm vibrierte, dachte daran, wie Michael rauchend auf dem Balkon gestanden und von Abschied gesprochen hatte, sogar von Wiedergeburt im Sinne eines großen Ganzen. Er hatte gemeint, er sei vorbereitet, schon ganz andere hätten das hinter sich gebracht. Jesus, Humboldt, Einstein, Che Guevara, sogar Oma und Opa. Man würde sich wiedersehen. Ich hatte zu all dem wenig gesagt, nur, dass er die endgültige Diagnose erst mal abwarten solle. Doch das Gesicht des Arztes hatte Bände gesprochen, ebenso, dass Michael auf dem Balkon hatte rauchen dürfen. Am liebsten hätte ich ihm angeboten, diesen ganzen Quatsch hier zu vergessen und mit mir zu kommen, uns würde schon noch was einfallen. Krankenhäuser sind Vororte der Hölle. Aber solche Worte hatten Michaels Gesichtsausdruck und angeschwollener Bauch nicht zugelassen.

Heike hatte gemeint, den Tod gebe es nicht, nur die Angst davor. Sie hatte viele Ängste, aber diese nicht. Ich sollte nicht mehr an Heike, Michael oder sonst etwas Vergangenes denken, ermahnte ich mich. Einfach alles vergessen. Vielleicht sollte ich wieder mit Tagebuchschreiben anfangen? Ein Tagebuch ist wie eine Schatztruhe. Truhe auf, Vergangenheit rein, Truhe zu, fertig, Leben kann weitergehen. Leicht gesagt.

Ich sah zu Alex hinüber. Sein verträumter und dennoch wacher Blick, seine Art mit mir und dem Leben umzugehen, waren mir sehr vertraut. Er hatte mir davon abgeraten nach Bern zu ziehen. Doch nun steuerte er den Umzugswagen, und ich saß daneben und schwelgte in Erinnerungen.

***

Heike stocherte in dem Kartoffelauflauf herum und sagte, dass sie mit Felix geschlafen hat.

„Bitte was?" Ich nahm einen Schluck Sekt. „Mit welchem Felix?"

Sie blickte mich mit traurig glänzenden Augen an. „Dem Leiter meiner Achtsamkeitsgruppe."

Nachdem ich ermittelt hatte, wann der Betrug stattgefunden hatte, meinte ich: „Als ich also über meiner Masterarbeit Blut geschwitzt habe, hast du ‚I fuck Mister Achtsam' gespielt. Und warum sagst du mir das erst jetzt? … Ich rede mit dir."

Was war nur mit ihr los? Ihre Kindheit, ihre Psychomutter. Ihre vorigen Beziehungen. Ihre Pseudospiritualität. Was nur?

„Ich kann verstehen, dass du sauer bist … Aber ich hatte diese Erfahrung gebraucht … Ich weiß jetzt, wer ich wirklich bin –"

In keinem Fall wollte ich ausrasten. Ich beherrschte mich. Ich wollte sie in den Arm nehmen – beinah. Aber nein, ich wollte sie erwürgen, sie mit ihren elenden Selbstlügen, Komplexen und Ängsten, die ja auch meine wurden. Schauen, fühlen, verstehen, missverstehen.

„Ja, was?", setzte ich nach.

Sie reagierte nicht. Mit einer gemächlichen Armbewegung fegte ich den Tisch leer und lehnte mich auf ihn. Heike sah regungslos zu, wie da alles zu Boden krachte und meinte plötzlich, so ginge es nicht weiter, wir täten einander nicht mehr gut, vier Jahre, sie brauche Zeit und so weiter. Ich wollte nichts mehr hören, hob den Arm wie eine weiße Flagge und machte unmenschliche Laute.

„Du machst mir Angst", meinte sie.

Du mir auch, wollte ich sagen.

Sie entfernte sich, lief in meiner Wohnung auf und ab, blieb bald mit vier Plastiktüten voll Sachen an meinem Tisch stehen. Ein kurzer Blick reichte, dann war sie weg.

Am nächsten Tag fuhr ich mit zwei Büchsen Bier und einer Flasche Doppelkorn an meiner Seite mit dem Auto meiner Mutter spazieren. Ich kam gerade an Felix' Wohnhaus vorbei, als mich eine Polizeistreife per Lautsprecher aufforderte, anzuhalten. Kurze Fahrerflucht, zwei rote Ampeln, 1,2 Promille genügten, dass sie mir meinen Führerschein abnahmen. Nachdem ich meinen

Rausch ausgeschlafen hatte, stattete ich Felix einen Besuch ab und wollte ihn zur Rede stellen oder ihm einfach eine reinhauen. Doch als ich dann vor ihm stand und er mich voller Mitgefühl anblickte und mich freundlich hereinbat, war meine Wut verraucht. Wir nahmen vor seinem Aquarium Platz, und er schenkte Bambustee ein. Ein halbes Räucherstäbchen lang redete er über das Ego, das niemals Ruhe gibt, permanent nach Anerkennung trachtet, Angst vor Kontrollverlust hat und wahre Liebe unmöglich macht.

Ich sah währenddessen stumm wie einer dieser bunten Fische ins Aquarium, dachte daran, wie Heike und ich zusammen ein Buch über tantrischen Sex gelesen hatten, das uns zu verstehen gab, wie wichtig es gerade in der Sexualität, aber auch im Alltag ist, dass jeder sehr gut bei sich und beim anderen ist.

„Du hältst dich für erleuchtet, kann das sein?", fragte ich.

Er lachte auf sympathische Weise. „Nein. Aber mir scheint, dass ich allmählich zu mir komme und nicht mehr so sehr unter meinem Ich leide."

„Soll ich dir sagen, was ich von dir denke?", sagte ich mit weicher Stimme.

„Nur zu."

„Du hast das größte Ego von allen und fährst eine schäbige pseudospirituelle Masche, mit der du Frauen verführst."

„Heike und ich sind uns auf einer rein nondualistischen Ebene begegnet."

„Du meinst, ihr habt, während ihr miteinander geschlafen habt, euer Ich abgelegt wie einen alten Mantel?"

Er nickte.

„Na klar. Du mich auch." Ich erhob mich, verließ die Wohnung und knallte hinter mir die Tür zu.

***

Sieben Wochen nach der Trennung hatte ich eine Jobzusage in einer Art Behindertenheim in der Nähe von Bern und sogar übers Internet eine kleine Wohnung gefunden. Meine alte Wohnung war gekündigt, der Nachmieter stand fest, der Umzugswagen mit Hilfe von Unikollegen und den Jungs vollgeräumt, während wir nebenbei eine Kiste Bier geleert hatten.

Alex mochte die Jungs nicht sonderlich. Sie waren für ihn Zurückgebliebene. Er konnte nicht verstehen, warum ich mich gelegentlich noch mit ihnen abgab. Ich mochte sie halt, man konnte wunderbar mit ihnen Doppelkopf spielen, im Park abhängen, Schach spielen, kicken und so Sachen. Sie hatten praktisch immer Zeit. Nur ab und an nicht, wenn sie richtig gut drauf waren, dann kobolten sie mit ihren Instrumenten durch die Straßen und machten avantgardistischen Krach. Dass die Jungs immerzu kifften, gelegentlich LSD nahmen und der Arbeit wenig abgewinnen konnten, verurteilte ich im Gegensatz zu vielen anderen nicht. Schließlich konnte nicht jeder Karriere machen, so wie Alex. Sie waren Außenseiter, die immerhin zusammenhielten, eine eigene Familie darstellten und alles miteinander teilten. Sie erwarteten nur wenig vom Leben. Das ist ja auch eine Leistung.

***

„Helle", hörte ich Alex sagen.

Ich öffnete die Augen. Der Nebel war weg, der Asphalt floss unter dem Fahrzeug dahin. Ich fasste mir an die Stirn, hinter der es unangenehm zog.

„Ich bin müde", gähnte er. „Brauche 'nen Kaffee."

Ich reichte ihm die Cola. Die wollte er aber nicht, weil da keine Kohlensäure mehr drin war. Er bat mich, mit seinem Smartphone nachzuschauen, wann die nächste Raststätte käme. Ich versuchte es, doch das Gerät war mir zu blöd oder ich war es, jedenfalls kam ich mit dem Touchscreen nicht zurecht.

„Dann halt mal das Lenkrad."

Ich beugte mich zu ihm herüber, steuerte den Wagen, was ich nicht so einfach fand.

„Und, was sagt dein schlaues Gerät?"

„Dreiundvierzig Kilometer. Kacke."

„Dann übernimm wieder."

„Ich muss gerade noch meine E-Mails checken."

Ich ließ das Lenkrad einfach los.

„Spinnst du?" Er griff sich das Steuer, wobei sein Smartphone in den Fußraum fiel.

„Schau auf die Straße, Mann!" Ich bückte mich und hob das Smartphone auf.

„Und?"

„Kannst du jetzt wegschmeißen."

„Was? Zeig mal."

Ich schmunzelte, wovon das Ziehen hinter der linken Stirnhälfte stärker wurde.

„Ich brauche das beruflich."

Ich gab ihm sein Smartphone. Er war erleichtert zu sehen, dass es noch heile war und legte es ins Türfach.

„Ich lüfte mal kurz." Ich fuhr mein Fenster herunter, der Fahrtwind wirbelte die Papiere der Autovermietung durcheinander, die auf dem Armaturenbrett gelegen hatten, ich griff sie mir und knüllte sie ins Handschuhfach.

„Das reicht", sagte Alex. „Mir ist kalt."

Ich fuhr das Fenster wieder hoch. Meine Kopfschmerzen blieben unverändert stark. Ich überlegte, Alex zu bitten, an der nächsten Ortschaft abzufahren, damit ich mir Schmerztabletten kaufen und er einen Kaffee trinken konnte, als plötzlich Rauch aus der Motorhaube stieg.

„Was ist das denn jetzt?", sagte Alex.

„Scheiße, das qualmt."

„Das sehe ich auch, Helle."

Er hielt auf dem Seitenstreifen und schaltete die Warnblinkanlage an.

„Wo ist denn das Warndreieck?", fragte ich.

Er fand es hinter seinem Sitz und reichte es mir. Nachdem ich das Warndreieck aufstellen gegangen war, warteten wir, bis es aufgehört hatte zu rauchen und sahen uns den Motor an, der heiß war und knackte. Aus dem Ölstand wurden wir nicht so recht schlau. Jedenfalls war Öl im Motor, wahrscheinlich eher zu viel. Aber an Kühlflüssigkeit mangelte es. Da wir kein Wasser dabei hatten, entschied Alex, den Rest Cola in den Kühler zu schütten, immerhin bestimmt über einen halben Liter. Bis zur nächsten Raststätte sollte es wohl reichen, meinte er. Alex kannte sich zwar wenig mit Autos aus, aber immerhin besser als ich. Wir fuhren weiter, behielten die Temperaturanzeige und die Motorhaube im Auge. Und bald schon hing jeder wieder seinen Gedanken nach. Es dauerte nicht lange, da fing der Motor erneut an zu rauchen, diesmal noch heftiger als vorhin, wir sahen kaum noch die Straße. Andere Fahrzeuge fuhren hupend an uns vorbei.

„Fahr rechts ran."

Alex hielt erneut auf dem Seitenstreifen.

„Siehste, das mit der Schweiz ist doch Mist", sagte er.

„Cola in einen Motor zu schütten, das ist Mist."

„Daran hat es bestimmt nicht gelegen."

„Ruf die Autovermietung an."

„Wo ist das Warndreieck überhaupt?"

„Ach shit, das haben wir vorhin stehen gelassen."

Alex rief bei der Autovermietung an, die meinte, er solle beim ADAC anrufen, was er dann auch tat. Ich stieg aus, lehnte mich an den Wagen und atmete in die flauschigen Wolken hinein, die fratzenhaft vorüberzogen.

Alex kam aus dem Wagen.

„Die sind in ungefähr einer Stunde da. Der Typ meinte, das Ganze klingt nach einem Kolbenfresser. Also Motorschaden."

Trotz der Sonne war es immer noch recht kühl. Ich zog meinen Parka und Alex seine Fliegerjacke an. Wir gingen in ein Nadelwäldchen, die Autobahnbrandung im Ohr, als wäre das Meer in der Nähe. Laut Alex' Smartphone war unweit ein See. Meine Kopfschmerzen waren weg.

„Ich werde mich bei Hanni melden", sagte er, nachdem er zum Pinkeln hinter einem Baum verschwunden war. „Ihr Sekretär hat mir vor ein paar Tagen geschrieben, dass es ihr nicht gut geht."

Als Kind war ich oft bei Alex zu Besuch, hatte das große Haus und den Garten gemocht, der nach dem Unfalltod von Alex' Vater immer mehr verwildert war. In meiner Erinnerung sah ich nun durch einen Türspalt Hanni am Schreibtisch sitzen und hörte die Anschläge auf der Schreibmaschine.

„Was hat sie denn?"

„Herz-Kreislauf und Thrombose."

„Das tut mir leid für Hanni. Grüß sie auf jeden Fall von mir."

Wir gingen weiter.

„Weit kann der See nicht mehr sein, aber wir gehen lieber zurück", meinte Alex.

Von weitem sahen wir, nachdem wir das Nadelwäldchen wieder verlassen hatten, ein Polizeiauto und wie zwei Männer in gelben Westen damit beschäftigt waren, den Sprinter mit einem Kranwagen auf die Ladefläche zu hieven. Eine Polizistin und ein Polizist stiegen aus dem Streifenwagen. Als wir bei ihnen waren, meckerten sie mit uns, weil wir das Fahrzeug verlassen und kein Warndreieck aufgestellt hatten. Alex fragte, ob sie uns ein Stück mitnehmen könnten. Ich nahm meinen Rucksack aus dem Führerhaus und besprach mich mit dem Fahrer des Abschleppwagens. Er gab mir eine Visitenkarte des ADAC und schrieb mir die Telefonnummer vom Schrottplatz auf, wo der Wagen vorerst hingebracht würde.

„Wieso Schrottplatz?", fragte ich.

„Die haben auch eine Werkstatt dort."

Alex rief von unterwegs erneut die Autovermietung an und erklärte einer jungen Frau gereizt, was vorgefallen war und sagte, er brauche einen neuen Sprinter, doch die hatten im Moment kein vergleichbares Fahrzeug. Er drohte, ein Umzugsunternehmen auf ihre Kosten zu beauftragen.

„Davon würde ich Ihnen abraten", hörte ich die Frau sagen. „Sie können sich bei einer anderen Autovermietung einen vergleichbaren Sprinter mieten. Diese Kosten übernimmt dann höchstwahrscheinlich die Autoversicherung, aber nicht von einem Umzugsunternehmen."

„Das werden wir ja dann sehen."

Die Polizisten setzten uns in Worms am Bahnhof ab. Alex versicherte mir, während er am Fahrscheinautomaten zwei Fahrscheine kaufte, dass er sich darum kümmern wird, dass meine Sachen spätestens in drei, vier Tagen bei mir in Bern seien.

Der Zug nach Mannheim rollte ein. Wir setzten uns nebeneinander gegen die Fahrtrichtung. Eine alte Frau, die Alex gegenübersaß, grüßte uns, nachdem wir Guten Tag gesagt hatten. Der alte Mann an ihrer Seite hob kurz seinen Hut und schaute dann weiter den Gang hoch. Die beiden sahen im Kontrast zu den jungen Leuten, die mit ihren Smartphones zugange waren wie urzeitliche Reptilien aus, die auf wundersame Weise überlebt hatten. Irgendwann werde auch ich sehr alt sein, wenn es das Schicksal zulässt, und mich bestimmt sehr fremd in der Welt fühlen, die mir ja schon jetzt mit Mitte dreißig manchmal unbegreiflich und abscheulich vorkommt.

„Willst du jetzt trotzdem noch nach Bern in deine

Wohnung?", fragte Alex.

„Ja klar."

„Soll ich mitkommen?"

„Nein, fahr du mal lieber nach Bielefeld zurück."

Im Mannheimer Hauptbahnhof kauften Alex und ich jeder einen Fahrschein, setzten uns in ein Café und ließen uns eine Portion Kartoffelsuppe und ein Bier bringen. Eine männliche Lautsprecherstimme verkündete lauter Verspätungen wegen einer Gleisstörung. Die Kofferzieher verharrten in der Bewegung, lauschten der Durchsage, einige zogen genervte Gesichter. Mein Zug wurde nicht genannt. Alex kam noch einmal auf den schlechten Gesundheitszustand seiner Mutter und ihren Verein Boykott zu sprechen, der in letzter Zeit stark in die Kritik geraten war.

Ich trank mein Bier aus.

„Man sollte kein Obst und Gemüse aus Spanien kaufen."

Ich verstand nicht, wie er da jetzt drauf kam, eigentlich wollte ich bei dem Thema Mutter nachhaken.

„Die Pflücker sind oft illegale Migranten ohne Rechte, leben in Baracken am Rande der Gewächshäuser, atmen den ganzen Tag diese Pestizide ein und bekommen nur einen Hungerlohn", sagte er.

Ich sah über ihn hinweg auf die Wanduhr.

„Hast du gewusst, dass der fehlende Zugang zu sauberem Wasser weltweit die Todesursache Nummer eins ist? Jährlich sterben deswegen mehr Menschen als durch Aids, Malaria, Kriege und Verkehrsunfälle zusammen."

„Können wir das Thema jetzt mal lassen, mein Zug geht gleich." Ich sah mich nach einem Kellner um.

„Ich übernehme das", meinte Alex.

Wir drückten uns zum Abschied.

„Mach's gut, mein Lieber. Pass' auf dich auf." Er war den Tränen nah.

„Ja, du auch."

„Don't give up!", rief er mir noch hinterher.

Ich hob die rechte Hand, ohne mich umzudrehen. Der ICE hatte erstaunlich wenige Fahrgäste. Ich fand sogar ein leeres Sechserabteil, legte Rucksack und Parka ab und ließ mich auf den Sitz am Fenster fallen. Jetzt gehört mein Leben wieder mir alleine, sagte ich mir, kurz nachdem der Zug den Bahnhof verlassen hatte. In Gesellschaft bin ich mir meistens fremder als ohne. Als würden die anderen einem die Identität zerkratzen. Alex bot da früher eine Ausnahme. Aber auch er hat sich verändert, seit er immerzu mit seinem Architektengeschäft zugange ist. Warum hat Heike der Trennung so schnell zugewilligt? Wahrscheinlich weil sie wusste, dass ich ihr den Seitensprung niemals verzeihen würde. In meiner Fantasie habe ich doch auch manchmal mit anderen Frauen schlafen wollen. Warum machte ich da also jetzt so ein großes Ding draus? Ich atmete durch. Nun kann ich noch mal ganz neu anfangen. Das ist gut. Das Draußen, das Abteil und mein Spiegelbild verschmolzen in der Scheibe zu einer neuen Wirklichkeit.

***

Der Berner Bahnhof glich einer unterirdischen Einkaufsstraße, in der eine spontane Party ausgebrochen war. Ich kaufte mir in einem Kiosk vier Bierflaschen, die vielversprechend Alpenperle hießen, wollte weg von den Partymenschen und mich irgendwo in Ruhe betrinken. Doch überall waren Besoffene, die rauchend vor irgendwelchen Clubs und Bars standen oder mir in den für Bern typischen Laubengängen entgegenkamen. Vor einer von Scheinwerfern angestrahlten Kirche, die grotesk aus der Dunkelheit hervorstach, hielt ich schließlich ein Taxi an. Ich fragte den Fahrer, nachdem uns drei grölende Soldaten kurz an der Weiterfahrt gehindert hatten, ob es hier immer so traurigfröhlich zuginge.

Er schaute mich über den Rückspiegel an. „Wochenend haben frei, nix schaffe, müssen machen Feier. Viel Stress."

Ich hatte mir Bern viel kleiner und weniger belebt vorgestellt. Die Taxifahrt dauerte keine zehn Minuten und kostete mich dreißig Franken, umgerechnet fünfundzwanzig Euro, was ich irrsinnig teuer fand. Ich fragte ihn, ob er in der Nähe ein Hostel oder Hotel kannte, das halbwegs bezahlbar war. Er sah mit seinem Smartphone nach und meinte nach wenigen Sekunden, für siebzig Franken bekäme ich im Hostel ein Bett in einem Viererzimmer. Die Fahrt dorthin würde fünf Minuten dauern. Ich dachte, so ein Köter wie ich, der kann auch ruhig mal ein, zwei Nächte auf dem Boden schlafen und lehnte dankend ab.

Im Dunkeln vor den Briefkästen suchte ich meinen Namen. Helmut Lenk. Wie verabredet lagen meine Schlüssel darin. Ich schloss die Haustür auf, begab mich in die zweite Etage, öffnete die Wohnungstür, ertastete und drückte den Lichtschalter, woraufhin eine Neonröhre hörbar ansprang und eine braun furnierte Einbauküche grell aufflackerte. Das Zimmer mit dem angrenzenden Balkon war etwas größer, als ich gehofft hatte. Ich drehte die Heizung an, die sich gluckernd bemerkbar machte, setzte mich auf meinen Parka wie auf eine Decke, trank mein Bier und wurde immer müder.

Irgendwann erwachte ich krächzend aus einem Traum, in dem ich bewegungsunfähig auf einem harten Boden lag. Ich wusste zunächst überhaupt nicht, wo ich mich befand. Mein Rücken schmerzte, dann fiel mir alles wieder ein. Draußen war es hell geworden. Ich lehnte mich an die Heizung und blickte mich in meinem Zimmer um, das mich an die Ausstellung der leeren Rahmen erinnerte, durch die Heike und ich vor Jahren geturtelt waren. Ich hatte den Sinn dieser Schau nicht verstanden. Heike hatte gemeint, es ginge darum, dass der natürliche Zustand aller Dinge Leerheit sei und der Mensch in einer Illusion gefangen sei.

Aus der angrenzenden Wohnung war Marla Glen zu hören. Ich beschloss nach kurzem Zaudern, meine Nachbarin, die Valerie Lonescou hieß, wie mir das Klingelschild verriet, nach Schmerztabletten zu fragen. Die Musik verstummte, Schritte näherten sich, und die Tür wurde geöffnet. Ich blickte in ein hochwangiges Gesicht, das zerzauste schwarze Haare rahmten.

„Hallo. Ich bin der neue Nachbar … Helle mein

Name." Das Treppenhaus hallte unangenehm.

„Freut mich. Valerie."

„Was ich fragen wollte, hast du eine Schmerztablette für mich?"

„Was hast du denn?"

„Mir tut praktisch alles weh – Kopf, Rücken, Beine, das Herz", sagte ich und zeigte auf die einzelnen Körperteile.

Sie schmunzelte ein Mikrolächeln, verschwand in ihrer Wohnung und reichte mir kurz darauf eine Packung Aspirin.

„Die ganze Packung?"

„Sind nicht mehr viele drin", meinte sie achselzuckend. „Ich kriege das Zeug umsonst."

„Ach so, danke schön." Ich nahm die Packung entgegen. „Bist du Ärztin?"

„Krankenschwester." Sie griff sich mit beiden Händen ins Haar, nicht kokettierend, sondern einfach ihr Gesicht freiräumend. „Also, dann gute Besserung."

„Wo gibt es denn hier den nächsten Supermarkt?"

Sie erklärte es mir umständlich und verwechselte links mit rechts, worauf ich sie hinwies, was ihr unangenehm war.

***

Ich legte mir ein Käse-Baguette, Banane, Eiskaffee und einen Berner Reiseführer in den Korb und ging bezahlen. Auf der gegenüberliegenden Straßenseite des Supermarktes lehnte ich mich an einen Stromkasten, frühstückte, las in dem Reiseführer etwas über die Gurtenbahn und fragte einen Passanten in Anzug und Krawatte nach dem Weg dorthin. Der Mann beschrieb mir den Weg drei Mal, und ich wiederholte drei Mal, dass ich hier nur die Straße nach oben bis zum Ende gehen brauche, dann links und die nächste rechts.

Ich bestieg mit zwei vor Dreck strotzenden Cross-Fahrradfahrern die Seilbahn, die mir auf meine Nachfrage hin durch ihre Helmvisiere erzählten, dass es vom Gurten mehrere coole Abfahrten gäbe.

Als Kinder waren Alex und ich oft mit klapprigen Fahrrädern die Hügel im Teutoburger Wald runter gerast, da gab es noch keine Fahrradhelme und Crossräder, erinnerte ich mich. Heute würde ich mich das wahrscheinlich nicht einmal in der Profiausrüstung dieser Jungs trauen.

Wir wurden ruckartig nach oben gezogen und Bern rückte in immer weitere Ferne. Ein Fuchs kreuzte unseren Weg, den die anderen Passagiere nicht bemerkten. Ich sah ihm nach, wie er elegant in den Wald verschwand, wobei es mir so vorkam, als würde er sich einmal kurz umschauen und mich anblicken. Ich beneidete ihn um seine Schönheit und Freiheit. Wir kamen an einer Kuhweide vorbei, auf der schmutzige weiße Kühe grasten, die übertrieben riesige spitze Hörner hatten, mit denen sie mit Sicherheit in keinen Stall kamen. Die armen Tiere mussten ja hier draußen schon bei jeder Kopfbewegung aufpassen, dass sie einander nicht verletzten oder sich aus Versehen im Zaun verhedderten.

Die Seilbahn kam zum Stehen, und die Türen öffneten sich zischend wie bei einem Raumschiff. Und tatsächlich hatte ich das Gefühl, auf einem anderen Planeten gelandet zu sein. Unfassbar viel Weite und Himmel umgaben mich. Es war spürbar kühler als unten in der Stadt. Eine Minieisenbahn für Kinder fuhr einsam ihre Runde. Der Blick auf den unter mir liegenden Wald wurde durch gusseiserne Plastiken, die an einen löchrigen Käse erinnerten, versperrt. Ich ging ein Stück den Hang hoch dem Himmel entgegen zu Parkbänken, von wo sich mir plötzlich ein Ausblick auf eine Gebirgskette eröffnete, deren schneebedeckten Gipfel Wolken wie Nasenringe trugen. Voller Andacht setzte ich mich auf eine Parkbank und bestaunte das Naturschauspiel und spürte in mir eine wohlige Stille. Ich hätte noch stundenlang dasitzen können, wenn mir nicht irgendwann kalt geworden und eingefallen wäre, dass Samstag war und ich noch wichtige Besorgungen zu erledigen hatte. Auf dem Weg zurück zur Gurtenbahn hielt ich einen Mountainbiker an und fragte ihn, ob er wisse, wie lange die Geschäfte heute geöffnet seien und wo ich eine Matratze herbekäme. Er schaute unter seinem windschnittigen Helm hervor auf seine Armbanduhr und meinte: „Muss ich Schriftdeutsch mit Ihnen reden?"

„Schriftdeutsch? Sie können es mir auch einfach sagen."

„Jetzt haben nur noch der Coop und der Migros im Bahnhof offen, und die verkaufen nur Lebensmittel und Haushaltswaren."

Ich ging durchs Haus und klingelte bei meinen Nachbarn, um mich vorzustellen und zu fragen, wer mir eine Luftmatratze oder Ähnliches leihen könnte. Aber niemand schien zuhause zu sein. Ich stellte mich schon auf eine weitere harte Nacht auf dem Boden ein, als hinter mir in der Wohnung im Erdgeschoss die Wohnungstür aufging und mich eine Frau mit kurzen Haaren grüßte. Aus ihrer Wohnung kam ein intensiver Marihuanageruch. Wir stellten einander vor. Ein kleiner stämmiger südländischer Typ erschien hinter ihr in der Tür, reichte mir die Hand und bat mich in ihre Wohnung, die völlig mit Möbeln zugestellt war. Ganz offensichtlich waren sie Eishockeyfans, denn die Wände waren mit SC Bern-Flaggen, sich kreuzenden Eishockeyschlägern, Trikots und Wimpeln behangen. Ich tat, als würde mir der Grasgeruch nicht auffallen und schilderte ihnen kurz meine Lage. Leider besaßen sie weder eine Isomatte noch eine Luftmatratze, sondern nur ein Schlauchboot. Sie lachten und schauten sich verliebt an. Das könnte ich natürlich haben. Er ging mit mir in den Keller, gab mir das Schlauchboot und trug die Pumpe, sagte, spätestens im Sommer bräuchten sie beides wieder zurück, weil er und seine Freundin es liebten, sich in dem Boot auf der Aare treiben zu lassen. Er half mir, es aufzupumpen. Das Ding war zwar groß, doch mit ausgestreckten Beinen konnte ich nicht darin liegen, also drehten wir es um. Seine Freundin brachte mir sogar eine Wolldecke und ein Sofakissen.

Den Sonntag nutzte ich dazu, dem Flussverlauf der grün leuchtenden Aare zu folgen und mir die Altstadt – samt Bundeshaus, kilometerlanger Laubengänge, Kirchen und Brücken – anzuschauen, die wie aus einem Guss aus olivgrünem Sandstein gebaut war und irgendwie düster und militärisch wie am Reißbrett entworfen wirkte.

***

Nach zwei durchwachsenen Nächten auf dem Schlauchboot war ich froh, als endlich Montag war. Ich kaufte mir für wenig Geld in einem Gebrauchtladen eine Matratze, Stuhl, Tisch, etwas Geschirr, Espressomaschine. Ich fand sogar ein paar Klamotten, die mir gut gefielen. Der Verkäufer sicherte mir zu, diese Sachen am frühen Abend für dreißig Franken von einem Kollegen zu mir nach Hause liefern zu lassen.

Gegenüber von einem Puppengeschäft rief ich von einer Telefonsäule aus bei der Autowerkstatt an. Ich erklärte einem Herrn Schröder, während ich mir beiläufig die Puppen besah, mein Problem, nannte das Autokennzeichen und wollte wissen, wann ich denn meine Sachen abholen lassen könne, als mir plötzlich ein längst vergessenes Puppengesicht ins Auge fiel. Es war Nelly, die Puppe, die auf jede meiner kindlichen Fragen eine Antwort gewusst hatte; die, die die Augen geschlossen, sobald ich sie neben mich hingelegt hatte. Und die, der eines Tages der Kopf abgefallen war, worüber ich bitterlich geweint hatte.

Er meinte kurz angebunden, er sei da gerade nicht im Bilde, sie haben zurzeit viel zu tun, ich solle doch bitte morgen noch einmal anrufen.

„Bitte was? Kann ich bitte mal mit dem Chef sprechen?"

„Das tun Sie bereits."

„Hören Sie, so läuft das nicht."

„Moment, ich nehme Sie mal mit nach draußen … Ich sehe gerade, der Sprinter mit dem genannten Kennzeichen steht hier auf unserem Gelände. Soweit ich informiert bin, hat der Wagen einen Motorschaden beziehungsweise Totalschaden und soll demnächst verschrottet werden. Sie können Ihre Sachen im Prinzip jeder Zeit abholen lassen."

„Danke, ich werde dann noch mal genauer Bescheid geben. Tschüss."

Ich steckte weitere Münzen in den Apparat und wählte Alex' Telefonnummer.

„Hallo."

„Helle hier."

„Helle? … Ach, ich erinnere mich."

„Ha, ha, du Komiker", sagte ich.

Er lachte beherzt. „Wie geht's dir?"

„Soweit so gut."

„Wann fängt die Arbeit an?"

„Zum Glück erst nächste Woche … Hast du ein Umzugsunternehmen gefunden?"

„Ja, klar. Donnerstag um zehn Uhr holen die deine Sachen bei der Werkstatt ab. Am frühen Abend sind sie dann bei dir. Ich schätze zwischen fünf und sechs Uhr."

Ich atmete erleichtert durch.

„Ist das deine neue Nummer?"

„Nein. Warte mal, ich muss Geld nachwerfen."

Die Verbindung war weg, ich hatte kein Kleingeld mehr. Auch egal. Ich kam auf der Suche nach einer Bank am Bundesplatz vorbei, wo junge Leute, die Anzüge und

Krawatten trugen, auf mich zukamen. Einer bat mich, von ihnen mit dem Bundeshaus im Hintergrund ein Foto zu machen und reichte mir eine kleine Digitalkamera. Ich knipste sie, gab dem Mann seine Kamera zurück und fragte ihn, ob er wisse, wo die nächste Bank sei. Er lachte, öffnete prophetisch die Arme, sah sich um, meinte, wo man hinschaue, ich könne mir eine aussuchen. Jetzt sah ich es auch, der Bundesplatz war abgesehen vom Bundeshaus geradezu von Banken umstellt.

Ich betrat das Gebäude der Post Finance und richtete bei einer Frau, die wie Nelly mit den Augen klimperte, ein Konto ein. Zudem bestellte ich einen Telefon- und Internetanschluss und kaufte das billigste Festnetztelefon. Zur Belohnung bot die eloquente Verkäuferin mir 20 Prozent Ermäßigung auf einen Mini-Laptop an, den ich ebenfalls nahm.

„Wollen Sie auch ein paar Rubbellose? Wenn Sie neun kaufen, bekommen Sie eines gratis", sagte sie.

Ich nickte und machte mich gleich ans Rubbeln.

Die letzten drei ließ ich von ihr aufrubbeln – es brachte nichts. Sie empfahl mir ein besonders handliches Handy, erklärte einen Haufen Vorzüge.

„Das klingt verlockend. Ich nehme es, wenn Sie mit mir essen gehen", schlug ich vor, obwohl die Frau mir unlebendig und steif vorkam. Aber manchmal muss man halt probieren, was beim anderen Geschlecht geht, sonst rostet man ein.

Sie klimperte weiter mit den Augen. „Ich bin nur die Post."

„Ach so, das habe ich mir schon gedacht. Wegen dem Horn auf der Brust und so."

Sie versuchte mir noch dies und das aufzuschwatzen.

„Ist gekauft", unterbrach ich sie. „Sie haben vollkommen recht. Ich habe mir das redlich verdient. Neue Stadt, neuer Mensch, neues Handy. Ich hab's ja. Oder werde es noch verdienen."

Im Kaufhaus nebenan kaufte ich dann noch eine Bettdecke, Bettzeug, Handtücher und Unterwäsche.

***

Ich rief meine Mutter an und erzählte ihr von dem Motorschaden und den ersten Eindrücken von Bern.

„He-ll-le", hörte ich im Hintergrund meinen Vater undeutlich sagen. Ich schloss kurz die Augen, sah meinen blinden Vater, wie er im Rollstuhl saß und der Sprechanlage lauschte, erinnerte mich daran, wie wir vor einer Ewigkeit zusammen mit dem Auto nach Amsterdam gefahren waren.

Bei frühlingshaftem Sonnenschein hatte ich ihn an Kanälen entlanggeschoben, hatte die Boote, die da schipperten und ruhten, zunächst als romantisch, touristisch, praktisch – später als stolz, geduckt, häuslich, stur, traurig, lustig, verliebt beschrieben. Die Brücken hingegen sahen meistens wie farblose Regenbögen aus, so weit war ich irgendwann vor Erschöpfung. Es war schön, ihm konnte ich praktisch jeden spontanen Einfall ungefiltert unterbreiten. Er verurteilte mich nie für mein Geschwätz, fand mich gar witzig, egal was ich für einen Unsinn von mir gab.

Am frühen Abend schob ich meinen Vater durch eine

düstere Kirche. Wir schmatzten englische Weingummis, und ich flüsterte, dass Gott ein Arschloch sei, weil er seinen Sohn geopfert hat. So etwas würdest du nie machen, habe ich recht?

Ein Priester schwebte heran und bat uns, hier drinnen nicht zu essen und leiser zu sein. Ich wurde dann tatsächlich immer stiller, als wir nicht weit von der Kirche an Schaufenstern vorbeikamen, hinter denen sich halbnackte Damen räkelten. Mein Vater musste dringend auf Toilette. Ich wusste, länger als vier Minuten würde er den Stuhlgang nicht zurückhalten können. Also schob ich ihn in die erstbeste Bar, einen Coffeeshop, total verraucht. Die Leute darin waren nicht gerade erfreut uns zu sehen. Als ich meinen Pa endlich vom Rollstuhl auf die winzige Toilette verfrachtet hatte, war bereits alles zu spät. Ich zwängte mich zwischen seine Beine, zog ihm die Hose und die vollgeschissene Windel aus, während er sich den Bart kraulte. Jemand klopfte an die Tür. Ich putzte meinem Vater gerade den Hintern ab, brauchte Unmengen Papier, versuchte Ruhe zu bewahren, wühlte aus meinem Rucksack eine neue Windel hervor, zog sie ihm an. Wieder dieses Klopfen, diesmal lauter.

„Just a moment, please!", rief ich.

Je mehr ich mich beeilte und an an meinem Vater herumzerrte, desto brummeliger lachte er.

„Hilf mal mit", forderte ich ihn genervt auf.

Er legte mir seine Arme auf die Schulter und zog sich einen hochroten Kopf bekommend in die Senkrechte.

„Ja, so ist gut."

Jemand hämmerte jetzt regelrecht gegen die Tür, sagte etwas, das ich nicht verstand. Ich brauchte nur noch diese verdammte Hose zuzuknöpfen, dann war es geschafft.

„Bauch einziehen oder meinen Fußball ausspucken", sagte ich.

Er lachte wieder, hatte seinen Spaß, na immerhin. Ich betätigte die Spülung. Die Toilettenschüssel lief voll Wasser, Papier und Scheiße wirbelten durcheinander, ohne abzufließen. Bauch an Bauch stand ich mit meinem Vater, stocherte mit der Klobürste in der widerlichen Kloschüssel herum und fluchte, während mein Vater mir versuchte zu erklären, dass die Toilette bestimmt verstopft sei. Ich betätigte noch einmal die Spülung, das war allerdings eine dumme Idee, denn die Kloschüssel lief über.

„O Scheiße, Mann!", rief ich, öffnete die Toilettentür, schob meinen Vater aus der Pfütze vor die Tür, wo ein tätowierter Skinhead-Typ entsetzt an uns vorbei in seine geflutete Toilette schaute. Ich entschuldigte mich für die Sauerei, die wir verursacht hatten, bat um einen Aufnehmer, doch der Typ meinte aggressiv, wir sollten verschwinden, aber ganz schnell.

Vom vielen Rollstuhlschieben und Erzählen was in der Welt der Amsterdamer vor sich ging, wurde ich hungrig und begab mich mit meinem Vater in die nächste Bar. Wie sich herausstellte, war es wieder ein Coffeeshop. Eigentlich wollten wir nur etwas essen, aber außer Erdnüssen gab es nichts. Also bestellte ich Super Skunk, Erdnüsse und Kaffee. Mein Vater wollte auch mal ziehen. Da er wegen seiner Krankheit nach zwei, drei Minuten immer vergaß, was wir gerade erlebt hatten, erzählte ich ihm mehrmals von unserem Drama auf der

Toilette, worüber wir uns jedes mal vor Lachen bepissten, mein Vater im wahrsten Sinne.

Draußen lag inzwischen alles in einem gelblichen Schummerlicht, dazu die lebendigen Schaufensterpuppen. Ich wusste nicht mehr, wo ich den Wagen geparkt hatte, alles sah gleich aus, es war zum Verzweifeln, selbst mein Vater blickte den Ernst der Lage. Dabei hatte ich mir extra den Namen der Straße gemerkt, irgendetwas mit Uver.

Es dauerte nicht lange, da hatte mich eine von den Damen in den Schaufenstern davon überzeugt, dass ich mit ihr eine Nummer schieben sollte. Meinem Vater sagte ich nichts. Ich ließ ihn hinter einem Vorhang zurück, damit ich ihn nicht sehen konnte und zog mich für die hübsche Brasilianerin aus. Nach nicht mal zehn Minuten war ich gekommen und der Spaß vorbei. Das Geld war zum Fenster raus, und ich hatte ein schlechtes Gewissen.

„Hallo mein Lieber!", rief ich ins Handy. „Wie geht's dir?"

Stille. Dann ein leises: „Gu-ut."

„Bei uns ist alles beim Alten, mein lieber Sohn", meinte meine Mutter. „Unser letztes Gespräch über Michael ist mir sehr nahe gegangen."

„Ich weiß, tut mir leid", sagte ich zärtlich.

„Ich vermisse ihn sehr."

„Ich ja auch."

Es läutete.

„Ich muss Schluss machen. Mir werden jetzt ein paar Möbel und so geliefert."

***

Ich ging an die Aare runter. Etwas oberhalb einer jungen Frau, die auf einem Steinblock hockte, blieb ich stehen und beobachtete sie. Sie piddelte an ihren Zehen herum, blickte gedankenverloren von der Mappe zu ihren Füßen auf das vorbeistrudelnde Wasser, während ihre Lippen stumme Sätze formten.

„Dürfte ich kurz mal stören?", sagte ich.

Sie sah mich geistesabwesend an. „Mich?"

Ich blickte mich um, als suche ich die vielen anderen, die ich gemeint haben könnte. „Kennst du dich hier aus, ich suche den Tierpark?", fragte ich sie, obwohl ich wusste, wo der war.

„Nö, weiß ich nicht. Entschuldige bitte, ich habe gleich ein Vorsprechen bei der Schauspielschule." Sie schaute in Richtung eines alten Fabrikgebäudes, das hinter einer Reihe kahler Pappeln zu sehen war.

„Oooh lala."

„Da hinter der Dampfzentrale ist jedenfalls das Marzilifreibad. Das ist umsonst." Sie zeigte flussabwärts auf ein geöffnetes Tor im Zaun. „Wobei im Moment kein Wasser in den Becken ist – zu kalt."

„Für Anfang April geht es."

Sie schaute wieder auf ihren Text, als wäre ihr etwas Wichtiges eingefallen. Ich stieg über die Felsbrocken an die Wasserkante und hielt meine Hand in die Strömung.

„Zehn Grad", sagte sie ohne aufzublicken.

„Eher weniger, würde ich sagen."

„Steht im Freibad auf 'nem Thermometer."

Ich blickte dem Verlauf des Flusses nach, sah hinter dem Freibad auf einer Anhöhe das Bundeshaus, das dickbäuchig übers Land schaute. An der Stirn trug es ein Band mit lauter Wappen von Kantonen drauf.

„Der Bärengraben ist jedenfalls unterhalb von der Altstadt", meinte sie. „Doch da willst du bestimmt nicht hin."

„Wieso nicht?"

„Viele Touristen dort. Und ein Bär in einem Loch, der mit Möhrenstücken beworfen wird."

„Ach du Scheiße, da treiben ja Menschen im Wasser."
Sie blickte auch hin. „Schweizer halt."

„Sehr alte Schweizer sogar ... Zehn Grad, sagst du?" Ich winkte den beiden, die fröhlich zurück winkten, während sie vorbeitrieben. „Krass, das ist Schmelzwasser, wenn mich nicht alles täuscht."

Sie war schon wieder in ihrem Text vertieft. Nur der Fluss war zu hören.

„Na dann viel Glück." Ich wandte mich ab, ging flussaufwärts und dachte an die Jungs, die gerade bestimmt bei Thomas abhingen, der mal auf einer Schauspielschule studiert und nach vier Semestern abgebrochen hatte, weil er sechs Tage die Woche an Seminaren, Proben und Theateraufführungen teilnehmen musste und sich ohne genehmigten Urlaub nicht weiter als dreißig Kilometer von der Hochschule entfernen durfte.

Auf der Fußgängerbrücke, die über die Aare führte, rief ich bei der Kfz-Werkstatt an und bat, Herrn Schröder sprechen zu können, ich wollte ihm Bescheid geben, dass meine Sachen am Donnerstag abgeholt werden.

„Herr Schröder hat seit gestern Urlaub", sagte er

mürrisch. Im Hintergrund schien einer Metallstücke umzurühren.

Ich erklärte ihm, dass es um die Klamotten in einem weißen Sprinter ginge, der letzte Woche abgeschleppt worden sei, nannte meinen Namen und das Nummernschild des Fahrzeugs.

„Warten Sie."

Nach einer Ewigkeit des Wartens wurde es mir zu blöd und ich schrie immerzu Hallo gegen diesen verdammten Lärm an, wollte gerade auflegen, als der Typ laut in den Hörer schnaufte, das Fahrzeug habe man heute Morgen verschrottet.

„Was, wieso das denn?"

„Die Reparatur wäre teurer gekommen, als der Wagen wert ist.

„Ja, und meine Sachen?"

„Hat man leider übersehen."

„Übersehen?"

„Ja, Riesensauerei. Die neuen EU-Verordnungen verlangen noch striktere Trennung. Wir mussten den Wagen aufschneiden."

„Moment mal. Sie meinen, Sie haben meine Sachen alle verschrottet?"

„Ich nicht."

„Meine Stereoanlage, meinen Computer, mein Fahrrad, meine Bücher –"

„Hören Sie!"

„Meine Tagebücher, meine Fotoalben, meine braune Lederjacke."

„Ich kann da nichts für."

„Der Herr Schröder, der hat mir zugesichert –"

„Tut mir leid."

„Mein Sekretär!", brülle ich. „19. Jahrhundert, ein Erbstück von meinem Großvater."

„Ich schlage vor –"

„Ja was?"

„Das ist Angelegenheit der Versicherung."

„Welcher Versicherung?"

„Keine Ahnung. Ihrer Autoversicherung."

„Was ist das überhaupt für ein Scheißlärm?"

„Was?"

„Sehr laut da bei Ihnen."

„Die gute Trennmaschine, Wilma, auf dem neusten Stand."

„Können Sie mir bitte schriftlich mitteilen, dass Sie versehentlich den Inhalt des Sprinters mit verschrottet haben."

„So etwas machen wir nicht. Das hier ist ein Schrottplatz und eine Kfz-Werkstatt, keine Anwaltskanzlei. Ich muss jetzt arbeiten."

„Jetzt warten Sie doch mal."

Er legte einfach auf.

Ich rief Alex an, sprach auf seinen Anrufbeantworter, dass diese Schrottplatzidioten meine Sachen verschrottet haben, und gab meine neue Telefonnummer durch.

II

Um zwölf sollte ich in Jegenstorf bei der Wohngruppe für psychisch und geistig beeinträchtigte Menschen sein, die den Namen „Die Insel" trug. Ich bekam mit Google Maps heraus, dass die S-Bahn zwanzig Minuten bis dahin brauchen würde und ich vom Bahnhof noch fünfzehn Minuten zu gehen hätte.

Ich versuchte, mich auf meinen ersten Arbeitstag zu freuen, sagte mir, so eine neue Herausforderung und ein bisschen Struktur würden mir bestimmt gut tun. Doch ich hatte auch eine Heidenangst vor dem, was da vor mir lag. Weil ich konnte mir im Moment noch nicht im geringsten vorstellen, von nun an dreißig Stunden die Woche irgendwo in der Pampa bei depressiven Menschen anzutreten, die meine volle Präsenz und Aufmerksamkeit fordern würden. Ich hatte ja wahrhaft genug eigene Probleme, fühlte mich einsam und verlassen, hatte keine Kohle und war über den Verlust all meines Hab und Guts noch lange nicht hinweggekommen.

Ich blickte mich in meinem kahlen Zimmer um, in dem nur eine Matratze, Bettzeug und ein paar Klamotten lagen, und dachte an all die Sachen, die mir mal gehört hatten und mich in gewisser Weise getragen und ausgemacht hatten. Wobei ich auch durchaus die Chance in meiner gegenwärtigen Situation sah, mich vollkommen neu zu erfinden. Doch das war mir im Moment nur ein schwacher Trost. So ein Leben muss gelebt werden, das kann man sich nicht ausdenken. Ich nahm mir dennoch vor, egal, was auch passieren würde, entspannt und mir treu zu bleiben. Und offen und mutig wollte ich sein.

„Von meinem ersten Lohn werde ich mich neu einrichten", sagte ich mir. Ich machte mir Porridge mit Banane und Apfel, zog einen dicken Pullover an und stellte meinen Stuhl auf den Balkon, wo ich frühstückte. Unter mir blühte und duftete seit ein paar Tagen irgendein Obstbaum. Die Sonne brach durch die Wolken hindurch. Der Frühling kommt, dachte ich. Schön. Ich schloss die Augen, genoss die wohlige Wärme und lauschte dem Vogelgezwitscher.

Zwei Stunden später klingelte ich schließlich nach einem Spaziergang an Feldern entlang, die kürzlich gedüngt worden waren, an einem großen Fachwerkhaus, über dessen Einfahrt „Die Insel" geschrieben stand. Eine adrett gekleidete Frau um die fünfzig, die sich mir als Claudia vorstellte und meinte, sie sei die Gruppenleiterin, bat mich freundlich herein.

„Schön hier", sagte ich.

Sie lächelte. „Hast du es gut gefunden?"

„Ja, danke."

Sie stellte mir in der Diele ihren Ehemann, Uerli, und

zwei Kolleginnen vor, die Karin und Susanne hießen.

„Hast du dich schon in Bern eingelebt?"

„Ja, sehr nett da", log ich. „Ich wohne oberhalb vom Gaskessel in der Nähe des Marzilibads."

„Ach, schön da", meinte Karin, die wahrscheinlich etwas jünger als ich war und die anderen drei um mindestens ein, zwei Köpfe überragte. „Dann hast du es ja auch nicht weit zur Aare."

„Ich liebe diesen Fluss."

„Wie alle Berner", lächelte Claudia.

Zunächst zeigten die vier mir das Vorderhaus, das offensichtlich kürzlich neu renoviert worden war, die Werkstatt, für die Uerli den Schlüssel vergessen hatte, und den weitläufigen Garten. Uerli fragte mich auf Schweizerdeutsch, ob ich dies verstünde, wenn ich sein Kauderwelsch richtig interpretiert hatte. Er erinnerte mich mit seinem Schnauzbart an einen für mich typischen Italiener aus den Siebzigern.

„Nur ein bisschen", beantwortete ich seine Frage.

„Das wird dann schon mit der Zeit kommen", meinte Karin.

Uerli verdrehte sichtbar amüsiert die Augen und schlug vor, ich könnte ja einen Sprachkurs belegen.

„Ja, warum nicht", erwiderte ich.

„Die meisten der Bewohner sprechen eigentlich ein verständliches Deutsch", meinte Susanne, die etwas Mütterliches ausstrahlte. Ihr Alter fiel mir schwer zu schätzen. Da sie einige Kilogramm Übergewicht hatte, sah ihr Gesicht deutlich jünger aus, als es wahrscheinlich war.

„Spreche ich denn auch ein verständliches Deutsch?", fragte Uerli spöttisch.

Claudia sah ihren Ehemann streng an, der sich kurz darauf von uns verabschiedete.

Danach wurde ich in den Speisesaal geführt, wo mir sechs der insgesamt acht Bewohner vorgestellt wurden, von denen zwei gerade damit beschäftigt waren, den Tisch zu decken.

„Hey Leute, ich freue mich, euch in Zukunft kennenzulernen", sagte ich. Was Besseres war mir spontan nicht eingefallen.

Sie blickten mich mit versteinerter Miene an.

„Wie geht es euch?"

Allgemeines Gemurmel. Ein schmächtiger Mann, der gerade eine Patience legte, fragte mich, ob ich denn aus der Zukunft komme.

Claudia und Karin lachten.

Ich schmunzelte und dachte an den Film *Der Mann, der vom Himmel fiel* mit David Bowie, und so fühlte ich mich auch gerade – als käme ich aus einer völlig anderen Welt.

„Schön habt ihr es hier", lobte ich. „Das war hier früher bestimmt mal ein traditionelles Gutshaus mit Bauernhof und so."

„Hier wurde vor zwei Jahren alles umgebaut und renoviert", erklärte mir ein Bewohner, der offensichtlich das Downsyndrom hatte.

Claudia verabschiedete sich bis später. Kurz darauf klingelte es an der Haustür und das Essen wurde von zwei jungen Männern hereingebracht, die es ziemlich eilig hatten. Es gab Salat, Spaghetti mit Bolognese und Pudding zum Nachtisch.

Eine ältere Bewohnerin erzählte mir bei Tisch, dass

sie zurzeit in der Werkstatt Holzfiguren und Traumfänger basteln würden.

„Toll! Und macht das Spaß?", fragte ich.

„Manchmal."

Nach dem Essen wurde gemeinsam die Küche aufgeräumt und dann Uno gespielt. Ich trank einen Kaffee nach dem anderen und versuchte so gut es ging, mich auf mein neues Umfeld einzulassen. Irgendwann holte Claudia mich zu sich ins Büro, wo sie mich über die Arbeitszeiten aufklärte und mir eine Kopie des Schichtplans vorlegte. Ich war heilfroh, dass die Nachtbereitschaft immer sie und ihr Ehemann abhielten, denn die beiden wohnten direkt im Nebengebäude. Meine Aufgabe sollte in der Hauptsache sein, die Bewohner im Alltag zu begleiten, zu unterstützen und ihnen mit psychologischem Rat beizustehen.

***

Es war ein sonniger 1. Maifeiertag gewesen mit Musik, als plötzlich in Kreuzberg ein Trupp Polizisten in Kampfmontur und mit knirschenden Gelenken übers Festgelände marschierten, erinnerte ich mich kurz nach dem Aufwachen, noch halb träumend. Ich war mit Steffen und Bolle unterwegs gewesen, die mit mir die Ausbildung bei den Berliner Stadtwerken machten. Wir hielten uns an unserem Dosenbier fest wie wohl die meisten hier. Reihenweise sahen und hörten wir, wie Dosen knarzend zerquetscht wurden. Und es brauchte nicht lange, bis einer die erste schmiss. Von da an gab es ein heilloses

Durcheinander, zu meinem Glück, denn mir fiel dabei dieses bezaubernd aufgebrachte Fräulein mit den rotblonden Haaren, die ihr wie Flammen um den Kopf standen, in die Hände. Ich beruhigte sie ein wenig, und sie hielt mich wiederum davon ab, mich in das Getümmel zu stürzen. Eine Wolke Tränengas zog auf. Gemeinsam liefen wir davon.

Die Rothaarige stellte sich mir als Mareike vor. Wir waren vom ersten Moment an unzertrennlich, redeten viel miteinander – so kannte ich mich noch gar nicht, so überzeugt und gelöst plappernd. Ich wusste plötzlich über Dinge Bescheid, von denen ich überhaupt keine Ahnung haben konnte. Ich lief zur Höchstform auf, die Erkenntnisse kamen mir praktisch während des Redens, alles schien zunächst so einfach zu sein in Mareikes Nähe.

Ich bewohnte nur ein Zimmer, Küche, Bad, dennoch zog sie bereits nach einer Woche mit ihrer Couch, fünf Müllsäcken voll Klamotten und zwölf Kartons voll philosophischer, soziologischer, historischer Sachbücher und Romane, die sie von ihrer Großmutter, einer unbekannt gebliebenen Schriftstellerin, geerbt hatte, bei mir ein. Mareike wollte wie ihre Oma Romanautorin werden, las viel, redete gerne, war sehr unternehmungslustig, schrieb jedoch nie – dazu sei die Zeit noch nicht reif, meinte sie.

Schon bald war ich auf beinah jeden Typen eifersüchtig, mit dem Mareike sich auch nur unterhielt. Anfangs fand sie mein entsprechendes Verhalten süß, später eher abstoßend. Ich arbeitete an mir, begriff allmählich, dass ich kein ausgeglichenes Selbstwertgefühl und daher Verlustängste hatte, gab Mareike mehr Freiheiten und übte mich im Vertrauen fassen. Nachdem aber dummerweise ich sie mit dazu einer guten Freundin von ihr betrogen hatte, machte sie mit mir Schluss.

Als ich vor vier, fünf Jahren einmal gegoogelt hatte, was aus Mareike geworden war, erfuhr ich, dass sie nun mit einem französischen Bildhauer zusammen war, der zwanzig Jahre älter war als sie, und dass sie gerade einen Kurzgeschichtenwettbewerb gewonnen hatte. Ihre Story handelte von einer Frau, die dem Scheiterhaufen entgegensah und ihr kurzes Leben rekapitulierte. Ein Leben voller Romantik, Exzesse und Träume. Sehr surreal geschrieben. Die Sätze gingen wild ineinander über und ergaben oft keinen Sinn, weil nicht verständlich war, was die Frau wirklich erlebt und was sie fantasiert hat. Wunderbar.

Ich könnte sie jetzt erneut googeln, ihre Telefonnummer herausfinden und einfach anrufen, überlegte ich. Sie würde sicherlich aus allen Wolken fallen. Damals nach der Trennung hatte sie mir gesagt, ich solle sie nie mehr anrufen. Und als ich herausbekommen hatte, dass sie bereits zwei Monate nach mir einen neuen Freund hatte, war ich Hals über Kopf von Berlin nach Bielefeld zurückgezogen.

Aufstehen, ein neuer Tag beginnt. Das Leben ist keine Tagträumerei, sagte ich mir, und startete voll durch. Ich setzte einen Espresso auf, machte Milch warm, kochte zwei Eier, schmierte mir ein Marmeladenbrot und war nach zwei Bissen schon satt. Mir ging es beschissen, da brauchte ich mir nichts vorzumachen.

***

Uerli leitete die Behindertenwerkstatt, wo ich gerade hingegangen war, um ihn zur Teamsitzung zu holen. Er meinte auf Schweizerdeutsch, er müsse nach Biel, und brummelte noch etwas vor sich hin, das ich nicht verstand. Nachdem ich Claudia gesagt hatte, dass ihr Mann nicht kommen könne, weil er gleich in Biel einen Termin habe, durchzuckte ihr Gesicht ein tiefliegender Schmerz.

In der Besprechung ging es in der Hauptsache um eine Bewohnerin, die laut Claudia unbedingt lernen müsse, sich an die Arbeitszeiten zu gewöhnen. Ich nahm mir einen Keks aus der Schüssel.

„Das sehe ich genauso", sagte Susanne. „Außerdem hat sie mit ihrer Undiszipliniertheit schon die anderen Bewohner angesteckt."

„Ich kann ja mal mit ihr sprechen", schlug Karin vor. „Und ihr Konsequenzen androhen."

Ich stöhnte versehentlich. Die drei Damen schauten mich irritiert fragend an. Ich schlug die Beine übereinander, kaute den Keks zu Ende, putzte mir den Mund ab und sagte: „Worum geht es hier eigentlich?"

Die Augen meiner Kolleginnen weiteten sich.

„Doch wohl in erster Linie darum, dass sich unsere Bewohner wohlfühlen."

„Wohlfühlen?", entfuhr es Claudia.

„Genau."

„Wenn es nur nach ihrem Wohlbefinden ginge, würde jeder kommen und gehen, wann er will. Sie brauchen Regeln, an denen sie sich orientieren können, eine Aufgabe und Ziele."

„Ich meine nur, es ist schwierig zu sagen, was jemand anderes wirklich braucht."

„Bevor jeder hier eingezogen ist, hat er eine Heimordnung unterschrieben." Claudia schaute Susanne und Karin abwartend an, die zustimmend nickten.

„Trotzdem finde ich, sollten wir ihnen mehr Freiheiten lassen. Disziplin ist nicht alles im Leben."

„Das sagt ja auch keiner."

Für mich war der Fall klar. Es ging um Kohle, und zwar in doppelter Hinsicht. Zum einen bekam Claudia für jeden Bewohner Geld von der Invalidenversicherung, reichen Verwandten und dem Sozialamt, und zwar gar nicht einmal wenig, wie ich mal auf einem Kontoauszug gesehen hatte. Zum anderen mussten die Bewohner Dinge anfertigen, die Claudia und Uerli „Geistige Kunstwerke" nannten und teuer in der Berner Altstadt verkaufen ließen. Und eine Bewohnerin, die da lieber länger im Bett lag, Fernsehen guckte und Socken häkelte, entsprach nicht ihrem Firmenkonzept.

***

Meiner Nachbarin war ich schon länger nicht mehr begegnet. Die wenigen kurzen Gespräche zwischen uns hatten immer im Treppenhaus, einmal im Waschkeller stattgefunden. Das letzte Mal hatte ich das Gefühl gehabt, sie erwidere ein bisschen meine unbeholfenen Flirtversuche, und hatte sie gefragt, ob sie Lust habe, mit mir was trinken zu gehen. Doch sie meinte nur, sie habe keine Zeit, vielleicht ein anderes Mal.

Immer ein anderes Mal, dachte ich. Ein Gedicht musste her, eines das mir aus der Seele sprach. Ich tat mich sehr schwer, wollte ehrlich sein.

Einsam bin ich
Ach so -
Frei gewählt
Ach so -
Der Stimme fern
Ach so -
Denke nur
Ach so -
Der Blick gekrümmt
Ach so -
Wünsche flau
Ach so -
Und bin ich wach
Was nun -
Treibe fort.

Mag mein Lauschen mich trügen, mir scheint es jedenfalls, als ob hier niemand niemandem zu nahe treten wolle. Eigentlich ein netter Akt, aber irgendwie auch traurig. So liegt immer eine leicht gedrückte Stimmung in der Luft. Vielleicht bin ich es auch nur, der bedrückt ist? Das Wort „Also" sagen die Schweizer immer dann, wenn sie ein Gespräch bald beenden wollen. Ich höre es sehr oft. „Mau, mau" ist ebenfalls eine beliebte Floskel. Sie bedeutet so viel wie: Ja, ja. Das kann aber auch genauso gut nein, nein bedeuten. „Oder?", sagt man, wenn man wissen möchte, ob jemand einen verstanden hat, beziehungsweise man einer Meinung ist. Dieses

Wort spricht man sehr langsam, langgezogen und komisch krächzend aus wie beinah alle Worte. Nichts für meine Stimmbänder.

Ich starrte auf mein Gekritzel und zerknüllte das Blatt Papier.

Meine Kindheit war eigentlich schön, setzte ich erneut den Kugelschreiber an. *Auch wenn wir wegen seiner Behinderung niemals in den Urlaub gefahren sind. Ich habe ihm lange gewünscht, er würde gesund werden, und phasenweise machte er auch Fortschritte. Da sah ich das ersehnte ferne Land schon kommen, doch es war ein zähes Auf und Ab. Oft kniete ich an seinem Rollstuhl, ließ mir den Kopf krabbeln und erzählte, was in meiner Welt so vor sich ging. Je öfter ich sie wiederholte, desto weniger wahr erschienen mir meine Geschichten, ja sogar der Moment des Erzählens selbst. Vor ihm hatte ich so gut wie keine Geheimnisse. Er war ein guter Zuhörer, hat mich nie verraten und hätte es auch nicht getan, wenn er noch gewusst hätte, was es zu verraten gegeben hätte. Jetzt war alles weg. Die ganze verdammte Kindheit futsch. Wenn der Tag des Vergessens kommt, dann ...*

Das brachte doch alles nichts. Ich legte den Stift beiseite.

***

Susanne stellte mir meinen Kaffee hin, der aromatisch duftete. Hinter ihr schlurfte ein Bewohner in Puschen leise in die Küche, vermutlich, um sich wieder an der Salzdose zu bedienen. Er glaubte tatsächlich, Salz zentriere sein Ich. Andere Medikamente erkannte er kaum an und nahm sie erst nach langem Bitten ein.

Wir gingen mit unseren Tassen in den Garten und

setzten uns unter einen Baum auf eine Bank. Ich fragte Susanne, bei wem sie in letzter Zeit Fortschritte beobachtet habe.

„Das ist schwer, zu sagen. Warum möchtest du das wissen?"

„Ach, nur so."

„Die meisten haben psychische Störungen und einige geistige. Was erwartest du?"

Sie hatte recht. Fast alle Bewohner wurden mit Antidepressiva behandelt. Ansonsten würden sie sich wahrscheinlich noch mehr zurückziehen als ohnehin schon. Mir war aufgefallen, die geistig Behinderten waren tendenziell offenherzig, gesprächig, kamen ohne Maske aus und gingen auf ihre Mitmenschen zu. Die mit den psychischen Problemen verhielten sich genau umgekehrt. Sie waren lieber alleine, sagten nur das Allernötigste, waren Meister des Verstellens. Zu meinen Aufgaben und denen meiner Kolleginnen gehörte es, dafür zu sorgen, dass alle gewaschen waren und pünktlich zum Essen erschienen, ihre Tabletten schluckten, ihre Zimmer sauber hielten, die Arbeitszeiten einhielten.

Wind kam auf, Kirschblüten flogen wie Schmetterlinge durch die Luft. Ich ging ins Haus nach oben, wollte einen Bewohner aufsuchen, den ich sehr mochte und klopfte an seine Zimmertür.

„Ja, ja", rief er verpennt.

Ich trat ein. „Guten Tag, der Herr."

Er kaute auf seiner Zunge herum, Speichel lief über sein rundes Kinn.

„Aufstehen, mein Lieber, es gibt gleich Raclette."

„I – chan – nümm", sagte er, was so viel hieß wie,

„ich kann nicht mehr".

„Na komm. Wenn du Bock hast, spielen wir nach dem Mittagessen eine Runde Federball."

Er lächelte spitzbübisch.

***

In der WOZ las ich ein Interview mit dem Schweizer Musiker und Schriftsteller Endo Anaconda. Er äußerte sich angesichts der Weltwirtschaftskrise enttäuscht über die intellektuelle Linke und den müden Arbeiterkampf. Aus dem Artikel erfuhr ich zudem von seinem heutigen Auftritt in der Turnhalle, den ich mir nicht entgehen lassen wollte. Das Lied von Hasi, Has-Hasen –, der ins Weltall fiel und immer dünner wurde, so dünn wie eine Spaghetti, kannte ich aus dem Radio.

Vorm Eingang zur Turnhalle wurde mir mitgeteilt, dass das Konzert schon zu Ende sei. Es hatte nicht, wie ich geglaubt hatte, um neun Uhr abends, sondern um neunzehn Uhr angefangen. An der Bar bestellte ich enttäuscht Hefeweizen und Doppelkorn. Ich schüttete den Korn ins Weizenglas, so, wie Alex und ich es früher manchmal getan hatten, und ging nach unten in die eigentliche Turnhalle, wo Jazzmusik lief. Vor der Bühne ergatterte ich einen der Tische, die gerade aufgebaut worden waren. In den Gesichtern der Leute, die nach oben gingen, konnte ich sehen, dass das Konzert ihnen Freude bereitet hatte.

Ich nahm einen Schluck, guckte über den Rand meines Weizenglases zu einem Tisch unter einem Basketballkorb, an dem zwei Frauen saßen. Die Kurzhaarige hatte ein bezauberndes Lächeln, das mich an Heike denken ließ, die mir plötzlich fehlte mit ihren kleinen Verrücktheiten und dem Wunsch nach tantrischem Sex und nondualistischer Verschmelzung. Sie hatte in den letzten Monaten unserer Beziehung häufiger zu mir gesagt, dass sie sich mit mir in dieser Hinsicht weiterentwickeln möchte. An unserer Präsenz und einer klaren, ehrlichen Kommunikation sollten wir arbeiten, meinte sie, was ich eigentlich eine gute Idee fand. Doch ihr gingen meine spirituellen Entwicklungen nicht schnell genug. Sie hätte gerne entspannteren und leidenschaftsloseren Sex mit mir gehabt und kritisierte so lange meine zu starke Penisenergie, bis ich am Ende kaum noch Lust hatte, mit ihr zu schlafen. Das war ihr natürlich auch nicht recht – und schließlich hat dieses Biest mich einfach betrogen, kippte meine Stimmung.

Ich trank mein Glas leer, ging nach oben und bestellte ein Doppelkornhefeweizen bei einer Barkeeperin, die mich fragend anschaute. Ich erklärte ihr, wie der Zaubertrunk, so nannte ich ihn, gemixt wurde. Als sie den Doppelkorn in das Weizenbier schüttete, beäugte sie das Glas, als rechne sie damit, dass es überschäumen würde. Ich nahm einen großen Schluck und zwinkerte der Barkeeperin zu, die mich heiter fragte, ob ich nun Fliegen könne. Ich meinte, nein, aber dafür könne ich jetzt den Willen meiner Mitmenschen beeinflussen. Sie lachte und bediente eine blasse Frau mit einem strengen Zopf, die gerade neben mir aufgetaucht war. Ich verabschiedete mich.

„Hey, warte mal, ich bekomme noch fünfzehn Franken!"

„Ach, klappt wohl doch nicht", sagte ich und gab ihr das Geld, das sie schmunzelnd entgegennahm.

Ich ging nach draußen in den Biergarten, der trotz der kühlen Temperatur gut besucht war. In der hintersten dunklen Ecke setzte ich mich an einen leeren Tisch, lauschte dem Stimmengewirr und trank meine Mischung. Die Menschen wirkten hier überwiegend sehr gepflegt, fand ich. Eine bessere Beschreibung fiel mir auf Anhieb nicht ein. Obwohl hipp, cool, lässig, modebewusst, bescheiden, zurückhaltend, verhalten, affektiert als erster optischer Eindruck auch zutreffen würden. Und ein paar Alternative gab es auch.

„Ist da noch ein Platz frei?", fragte plötzlich eine Frau, die hinter mir stand.

Es war die selbe Frau mit dem straffen Zopf, die eben am Tresen neben mir gestanden hatte.

„Wenn da ein leerer Stuhl steht, ist da auch Platz", entgegnete ich bemüht höflich ohne zu lallen und stellte das leere Glas vor mir ab.

Sie setzte sich und zündete sich eine Zigarette an. Ihr Gesicht strahlte eine gewisse traurige Schönheit aus, glitt aber sogleich ins Schemenhafte zurück.

„Waren Sie auf dem Konzert?"

„Ja. Sie nicht?"

„Ich hatte mich um zwei Stunden verspätet."

„Dann haben Sie wirklich was verpasst."

„Interessant, dass wir uns siezen."

„Das macht man so in der Schweiz, wenn man sich noch nicht kennt."

„Das lässt sich ja ändern. Ich hole mir ein Bier, wollen Sie auch eins?", sagte ich und überbetonte dabei das Wort *Sie*.

Sie lächelte. „Ja, gerne. Warten Sie, ich gebe Ihnen Geld."

Ich winkte ab und stolperte auf das Licht zu, drängelte nach drinnen an den Tresen. Die Barkeeperin von vorhin war leider nirgendwo zu sehen. Ich kaufte bei einem Typen zwei Hefeweizen, mit denen ich zu meinem Tisch zurückkehrte. Die Frau war weg. Ich trank mein Bier und dachte, dass sie bestimmt nur auf Toilette sei. Aber nach einer Weile glaubte ich das nicht mehr und trank etwas enttäuscht das andere Bier auch noch.

Nachdem ich den Innenhof verlassen hatte, kam mir die Frau mit dem Zopf entgegen und meinte sich entschuldigend, dass sie einen wichtigen Anruf bekommen habe.

„Nicht schlimm. Wie heißt du eigentlich?", duzte ich sie einfach.

Sie pustete Qualm in meine Richtung. „Simone!"

„Hey, ich bin Helle."

Ich fand plötzlich, dass sie etwas Ähnlichkeit mit einer Frau hatte, die ich vor über zehn Jahren in Warschau kennengelernt hatte. Sie hatte mich einfach auf der Straße angesprochen. Wir gingen was trinken und danach zu mir in die Pension. Wo sie mich ziemlich wild rannahm. Ich war völlig hin und weg von ihr. Doch am nächsten Morgen waren sie und der Gürtel verschwunden, in dem mein gesamtes Urlaubsgeld gesteckt hatte.

„Warst du schon mal in Polen?"

„Ich bin in Polen geboren. Warum fragst du?"

„Nur so."

Sie las etwas in ihrem Handy, das sie spürbar irritierte.

„Sollen wir noch zusammen was trinken gehen?"

„Nein, danke. Ich muss morgen leider früh raus."

Sie hatte es plötzlich eilig, sich zu verabschieden, und von einer Sekunde auf die nächste war sie verschwunden. Ich ärgerte mich auf dem Heimweg, dass ich diese Simone nicht nach ihrer Handynummer gefragt hatte.

***

Nach der Arbeit fuhr ich mit der S-Bahn nach Hause. Trotz des Aufklebers „Bitte keine Werbung und Gratiszeitungen!" lagen mehrere Exemplare vom Anzeiger in meinem Briefkasten, aber auch ein Katalog für Möbel und ein Brief. Ich ging in meine Wohnung, legte die Reklameblätter auf den Altpapierstapel und öffnete das Schreiben. Die erste Lohnabrechnung. Abzüglich der Quellsteuer und Sozialversicherungen blieben mir 3 860 Franken, dabei hatte ich nur eine Siebzigprozent-Stelle.

Hier in der Schweiz schnurrte der Kapitalismus noch und warf sogar für die Berufe im sozialen Bereich etwas ab. „Danke. Danke", hätte ich rufen sollen und demütig auf die Knie gehen. Doch stattdessen war ich auf mich selbst wütend, weil ich einen Job ausübte, der mir keinen Spaß machte, und ich mich oft einsam fühlte.

Der Möbelkatalog auf dem Altpapierstapel fiel mir in die Augen. Ich blätterte ihn durch und schaute mir die Hochglanzbilder an, auf denen lächelnde Menschen und schickes Mobiliar in großen, hellen perfekt eingerichteten Räumen abgebildet waren. Beinah wie hypnotisiert informierte ich mich per Telefon über ein englisches Bett einschließlich Lattenrost. Die Verkäuferin notierte fleißig und stellte Fragen bezüglich der Größe und Farbe. Mir gefiel das Wort Lattenrost auf einmal, und ich bildete mindestens fünf Sätze, in denen es vorkam.

„Eine Matratze haben Sie?"

„Ach, stimmt, sehen Sie, da hätte ich jetzt fast das Wichtigste vergessen."

Am Ende des Gesprächs hatte ich nicht nur ein schwarzes Bett samt Lattenrost und Achtkammerkaltschaummatratze, sondern auch eine rote Couch, ein weißes Bücherregal, einen kleinen messingfarbenen Tisch, roten Küchentisch, drei weiße Holz- und drei rote Klappstühle samt Klapptisch für den Balkon bestellt.

Am nächsten Morgen wurde mir das Zeug von zwei jungen Männern geliefert, die mir zu meiner Überraschung sogar das Bett und den Schrank aufbauten, während ich ihnen Espresso machte. Wie die beiden mir auf meine vorsichtige Nachfrage hin auf Englisch erzählten, kamen sie aus dem Iran und waren eigentlich Maschinenbauer. Sie hatten in der Schweiz eine Aufenthaltsgenehmigung bekommen, wenn ich sie richtig verstanden hatte, weil sie in ihrer Heimat als Schwule verfolgt worden waren. Ihr Studium wurde hier nicht anerkannt, das müssten sie wiederholen, wenn sie in der Schweiz als Maschinenbauer arbeiten wollten.

***

Ich saß mit Leuten, die ich nicht kannte, an einem Wohnzimmertisch. Sie unterhielten sich in einer Sprache, die ich noch nie zuvor gehört hatte. Plötzlich fielen mir immer mehr seltsame Details auf. An ihren Händen, an ihren Hälsen schimmerten vereinzelt Knochen durch. Ihre Augäpfel standen zu weit hervor und kullerten manchmal nach innen weg. Ich versuchte, mir meinen Schrecken nicht anmerken zu lassen, lächelte und nickte in die Runde. Kurz erwog ich, aufzuspringen und davonzulaufen. Doch just kam vom Flur, wo ein eigenartiger Nebel vorbeiwehte, ein zerzauster Hund angetrottet, legte mir seine Schnauze in den Schoß und schaute traurig zu mir hinauf. Ich kraulte ihm den Hals und drückte seinen Kopf beiseite, wobei ich aus Versehen ein Stück seines Kiefers abbrach, das ich verdutzt ansah. Dem Hund schien der Verlust seines halben Unterkiefers nichts auszumachen. Er wollte weiter gestreichelt werden und wedelte in diesem unschönen Zustand mit dem Schwanz. Die Leute brachen ihre Gespräche abrupt ab und starrten mich an. Ich reichte das Stück Kiefer meinem Nebenmann, der es nicht haben wollte, hob wie zur Entschuldigung die Hände, wollte etwas erklären, doch brachte nur unverständliche Krächzlaute hervor, von denen ich aufwachte.

Von draußen drang lauter Rasenmäherlärm an meine Ohren. Mein Kopf dröhnte und schmerzte, als hätte ich letzte Nacht gesoffen. Ich legte mich auf den Rücken, breitete meine Arme aus. Die Matratze war schön breit, in dem Katalog war die Rede davon gewesen, dass das gesamte Wissen der Raumfahrt in diesem Modell steckt. Und tatsächlich, die Matratze war nicht zu hart und nicht zu weich, passte sich perfekt meinem Körper an, sodass ich mich beinah schwerelos fühlte. Ich stand auf, ging auf den Balkon, sah unter mir einen weißhaarigen Mann, der einen Rasenmäher über einen schon betonflachen Rasen schob. Ich war mir sicher, er tat dies nur, um aller Welt zu zeigen, was für ein fleißiger Mensch er doch sei. Dass er mit diesem unsäglichen Krach völlig überflüssig hunderte Leute behelligte, lag ganz sicher außerhalb seiner Vorstellungskraft. Ich schloss die Balkontür, ließ die Jalousie runter, stopfte mir Klopapier in die Ohren und verkroch mich wieder unter meiner Bettdecke.

Das Läuten meines Telefons weckte mich erneut. Ich zog mir das Papier aus den Ohren. Draußen schredderte der Gärtner immer noch Rasenpartikel. Unglaublich, dachte ich. Weiß er denn nicht, dass ein zu kurz gemähter Rasen vermoost? Mein Wecker zeigte neun Uhr neunundfünfzig. Fünf Minuten später klingelte schon wieder das Telefon, diesmal aufdringlicher. Ich schmiss die Bettdecke beiseite, ging zu meinem immer noch fast leeren Bücherregal und griff mir den Hörer.

„Jaaa", sagte ich.

„Grüezi, Helle …", den Rest verstand ich nicht.

„Jaa, wer ist denn da?"

„Claudi, von der Insel –"

„Von der Insel? … Ach so … ja, ich habe … ähm, ich wollte auch gerade anrufen. Ich bin krank."

„Was meinst du denn, wann du wieder gesund bist?"

„Weiß nicht, mir ist ziemlich übel, und ich habe starke

Kopfschmerzen. Mal gucken, was der Arzt sagt."

„Ooh, das tut mir leid."

„Ja, mir auch, ist echt blöd so etwas. Vor allem, weil ich ja noch gar nicht so lange bei euch arbeite."

„Dafür kannst du doch nichts."

„Ist trotzdem ein bisschen ärgerlich."

„Also, gute Besserung."

„Danke."

„Uf Wiederluage."

Ich wandte mich von dem leeren Regal ab, dachte an meine Bücher und erinnerte mich vage an Geschichten, die ich irgendwann mal gelesen hatte. Gerne würde ich jetzt *Stiller* oder *Ansichten eines Clowns* in die Hand nehmen und ein bisschen in ihnen lesen, wenn ich nur nicht diese lästigen Kopfschmerzen hätte. Frisch und Böll, zwei väterliche Freunde, denen ich viel zu verdanken habe. Nach meiner Zeit in Berlin hatte ich mal daran gedacht, selbst einen Roman zu schreiben. Es gab auch Anfänge, doch das Tagebuchschreiben lag mir mehr, gab meiner Existenz, so dröge sie auch war, erst einen Sinn. Mein Tagebuch war sozusagen das Fenster zu meiner Welt, einer Welt, die niemanden etwas anging, die Welt, die einem alleine gehörte, die Welt, die einem erlaubte, sich wirklich zu fühlen, so verstörend und hässlich es auch schien.

Ich hatte nicht die geringste Lust, arbeiten zu gehen und sagte mir, dass man nach knapp zwei Monaten auch mal krank werden dürfe. Kaum war ich eingedöst, läutete schon wieder das Telefon. Ich ging zum Bücherregal, nahm das Telefon heraus, sah auf dem Display Alex' Nummer und setzte mich auf die Couch.

„Ja?"

„Helle, ich bins, Alex."

„Hey."

„Bist du sauer?"

„Gibt es was Neues?"

„Der Anwalt sagt, die Schadensliste, die du ihm geschickt hast, muss detaillierter sein. Marken, Modelle, Preise, Alter, musst du alles angeben. Google mal ein paar Elektrosachen, Möbel und Trekkingklamotten, die teuer sind."

„Kannst du das nicht machen? Bei mir geht gerade gar nichts."

„Wieso ich?"

„Ich bin am Ende, verstehst du?"

„Ja, das verstehe ich. Die Trennung von Heike, die neue Umgebung, das braucht Zeit. Aber ich –"

„Warst du jetzt eigentlich bei deiner Mutter in Wien?"

„Bin vorgestern zurückgekommen."

„Und?"

„Sie glaubt, dass sie mit Dioxin vergiftet worden ist."

„Wieso das denn?"

„Ich bin ihrem Verein Boykott beigetreten, und ich habe mir überlegt, ihn zu erweitern, und zwar auf Bern und Berlin."

„Was meinst du mit erweitern?"

„Ich werde nach Wien ziehen und Hanni aktiv unterstützen. Und ich wollte dich fragen, ob du für den Verein in Bern als Redner und Journalist arbeiten möchtest?"

„Ja, super Idee."

„Ich meine das ernst. Wir werden dich angemessen bezahlen." Alex schnäuzte sich. „Und Irfan wird das

Büro in Berlin leiten."

„Irfan?"

Ich kannte nur einen Irfan, der war früher mit uns auf der Gesamtschule in der Parallelklasse, wurde ein Freund von Alex. Jahre später traf ich ihn öfters in der Uni an. Ein ewiger Soziologie- und Ethnologiestudent, ein intellektueller Kurde ohne kurdischen Pathos. Als ich ihn das letzte Mal vor bestimmt über sechs Monaten im Café Wunderbar getroffen hatte, berichtete er, dass er seine Eltern und große Schwester samt ihrer Familie an die Zeugen Jehovas verloren hat.

„Wir sind jetzt eng befreundet, ähm, sozusagen Partner."

„Du meinst, ihr habt Sex zusammen?"

„Das hat sich so ergeben. Reg dich ab."

„Is' ja ein Ding."

„Ja, mein Ding …"

Ich konnte es nicht fassen. Alex war schwul. Als wir noch Kinder waren, haben wir uns manchmal gegenseitig einen runtergeholt, aber wir waren deshalb nicht schwul, niemals, es waren gegenseitige Gefälligkeiten, mehr nicht. Wir sprachen nie darüber. Alex hatte schon viele Beziehungen, nie etwas von Dauer. Doch er hatte noch nie eine Frau wirklich geliebt, das weiß ich, aber gevögelt hatte er sie immer gerne.

„Wir würden dich gerne in zwei oder drei Wochen besuchen kommen, um alles Weitere zu besprechen."

„Ich werde mit Sicherheit keine Reden halten, oder was auch immer dir da vorschwebt."

„Ich weiß, du machst gerade eine schwere Zeit durch."

„Du weißt überhaupt nichts. Alles, was mir mal wichtig war, hat sich einfach in Luft aufgelöst. Als hätte einer die verdammte Löschtaste gedrückt."

Er lachte. „Entschuldige, es ist nur –"

„Hast du mit deiner Mutter darüber geredet, dass sie dich damals nach dem Tod deines Vaters im Stich gelassen hat?"

Er hörte auf zu lachen. „Darum geht es doch gar nicht mehr."

„Du hast ihr einfach so verziehen, ja?"

„Sie ist meine Mutter."

„Auf einmal ist sie deine Mutter?"

„O shit, ich muss los … In ungefähr drei Wochen kommen wir dich besuchen, ich sage noch genauer Bescheid. Dann können wir in Ruhe über alles quatschen."

***

Der Doktor, ein sanft lächelnder Riese von einem Mann, schüttelte mir die Hand. Er bat mich, Platz zu nehmen, setzte sich mir gegenüber vor eine beachtliche Orchideensammlung und fragte, nachdem ich keine Anstalten gemacht hatte, das Wort zu ergreifen, was er für mich tun könne. Ich erzählte, ich habe Kopfschmerzen, die mir schier den Verstand rauben und dichtete auch noch Sehstörungen und Lichtempfindlichkeit hinzu, was ich beides zum Glück schon länger nicht mehr gehabt hatte. Ich machte mich auf die Anweisung des Doktors hin bis auf die Unterhose frei und setzte mich auf die Liege, wo er mir mit einem kleinen Hämmerchen gegen die Knie klopfte, in meinem Mund, in meinen Ohren, in meinen Augen, sogar in meiner Nase nachschaute und zum Schluss Herz und Lunge abhörte. Ich erinnerte mich während der Untersuchung an einen grottigen Hollywoodfilm mit Nicolas Cage, in dem dieser ein Drehbuch zu einem Bestseller-Roman schreiben sollte, der von einem leidenschaftlichen Orchideenjäger handelte. Doch Cage bekam es einfach nicht hin, und er bat seinen Zwillingsbruder um Hilfe. Gemeinsam beschatteten sie die Romanautorin, stellten fest, dass diese eine Affäre mit dem Protagonisten aus ihrem Roman hat, mit ihm psychedelische Orchideen züchtet und illegalen Drogenhandel betreibt.

„Haben Sie auch die Geisterorchidee?", sagte ich.

Er schien sich über mein Interesse zu freuen und erzählte, während er mich für eine Woche krank schrieb, von seiner Orchideensammlung.

Als ich auf die Straße trat, dachte ich, geklaute Zeit, ist die schönste Zeit, und freute mich darauf, was mir der Tag bringen wird. Ich spazierte ziellos umher und stieß hinterm Bundeshaus, von wo man einen wunderbaren Blick auf Bern und die Berge hatte, auf zwei Männer, die mit hüfthohen Figuren Schach spielten, wobei ich ihnen zuschaute.

Nachdem sie fertig waren, spielte ich gegen einen Asiaten eine Partie. Rasch erkämpfte ich mir einen Läufervorteil, doch dann tappte ich in eine Falle und verlor einen Turm. Ein bierbäuchiger Mann mit Bierbüchse in der Hand erklärte mir kurz darauf, dass ich in drei Zügen schachmatt sei. Ich schob mir meine Sonnenbrille über die Stirn, konnte es nicht glauben, doch er hatte recht.

Der Asiate lächelte entschuldigend, sagte den Herumstehenden, dass ich gut gespielt habe, nur der Bauernzug auf der F-Linie sei verheerend gewesen, ermöglichte seinem Springer, in den Rücken meiner Verteidigung zu gelangen. Er bot mir eine Revanche an.

„Nein, nein, ich bin völlig erschöpft", bedankte ich mich, nickte den Zuschauern zu und ging zur Balustrade. Die schneebedeckten Berge waren grandios anzuschauen, wirkten nah, als könne man mit dem Zeigefinger über die Gipfel fahren. Doch noch interessanter erschien mir meine direkte Umgebung. Die Frauen erinnerten mich wegen ihrer übergroßen Sonnenbrillen an Libellen. Die Typen besahen sich die Insekten, die überwiegend auf Stöckelschuhen in engen Miniröcken unterwegs waren. Kaum ist die Sonne draußen, dachte ich, verwandelt die Welt sich in einen Modelpark, in dem eine Frau erotischer als die andere ist. Wie es sich wohl anfühlt, zu wissen, dass reichlich Fremde auf einen scharf sind?

Auf einer Parkbank saßen zwei junge Frauen, die Blonde trug ihre großen Brüste offen zur Schau, zog Blicke von Vorbeigehenden auf sich und telefonierte mit ihrem Freund. Ihre Freundin, die viel netter aussah, aber kaum Brüste hatte, beachtete niemand. Sie wartete geduldig darauf, sich weiter mit ihrer Freundin unterhalten zu können. Aber jedes Mal wenn sie ihr Gespräch gerade fortgesetzt hatten, rief der Freund wieder und wieder an. Ganz offensichtlich war er sehr misstrauisch, denn sie erzählte ihm entschuldigend, dass sie doch nur mit Steffi unterwegs sei, beschrieb die Klamotten, die sie trug, wobei sie etwas log.

Auf dem Weg zur Buchhandlung stolperte ich durch eine Gruppe asiatischer Touristen, die sich dabei filmten, wie sie sich filmten und dabei von den Kameras, die am Bundeshaus angebracht waren, gefilmt wurden. Beinah hätte ich mir das neuste Buch von Philip Roth gekauft. *Exit Ghost* und *Mein Leben als Mann* hatten mir gut gefallen. Ich entschied mich aber nach längerem Stöbern für die autobiographische Erzählung *Montauk* von Max Frisch, dessen Romane ich alle kannte und verehrte. „Je mehr Max Frisch über sich verrät, desto mehr wird er auch sich selber zu einer Romanfigur", stand im Klappentext.

Danach suchte ich ein Backpacker-Geschäft, wollte mir einen Rucksack, Schlafsack, Schlafmatte, Regenjacke und Wanderschuhe zulegen. Ein Mann, der vor Vitalität nur so strotzte, versicherte mir, dass ich eine gute Wahl getroffen hätte und gab mir ein paar Tipps für eine Wanderung, die ich aber aufgrund seines Berner Akzentes kaum verstanden hatte, es ging wohl um irgend eine krasse Schlucht, Wasserfälle am Oeschingensee, Schneegrenze, Berghütte. Ich kriegte allmählich Kopfschmerzen, spürte sie schon von Weitem kommen, sie wurden stärker, das überhitzte Geschäft, das Gerede von Mister Bergexperte wurden zur Litanei. Um knapp 1.000 Franken ärmer verließ ich das Geschäft, stand im kühlen Laubengang, wartete auf eine Lücke in dem Menschenstrom, durch die ich auf die Straße gelangen werde und massierte mir die Stirn, hinter der, das konnte ich nur hoffen, nichts kaputtgegangen war. Der Straßenlärm war unerträglich.

Rauf auf die Stadt!, stand auf einem Plakat. Ich wollte raus, oder besser noch, so schnell wie möglich nach Hause. Ich taumelte an Frauen und Männern vorbei, die aussahen wie aus einem Werbespot von H&M, auf den Käfigturm zu. Hinter mir bimmelte es laut. Ich drehte mich um, sah, wie die Tram auf mich zu raste und wie der Fahrer mir winkte, dass ich von den Gleisen verschwinden solle. Jemand rief „Vorsicht!". In letzter Sekunde hechtete ich zur Seite. Ein Mann hockte sich neben mich, fragte, ob ich mir weh getan habe. Ich schaute an ihm vorbei, sah Frauen, die wie Barbiepuppen aussahen und mit großen Tüten dumm und stumpf lächelnd aus einem Geschäft kamen.

Der Mann half mir auf die Beine. Ich bedankte mich, ging zu dem Brunnen, der zwischen den Gleisen stand und trank einen Schluck Wasser. Ein Kind, das mit seiner Mutter die Tauben fütterte, lächelte mir offenherzig zu. Ich setzte mich, ohne den Rucksack abzunehmen, zu einem alten Mann auf eine Steinbank, die Teil des Brunnens war. Über uns thronte ein Bär in einer Ritterrüstung. Der alte Mann sagte mit zittriger Stimme, ob ich glaube, dass es gut sei, dass die jungen Menschen keine Ahnung davon hätten, was es bedeute, alt zu werden. Ich wollte ihm gerade antworten, dass das sicher gut sei, aber in meinem Fall leider nicht zutreffe, als eine Frau mit einem Buch in der Hand auf uns zukam, die mir bekannt vorkam.

Ich nickte ihr zu, als sich unsere Blicke trafen.

„Hallo ... Hab dich erst gar nicht erkannt", sagte sie und lächelte auch den Alten an, der ihr daraufhin seinen Platz anbot, meinte, er müsse weiter.

„Viel Glück", sagte ich. „Und danke."

Die Frau setzte sich zu mir. Ich kam nicht darauf, woher wir uns kannten und fragte nach.

„Aus der Turnhalle", meinte sie, und blickte mich eindringlich an. „Simone."

„Ach, ja. Freut mich." Das Sprechen strengte mich an.

Sie schaute auf meinen Rucksack. „Willst du wandern gehen?"

Ich nickte.

„Ich gehe am liebsten an der Aare spazieren ... wie damals der Robert Walser hier." Sie hielt mir das Buch hin, das *Aus dem Bleistiftgebiet* hieß.

„Interessanter Titel."

„Bei ihm geht es immer um Außenseiter, Menschen, denen die Einbürgerung in die Gesellschaft nicht gelingt."

Ich massierte mir die Stirn.

„Kafka und Hesse haben ihn verehrt."

„Ich glaube, ich habe Migräne ... brauche Kopfschmerztabletten", sagte ich, und dachte, kaum habe ich beim Arzt eine elende Migräne erfunden, da habe ich sie auch schon.

Sie wandte sich um. „Da vorne ist eine Apotheke."

Ich erklärte umständlich, dass ich ein Taxi brauche und dringend nach Hause müsse, dort habe ich genügend Schmerzmittel. Sie schlug vor, mich zum Taxistand zu begleiten. Wir gingen in eine Seitenstraße, wo es deutlich ruhiger war.

„Was machst du eigentlich in Bern?", fragte sie.

„Arbeite als Psychologe in einem Behindertenheim",

antwortete ich, was nicht ganz stimmte, da ich zwar theoretisch als Psychologe eingestellt worden war, doch praktisch nichts anderes als die Sozialpädagoginnen tat.

„Da vorne ist der Taxistand."

„Und du?"

„Bis vor kurzem habe ich noch für die Berner Zeitung geschrieben." Sie verdrehte die Augen. „Jetzt bin ich Spaziergängerin."

„Spaziergängerin? Ist da noch 'ne Stelle frei?", sagte ich. Erst da fiel mir der Ehering an ihrem Ringfinger auf.

Zum Abschied gab ich ihr meine Festnetz- und Handynummer, meinte, dass ich mich gefreut hätte, sie getroffen zu haben und bedankte mich für ihre Hilfe. Sie wünschte mir gute Besserung.

Nach zwei Schmerztabletten und zwei Stunden schlafen, ging es mir wieder blendend. Ich las *Montauk* innerhalb der nächsten drei Tagen mit Begeisterung. Jeder Satz schien mir, war extra für mich niedergeschrieben. Nach der Lektüre war ich traurig, so, als hätte ich einen alten Freund verloren, der mir gerade so richtig ans Herz gewachsen war.

***

Ich hatte alles dabei, um zur Not drei Tage auf dem Mount Everest zu überleben. Einige der Leute, die mir auf der Straße begegneten, nickten mir anerkennend zu. Wahrscheinlich dachten sie, ich sei ein Weltumwanderer oder Ähnliches. An der Talstation der Gurtenbahn angelangt, überlegte ich, ob ich den Gurten zu Fuß besteigen oder mit der Seilbahn fahren sollte und entschied mich für Letzteres. Es gab noch genug Berge zu erklimmen.

Oben angekommen lief ich direkt zu dem höchsten Punkt, an dem ich ja schon einmal gesessen hatte, nahm den Rucksack ab, ließ mich auf eine Parkbank fallen, schaute übers Land, suchte vergebens die schneebedeckten Berge, die vor lauter tief hängender dunkler Wolken nicht zu sehen waren.

Auch in meinem Gemüt wurde es finster, vermutlich, weil ich daran denken musste, wie ich bei Michael im Krankenhaus auf Onkel, Tanten und Cousins getroffen war, die ich kaum kannte und die mir doch vertraut waren. Und wie wir gemeinsam hofften, dass Michael keinen Bauchspeicheldrüsenkrebs hat. Dieses Warten auf die Diagnose, das Hoffen und Bangen, das war mit Sicherheit einer der schwierigsten Wege, den Michael in seinem Leben gegangen war, wurde mir plötzlich klar. Der Chefarzt höchstpersönlich trug im Gefolge von zwei Ärztinnen, die betreten vor sich hinschauten, die Diagnose vor.

Kurz darauf wurde auch schon die Chemotherapie durchgeführt, die Michael zunächst erstaunlich gut vertrug. In der darauffolgenden Nacht erwachte er aus einem schlimmen Traum, realisierte allmählich, dass er an Schläuchen hängt und dass der Alptraum Wirklichkeit ist. Er erklärte daraufhin einigen Verwandten und Freunden, dass er sie in nächster Zeit nicht sehen möchte, eine Begründung gab er nicht. Mir gegenüber hielt er eine Kampfesrede, versicherte mir, dass er alles versuchen wird, die Chemotherapie sein Freund sei. Drei Wochen später bestand er nur noch aus Haut und Knochen. Er, der früher im Freibad alle Blicke auf sich zog. Er, der sich einmal die Rockebillis vor der Diskothek PC 69 zur Brust nahm, als ich nach einer unnötigen Auseinandersetzung mit ihnen mit einer Gehirnerschütterung im Krankenhaus lag. Er, den ich laut bat, sich nicht in meine Angelegenheiten einzumischen, nachdem zwei von den Elvisen plötzlich mit hängenden Köpfen an meinem Krankenbett gestanden und sich bei mir entschuldigt hatten. Eben der konnte sich kaum noch auf den Beinen halten, redete langsam, unverständlich, und immer wieder fielen ihm die Augen zu.

In der vierten Woche wachte er morgens auf, die Krankenschwester wünschte dem ermatteten Krieger einen schönen guten Morgen. Er rang sich ein Lächeln ab. Als die Schwester zurückkam, um ihm sein Frühstück hinzustellen, war er für immer eingeschlafen. Zurück blieb ein Zettel, auf dem er zwei Tage zuvor geschrieben hatte:

Alles, was ich einmal war, rückt in weite Ferne, begleitet von Schüben der Trauer. Aus Angst vor dem Unbekannten schnürt sich ein neues Bewusstsein, das ich nicht begreife, aber auf fremdartige Weise akzeptiere. Tränen, ein Licht, Wärme, eine Stimme, meine Stimme, die Stimmen von den anderen, die im Wald um ein Lagerfeuer sitzen und eine Melodie summen, die mich trägt. Hinter ihnen erkenne ich ein Tor, durch das sie mich mitnehmen werden. Doch zunächst setze ich mich auf den freien Platz am Feuer und blicke in die große Runde. Nicht traurig, nicht fröhlich. Jemand ergreift das Wort. Ich bin es selbst. Welch ein Segen. Ich erwache. Stille.

Auch Oma war an Krebs gestorben. Ich weiß es noch, als wäre es gestern gewesen, der Verlust meiner geliebten Oma war für meine jugendliche Seele ein Schock ... Michael, du hast dich nach der Beerdigung um mich gekümmert, mich getröstet, mit mir gespielt, mir Schach beigebracht. Du erzähltest mir, dass die SA unseren Opa im Jahr 1942 zuhause abgeholt hat, weil er während eines Kurzurlaubs einen verbotenen Radiosender gehört und den Krieg in der Nachbarschaft für verloren erklärt hatte. Nur dank seines Charmes wurde er nicht standesrechtlich erschossen, sondern in Paris als Sportredakteur eingesetzt.

Ich erhob mich, setzte mir den Rucksack auf, warf den Zweifingergruß in den wolkenverhangenen Himmel und marschierte los. Nach einigen hundert Metern sah ich von oben einen Bauernhof, auf dessen Weide langhaarige Rinder mit schweren Glocken um den Hals grasten, die wie Kuscheltiere aussahen. Über der Szenerie wehte die rot-weiße Heftpflaster-Flagge. Was bewegt nur die Menschen, ihr Stück Land derart zu markieren, dachte ich. Wenn sie es gerade mit der Waffe in der Hand gegen die bösen Mächte erobert hätten, könnte ich es sogar fast verstehen. Aus soziopsychologischer Sicht steckte eine übermäßige Identifikation mit der Heimat dahinter. Eine harmlose Sache, eigentlich. Warum sollte man nicht offen zeigen können, dass man sein Land, die Menschen, die Berge liebt? Jeder soll es sehen: Hier ist die Schweiz, ich bin Schweizer, und meine Kühe sind es auch. Nur für den Fall, es könnten da Missverständnisse aufkommen.

Nach einer Stunde war mein Elan schon ziemlich dahin geschrumpft. Der Rucksack drückte an meiner rechten Schulter, und meine Füße schwitzten unangenehm in den Wanderschuhen. Ich kam durch das Gurtendorf, das aus drei, vier Höfen bestand. Die Dächer der Häuser erinnerten mich an einen eckigen Schlapphut aus Zeitungspapier, so weit ragten sie über die Fassaden hinaus. Es roch nach Gülle, die Schafe blökten, die Kühe muhten, ein Bernhardiner hielt Ausschau, eine Katze rieb sich die Augen, eine andere streckte sich, die Hühner pickten. Ich fühlte mich in eine andere Zeit versetzt. Nachdem ich das Dorf hinter mir gelassen hatte, ging ich querfeldein über eine Wiese voller lila, weißer, gelber Blumen, die tänzelten, nahm den Rucksack ab, setzte mich und trank Wasser. Die Pollen der Pusteblumen flogen auf und segelten wie Fallschirmspringer zu Boden.

Bis Kehrsatz hinunter schleppte ich den Rucksack eine weitere Stunde und machte am S-Bahnhof Pause, als es anfing zu regnen. Ich entschied mich, die Wanderung auf einen anderen Tag zu verlegen, stieg in die erste S-Bahn, die eingefahren war, ohne mir einen Fahrschein gekauft zu haben und fuhr zurück Richtung Bern. Kaum hatte ich mich hingesetzt, wurde ich von einem Mann gebeten, ihm meinen Fahrschein zu zeigen. Ich entschuldigte mich und sagte, dass ich gedacht habe, ich könne im Waggon einen Fahrschein lösen, so wie ich es aus Deutschland kenne und sei ganz überrascht gewesen, als ich gesehen habe, dass es hier keinen Fahrscheinautomat gäbe. Er meinte, das glaube er mir sogar, aber er könne wirklich nichts für mich tun und riet mir, die achtzig Franken Strafe innerhalb der nächsten zwei Wochen zu bezahlen, sonst würde es schnell noch teurer und einen Brief an die SBB zu schreiben, in dem ich erklären sollte, weshalb ich ohne Fahrschein die S-Bahn betreten hatte.

„Ja, ist gut, Dankeschön."

„Ich bräuchte dann jetzt Ihren Ausweis."

Ich reichte ihm statt meiner Schweizer Identitätskarte meinen Deutschen Personalausweis, auf dem meine alte Adresse stand. Er gab meine Daten in sein Lesegerät ein und händigte mir kurz darauf ein Überweisungsformular aus, das ich, nachdem der Mann weitergegangen war, zerknüllte.

Meine Handy klingelte.

„Hallo. Helmut Lenk hier."

„Helle, bist du das?"

„Ja. Wer ist denn da?"

„Irfan hier. Hallo Helle."

„Hallo Irfan."

„Wie geht es dir?"

„Sitze in der S-Bahn. Kann sein, dass gleich die Verbindung weg ist."

„Ich wollte nur Bescheid geben, dass Alex und ich am Montag voraussichtlich gegen frühen Abend bei dir sind, wenn das für dich okay ist?"

„Kommenden Montag schon?"

„Ja, Montag in sechs Tagen. Wenn wir in einen Stau oder so geraten und es später als sechs Uhr wird, melden wir uns noch mal."

„Gut, ich freue mich. Grüße Alex von mir."

***

Nach der Arbeit wusste ich am Abend nichts mit mir anzufangen und gestand mir, dass mein Job mich langweilte, Heike mir fehlte und ich mich einsam fühlte. Ich ging spazieren. Auf der Monbijoubrücke blieb ich stehen, lehnte mich übers Geländer, blickte auf die schwarze Aare, zückte mein Handy und wählte Heikes Handynummer.

„Die gewählte Nummer ist vorübergehend nicht erreichbar", wurde mir mitgeteilt, woraufhin ich Heike simste, dass ich sie mittlerweile gut verstehen würde und nicht mehr verletzt sei.

Eine Brücke weiter auf der Kirchenfeldbrücke bekam ich eine SMS:

Hallo Helle,
das freut mich zu hören. Ich bin in Indien
unterwegs und lerne jeden Tag etwas Neues
über mich, was wunderschön ist.
In Umarmung.
Heike.

Ich fing wie ein kleiner Junge an zu weinen und schrieb Heike, dass ich sie noch liebe und vermisse.

Sie antwortete prompt:

Lieber Helle,
du bist ein wundervoller Mann.
Ich vermisse dich auch manchmal,
aber brauche gerade viel
Zeit für mich selbst.

*Bitte respektiere das und kontaktiere
mich nicht mehr.
Irgendwann werden wir uns schon noch
wiedersehen, vertraue drauf.
Fühle dich frei und geliebt.
Heike*

Das kann die doch nicht von mir verlangen. Scheiße, Scheiße, Scheiße, verdammte. Ich ging weinend am Casino vorbei in die Altstadt, bog am Münster in den Park ab, wo ein Bursche mit Baseballkappe an mich herantrat, mir einen guten Abend wünschte, entschuldigend fragte, ob ich Gras kaufen wolle, Indoor für fünfzig Franken. Er war fast noch ein Kind, aus gutem Hause, das sah ich und wischte mir die Tränen aus dem Gesicht. Mindestens ein Jahr war es her, dass ich das letzte Mal mit den Jungs gekifft hatte, erinnerte ich mich und nahm mir vor, mich bald mal bei ihnen zu melden.

Einem schwachen Impuls folgend wollte ich ihn fragen, warum er Drogen verkaufe, wollte unauffällig pädagogisch tun, ihn in ein Gespräch über das Leben verwickeln. Doch stattdessen wickelte ich das Tauschgeschäft ab.

An dem Kiosk unter der Zytglogge kaufte ich mir dann noch zwei Flaschen Rotwein, Tabak und lange Blättchen. Es fühlte sich gut an, mit den Drogen im Gepäck den Heimweg anzutreten, von denen ich mir einiges erhoffte. Hinterm Bundeshaus nahm ich die Abkürzung durch den Park und kam somit an den in der Dunkelheit liegenden Schachfeldern vorbei. Jemand, der rauchend auf einer Parkbank saß, zischte, ob ich Gras brauche. Ich verneinte. Am Parkausgang lungerte unter einer Laterne ein schmuddeliger Typ und bat mich um Geld. Ich wollte ihm gerade ein, zwei Franken geben, da fragte er mich, ob ich ein Bulle sei. Ich lachte affektiert und sagte, nee, und du? Er tat, als sei ihm etwas Wichtiges eingefallen und entfernte sich rasch.

Ich näherte mich einer weißen Kirche, vor der zwei Frauen in Minirock und Pumps standen, als wollten sie den Herrgott persönlich verführen. Im Vorbeigehen grüßte ich die Dunkelhaarige, die, da war ich mir trotz der Schminke in ihrem Gesicht sicher, nicht älter als sechzehn sein konnte. Sie lächelte und piepste mit einem winzigen Mund etwas von einer einsamen Nacht, dem Mond, der zuschaut, und ob ich ein Auto habe.

„Ein Auto?"

Sie demonstrierte eine Lenkbewegung. „Wenn du willst, blase ich dir einen."

Ich schüttelte ungläubig den Kopf. In diesem Moment hielt neben uns ein schwarzer BMW, die Scheibe der Beifahrertür fuhr herunter. Das Mädchen, dämmerte es mir, sah nicht nur wie eine Straßennutte aus, sie war auch eine. Ich verabschiedete mich von ihr und ging, ohne dass sie mich weiter beachtete, weiter. Bern bei Nacht, dachte ich, ist noch mal was gänzlich anderes als am Tag.

Der Mond schien im vollen Umfang auf meinen Balkon, sah aus wie ein Loch in der Nacht. Ich drehte mir einen Joint, überlegte, meine Nachbarin zu fragen, ob sie mit mir ein Gläschen Wein trinken und kiffen mochte. Doch schon nach den ersten drei Zügen erschien mir das unmöglich, in mir herrschte das reinste Chaos. Außerdem fühlte sich meine Zunge wie ein staubiger Lappen an, mit dem ich unmöglich hätte Worte formen können. Ich ging in die Küche, wusste nicht mehr, was ich dort vorhatte. Erst als ich wieder auf meinem Sofa Platz genommen hatte, fiel es mir wieder ein, und ich schwor mir, nie wieder zu kiffen.

***

Sie fuhren in einem alten weißen Mercedes vor, wie ich von meinem Küchenfenster sah. Alex stieg auf der Beifahrerseite aus und streckte sich. Ich nahm die blubbernde Tomatensoße von der Herdplatte und brachte sie auf den Balkon.

Alex und ich nahmen uns zur Begrüßung in den Arm.

„Gut siehst aus. Die kurzen Haare stehen dir." Ich wuschelte ihm die Frisur durcheinander.

„Danke, du auch." Er reichte mir ein Buch, das *Ein Leben ohne Chef und Staat* hieß. „Musst du lesen, ist wirklich spannend."

Ich tat kurz interessiert, dann schmiss ich die Empfehlung auf die Couch.

„Wie war die Fahrt?"

„Schön, wenn auch ein bisschen lang. Ich muss wohl doch mal was gegen meine Flugangst unternehmen." Er sah sich in meinem Zimmer um. „Klein aber fein hier."

„Wir essen aufm Balkon ... Wo bleibt dein Freund?"

„Du bist doch jetzt nicht eifersüchtig oder so etwas?"

„Nee, wieso?"

Irfan streckte seinen nackten Schädel durch die Tür und lächelte. Er trug einen weißen Nicki mit Michael Jordon darauf. Irfan hatte früher Basketball gespielt, möglicherweise hat deshalb sein Gang etwas Federndes. Aber hier war kein Platz für große Sprünge. In der Uni hatte ich ihn oft schon von Weitem zwischen Köpfen auf- und abwippen gesehen, sodass ich mir in Ruhe überlegen konnte, ob ich ihm begegnen wollte. Ich mochte sein aufdringliches Kumpelgehabe manchmal nicht.

„Riecht gut hier", sagte er, gab mir die Hand und blickte sich um.

„Setz' dich bitte zu Alex auf den Balkon."

„Soll ich nicht was helfen?"

„Ist alles schon fertig."

„Was gibt es denn?"

„Spaghetti Bolognese."

„Mit Schweinefleisch?"

„Ich habe extra für dich Rindfleisch gekauft", sagte ich.

Wir stießen ohne Trinkspruch mit Rotwein an. Alex gab sich wenig Mühe, die Spaghettis gesittet mit der Gabel aufzurollen, sondern stopfte und saugte sie sich in den Mund. Irfan hingegen hantierte übertrieben mit Löffel und Gabel, wahrscheinlich damit sein weißer Jordon-Pulli keine Tomatensoße abbekam. Alex fragte mich, ob ich mich in Bern schon eingelebt hätte.

„Es geht", antwortete ich.

„Und der Job?"

„Die Behinderten mag ich, die sind klasse. Aber mit meinen Kolleginnen werde ich nicht so richtig warm. Manchmal habe ich das Gefühl, die bräuchten dringender eine Betreuung als die Bewohner."

Alex lachte. Und Irfan lächelte dumm, wie ich fand.

„Und du wohnst jetzt in Berlin?", fragte ich Irfan, um das Thema zu wechseln.

„Ja, im Wedding am Leopoldplatz."

„Der Wedding kommt, hieß es schon vor zwölf Jahren, als ich in Friedrichshain gelebt habe. Und ist er nun da?"

„Keine Ahnung. Mir gefällt es dort."

Ich musste plötzlich an Mareike denken, mit der ich mal im Wedding auf einer Party war, die in einem besetzten Haus stattgefunden hatte, das, glaube ich, Basta hieß. Mareike hatte sich sehr gut mit den Bewohnern verstanden, die sich für Anarchisten hielten, ehrenamtlich Erwerbslose berieten und Stadtteilarbeit machten.

„Helle, alles klar?" Alex stieß mich an.

„Ja, ja ... Schön, dass ihr da seid, echt super ... Esst mal eure Teller auf, damit morgen schönes Wetter ist."

Irfan biss aus Spaß in den Tellerrand. Wir lachten. Wobei ich auch genauso gut hätte weinen können. Ich fragte Alex, wie es in Wien sei, und wie es seiner Mutter ginge.

„Wien hat schöne Ecken. Doch ich habe leider noch keine Wohnung gefunden. Ich lebe vorerst im Hotel, weil Hanni wohnt mir zu weit draußen. Sie hat einige altersbedingte Wehwehchen. Ansonsten geht es ihr aber, glaube ich, gut." Er lächelte und erinnerte mich mit der Tomatensoße am Kinn an den Alex vor zwanzig Jahren, der für jeden Quatsch zu haben war. Niemals werde ich vergessen, wie wir bei Karstadt beim Klauen erwischt wurden, und wie Alex es mal wieder geschafft hatte mit einer vorgetäuschten Reue- und Heulattacke, den Hausdetektiv von einer Anzeige abzuhalten.

„Sie würde sich freuen, wenn du bei uns einsteigen würdest." Er sah mich auf eine Art an, die mir gefiel.

„A ja?"

„Ach komm, jetzt guck nicht so?"

„Ihr habt doch gar keine Ahnung von so etwas", sagte ich.

„Irfan studiert Ethnologie und Soziologie", lachte Alex.

„Ich denke, du hast abgebrochen?"

„Ich habe mich in Berlin wieder eingeschrieben. Aber der Punkt ist doch eher – "

„Apropos, dein Jordon hat Soße im Gesicht", unterbrach ich ihn.

Er zog den Jordon straff und schaute hin. „Wo?"

„Hab mich wohl verguckt, entschuldige."

„Helle, wir wollten doch früher immer die Welt verbessern –"

„Puuh", stöhnte ich. „Da waren wir Kinder."

„Gibt es Nachtisch?", fragte Irfan.

„Ich kann dir einen Jogurt bringen."

Er nickte.

„Willst du auch einen, Alex?"

„Gerne."

Ich bat die beiden, sitzen zu bleiben, brachte das dreckige Geschirr in die Küche und kam mit zwei Jogurts und einer Kerze zurück, die ich anzündete, weil es dunkel geworden war.

„Helle", sagte Alex, „ich glaube einfach, wenn du dich auf diese Sache einlässt, wirst du ein glänzender

Journalist und Redner."

Ich fühlte mich geschmeichelt, doch zeigen wollte ich das nicht.

„Wie ist es denn in dem Heim?", fragte Irfan.

Zögerlich: „Geht so, aber gut bezahlt."

„Das heißt was?"

„Knapp Viertausend netto plus viel Kaffee und selbstgebackene Kekse."."

„Was zahlst du hier an Miete?", fragte Alex.

„Achthundertfünf Franken."

Sein Blick suchte mich auf hinterhältige Weise zu durchdringen und zu manipulieren.

Irfan räusperte sich. „Wie sind die Schweizer eigentlich so?"

„Keine Ahnung, so wie du und ich vermutlich – nur höflicher und zurückhaltender."

„Okay."

„Vielleicht ist hier ja deshalb die Depressionsrate so hoch", warf Alex ein.

Auf Valeries Balkon fiel etwas Licht, kurz darauf hörte ich ein Geräusch. Auf Verdacht winkte ich und sagte laut: „Hallo Frau Nachbarin."

Valerie erschien auf dem Balkon und winkte verhalten zurück. Irfan und Alex blickten in ihre Richtung.

„Ich hoffe, wir sind nicht zu laut?", fragte ich.

„Nein", sagte sie kaum hörbar.

„Ich habe Besuch aus Deutschland. Alex, Irfan … Valerie."

„Angenehm."

Irfan nickte ihr zu und Alex hob zum Gruß die Hand.

„Ich habe dich schon länger nicht mehr gesehen. Warst du verreist?"

„Ich war in Bukarest."

Alex zwinkerte mir unauffällig zu, womit er mir bedeutete, dass die da drüben ihm gefalle. Ich trat ihn gegen die Wade.

„Aua!"

Wir sahen Alex an.

„Auch du magst bestimmt Wein", meinte er. „Wir hätten auch noch Spaghetti, oder Helle?"

„Ja, klar."

Sie lehnte dankend ab, meinte, sie müsse morgen früh raus.

„Dann ein anderes Mal", sagte ich.

Sie wünschte uns einen schönen Abend, schloss hinter sich die Balkontür und ließ den Rollladen herunter. Alex und Irfan blickten mich an, als läge es jetzt an mir, etwas zu sagen. Unsere Gläser waren leer. Ich stand auf, ging in die Küche, um eine neue Flasche Wein zu holen, fragte mich, ob Alex und Irfan in meiner Abwesenheit Zärtlichkeiten austauschen würden.

Irfan kam auf Europa zu sprechen, das bedauerlicher Weise größtenteils ohne die Zustimmung ihrer Bürger vereinigt wurde. Ein großer Fehler, meinte er. Denn die Einzigen, die für ein vereinigtes Europa sind, sind die, die von den Freihandelsabkommen und den Gesetzen, die in Brüssel verabschiedet werden, profitieren – also überwiegend die Konzerne. Ich hörte nicht mehr richtig zu, wollte etwas Musik anmachen, ging hinein, dann fiel mir ein, dass ich ja überhaupt keine CDs mehr besaß, geschweige denn eine Stereoanlage. Die beiden folgten mir,

Irfan meinte, es sei frisch geworden und verschwand auf Toilette. Alex sagte, dass sie gleich in ihr Hotel fahren werden.

„Weißt du, mit wem Heike in Indien ist?", fragte ich Alex so gleichgültig wie möglich.

Er schaute mich mit geröteten Augen an. „Wie kommst darauf, dass sie in Indien ist?"

„Hat sie gesimst."

„Und du?"

„Was und du? Ich bin hier."

Irfan kam von der Toilette zurück. Er meinte, er wolle mir einen Zeitungsartikel schicken, der sehr gut geschrieben sei, die Ursache der Weltwirtschaftskrise erkläre und warum einige Konzerne und Banken als Gewinner aus der Krise hervorgegangen seien.

„Okay, ja, klar, kannst du machen", sagte ich kleinlauter, als mir lieb war.

„Komm her, mein Bester." Alex nahm mich innig in den Arm, unsere Wangen berührten sich.

Irfan wollte mich ebenfalls drücken, befürchtete ich und streckte ihm die Hand entgegen, die er ergriff, während er mir mit der anderen Hand die Schulter tätschelte.

***

Tage später sah ich Simone im Tierpark und grüßte sie. Sie drehte sich zu mir um, wirkte überrascht, mich zu sehen, während hinter ihr die Pelikane durcheinanderhopsten und vergebens versuchten, sich in die Lüfte zu erheben.

„Die haben wohl vergessen, dass sie nicht mehr fliegen können."

„Traurig, oder?", sagte Simone leise.

Ich dachte flüchtig an meinen Vater und dass sein Schicksal auch mich möglicherweise bald ereilen wird und sah mich jeden Tag, vergesslich wie die Pelikane, das Gleiche machend und sagend.

„Ich wollte ein bisschen spazieren gehen. Vielleicht hast du ja Lust mitzukommen?"

Sie sah auf ihre Armbanduhr. „Ich habe nicht mehr viel Zeit. Aber wir können eine kleine Runde drehen."

Wir gingen langsam nebeneinander her. Etwas Wind zog auf und wehte Simones Haare durcheinander, die sie diesmal offen trug. Die Sonne brach durch die Wolken und schien uns den Weg, so kam es mir plötzlich vor. Alles fing an zu leuchten. Der Fluss gurgelte. Der Geruch der Tiere zog mir in die Nase.

„Schön hier", sagte ich.

Einige Meter gingen wir schweigend nebeneinander her. Ich spürte mein Herz schlagen und erzählte Simone schließlich von Alex' und Irfans Besuch, und dass sie mich für ihr politisches Projekt zu gewinnen versuchten. Von dem österreichischen Verein Boykott hatte sie sogar schon gehört. Sie meinte, das klingt nach einer ehrenvollen Aufgabe.

„Ja, ja. Ich habe aber weder Erfahrung als Journalist, noch halte ich mich für einen großen Redner."

„Die Frage ist doch, ob du darauf Lust hast."

„Jedenfalls habe ich auf meinen Job in dem Behindertenwohnheim keinen Bock mehr."

Wir hielten bei zwei Fischottern, die sich im Wasser aneinander rieben, rauften, spielten, schmusten.

„Die wissen wie es geht", sagte Simone.

„Ja. Liebe kann so einfach sein."

Wir folgten einem Weg nach oben, wo Wisente unter Bäumen Heu fraßen. Sie hoben immer wieder ihren gewaltigen Kopf, schauten sich argwöhnisch um, so, als fühlten sie sich nicht sicher in ihrem Gehege. Bei den Luchsen zeigte Simone auf einen Ast hoch oben in der Baumkrone einer Buche.

„O shit, hoffentlich fällt der da nicht runter", meinte ich.

„Das ist das Weibchen. Sie hat vor dem Männchen Angst."

„Hey Herr Luchs", rief ich, „mach keinen Scheiß!"

Simone lächelte endlich mal, was ihr gut stand. Das sagte ich ihr auch. Kurz bevor wir den Parkplatz erreichten, ertönte aus Simones Handtasche eine Rockballade. Sie kramte ihr Handy hervor, stellte den Song ab und schaute auf das Display. Ich las aus den Augenwinkeln Scheidungsanwalt.

„Ich muss jetzt leider los, hab noch einen wichtigen Termin", sagte sie kaum hörbar.

Ich begleitete sie zu ihrem Auto, ein schwarzer Volvo.

„Danke für den kleinen Spaziergang und das Gespräch. Hast du meine Telefonnummer noch? … Schön."

Nachdem ich zuhause angekommen war, kündigte ich per E-Mail mein Arbeitsverhältnis fristlos. Ich gab private Gründe für meine Entscheidung an, die mir nicht leicht gefallen war und ließ alle herzlich von mir grüßen.

Danach rief ich Alex an, teilte ihm mit, dass ich gerne für den Verein Boykott arbeiten würde. Er freute sich riesig und sicherte mir auf meine Nachfrage hin zu, dass sie mir wie versprochen pro Monat eine Aufwandsentschädigung von dreitausend Euro brutto bezahlen würden. Allerdings könnten sie mich erst in knapp zwei Monaten bezahlen, weil sie noch auf irgendwelche Fördermittel warteten, die ihnen das Bundesland Wien zugesichert hatte.

„Ich dachte, die Kohle wäre netto?"

„Nee, mein Lieber. Wir überweisen dir die Kohle, was du damit machst, ist deine Sache."

„Ich werde davon Steuern, Sozialabgaben und die Krankenkasse bezahlen müssen. Da bleiben dann umgerechnet vielleicht noch circa 1900 Franken übrig, von denen muss ich 805 Franken Miete bezahlen. Somit würde ich hier knapp über den Sozialhilfesatz leben. Also, so haben wir nicht gewettet."

Er meinte, ich könnte die Miete und sonstige Ausgaben von der Steuer absetzen, und wenn er sein Architektenbüro verkauft hat, werde ich mich gerne noch mit ein paar hundert Franken pro Monat unterstützen. Auf meine Frage, wie die Gespräche mit dem Schrottplatz, der Autovermietung und Autoversicherung gelaufen seien, antwortete er, der Anwalt sei optimistisch, dass ich bald eine angemessene Entschädigung bekommen werde.

„Das bedeutet was?"

„Du, ich tue dich mal beiseite, ich überarbeite gerade unser Leitbild", sagte er, dann legte er den Hörer dem Geräusch nach neben die Tastatur. Früher spielten wir manchmal, wenn wir nicht schlafen konnten, übers Telefon Schach. Die wohligsten Momente kamen so zustande oder wenn ich bei ihm übernachtete, wir im Dunkeln nebeneinanderlagen und die Welt nur aus wenigen, aber schön klingenden Sätzen bestand, lauten Gedanken.

Ich rief Alex an den Hörer.

„Ja!"

„Liebst du Irfan?"

Er lachte nicht. Erst nach einer Weile sagte er: „Er ist ein guter Kerl. Er hatte es auch nicht leicht. Wir haben sehr gute Gespräche geführt. Erst gar nicht politische, sondern persönliche. Wir kannten uns nun ja schon lange, aber wirklich kennengelernt haben wir uns über Nacht."

„Verstehe."

„Nein, da war nichts Sexuelles, da noch nicht. Er war einfach oft da, und es tat gut. Es ging auch nicht darum, Besitzansprüche zu erheben."

„Und jetzt?"

„Sehen wir uns nur selten, telefonieren aber manchmal, so wie wir jetzt."

„Hm."

„Helle, hast du eigentlich schon wen kennengelernt?"

„Nicht wirklich. Die Schweizer Frauen stehen einfach nicht auf mich."

III

Die neu gewonnene Freizeit nutzte ich, um regelmäßig spazieren zu gehen. Fast jeden zweiten Tag ging ich im Marzilifreibad, das an die Aare angrenzte und das keinen Eintritt kostete, meine Bahnen schwimmen, wenn es das Wetter zuließ. Ich war sogar schon fünf, sechs mal ganz kurz in der biestig kalten Aare gewesen. Nach dem Schwimmen war ich meistens die Schachspieler auf der Bundesterrasse besuchen gegangen. Ich hatte bisher noch kein einziges Spiel gewonnen. Und heute ergab es sich zufälligerweise, dass ich gegen den besten Spieler Berns spielte, den ich wegen seiner auffälligen Beule an der Stirn insgeheim Beulenmann nannte. Da ich über Einstein wusste, dass dieser eine große Beule am Hinterkopf hatte, in der Hirnforscher seine übernatürlichen mathematischen Fähigkeiten vermuteten, sah ich in des Beulenmanns Beule keinen menschlichen Makel, sondern den Genius, den ich stets im Auge behielt. Die Zuschauer, die stetig mehr wurden, schmissen mit Analysen und Kommentaren um sich wie mit faulen Eiern. Doch ich spielte unbeirrt mein Spiel. Nach über einer Stunde, in der ich ausschließlich reagierte und verteidigte, nutzte ich die erste Gelegenheit, die sich mir bot, um meine Dame wie einen entfesselten Engel des Todes übers Feld schweben zu lassen, indem ich den Beulenmann Schach setzte und ihm quasi im Vorbeilaufen den Springer und den Läufer kastrierte, weshalb er aufgab. Die Zuschauer applaudierten. Der Beulenmann war ziemlich konsterniert, meinte, so eine Gegeneröffnung gegen das Königsindische hätte er noch nie gesehen, eigentlich zu viele Bauernzüge am Anfang und zu passiv, und bat um eine Revanche. Ich erklärte, dass ich niemals mehr als ein Spiel pro Tag machen würde. Schach war ein anstrengendes Spiel, im Grunde eine Manie. Deshalb wunderte es mich auch nicht, dass die vielen Spieler, die da regelmäßig im Rücken des Bundeshauses aufeinander trafen, überwiegend Frührentner, Alkoholiker, Kiffer, ewige Informatik-, Philosophie-, Mathematikstudenten, Politiker und psychisch Kranke aus aller Herrgottsländern waren. Und wann immer ich mich dazugesellt hatte, fabulierten, diskutierten, stritten sie über Schach, und nur ganz selten redeten sie über etwas anderes.

***

Obwohl ich offiziell noch nicht Mitarbeiter des Vereins Boykott war, hatte Alex arrangiert, dass ich im Café Kairo in drei Wochen einen Vortrag über die Ziele des Vereins halten sollte, ohne mich vorher gefragt zu haben.

Und zusammen mit Irfan und Hanni hatte er es sogar geschafft, einen Artikel über den Verein in der WOZ zu platzieren, in dem auch Werbung für den Vortrag samt Foto von mir gemacht und mein Name als Redner genannt wurde. Ich hätte Alex umbringen können, wie kam er dazu, dieses idiotische Foto, auf dem ich mit Hähnchenschenkel vorm Gesicht in die Kamera schmatze, dieser Wochenzeitung zu geben? Er meinte zu seiner Verteidigung, alles sei plötzlich ganz schnell gegangen, und er wüsste ja, dass ich keine aktuelleren Fotos mehr besäße. Ich würde das schon hinkriegen.

Ich klopfte bei meiner Nachbarin und fragte sie, nachdem sie mit einem Pinsel in der Hand die Tür geöffnet hatte, ob sie mit mir essen geht. Sie bedankte sich für die Einladung, meinte jedoch, sie habe heute schon etwas vor, ein anderes Mal vielleicht.

„Malst du gerade an einem Bild? ... Darf ich mal sehen?"

„Ist noch nicht fertig."

„Dann will ich nicht weiter stören."

„Schönen Abend noch."

„Wünsche ich dir auch", sagte ich, doch da hatte sie die Tür schon geschlossen gehabt.

Ich blätterte in dem Buch *Ein Leben ohne Chef und Staat* und stieß auf ein Kapitel über einen spanischen Freiheitskämpfer, den ich noch gar nicht kannte.

„Buenaventura Durruti – von Beruf Schlosser – war ein sanfter, großer, kräftiger Mann mit Raubtierblick, der keine Ungerechtigkeiten ertrug und stets bereit war, mit der Waffe in der Hand für bessere Verhältnisse zu kämpfen", las ich. „Er wurde bereits Jahre vor Beginn der spanischen Revolution weit über die spanischen Grenzen hinaus zur Ikone des Anarchismus. Er und seine Bande überfielen in Spanien, später in Frankreich und einigen lateinamerikanischen Ländern Banken. Mit dem geklauten Geld organisierten und unterstützten sie Bauernaufstände und Streiks der Arbeiter. Durruti und einige andere stellten somit die Weichen für die spanische Revolution, und er führte sie bis zu seinem Tod an."

Ich war beeindruckt, dieser Durruti war ein Held der Extraklasse. Einziger Wermutstropfen, Durruti starb in Madrid während einer Straßenschlacht durch sein eigenes Gewehr – ein Unfall. Ein Schuss löste sich, als er sich auf sein Gewehr stützend aus dem Auto stieg. So jedenfalls berichtete es Durrutis Fahrer und einer seiner Leibwächter, stand da weiter.

Es schellte an meiner Wohnungstür. Ich ging nachschauen. Zu meiner Überraschung stand meine Nachbarin mit einer Flasche Rotwein in der Hand vor mir, fragte mich, ob ich Lust hätte, mit auf eine Einweihungsparty zu kommen.

Bis zur Tramstation waren es nur zweihundert Meter hinterm Haus steil die Straße hoch. Kaum waren wir an der Haltestelle angekommen, fuhr die Tram bimmelnd vor. Ich geriet in Hektik, wollte nicht schon wieder riskieren, achtzig Franken fürs Schwarzfahren zu bezahlen. Valerie meinte, sie habe eine Monatskarte und blockierte die Tür, bis der Automat mir endlich meinen Fahrschein ausgedruckt hatte. Einige Fahrgäste sahen uns mürrisch an. Ich erzählte Valerie von meinem kläglichen Wanderversuch vor einigen Tagen und dass ich auf dem Rückweg bei Kehrsatz beim Schwarzfahren erwischt worden sei. Um keine unangenehme Stille aufkommen zu lassen, erzählte ich auch noch von Irfan und Alex, die sie ja bei mir auf dem Balkon gesehen hatte, Alex' Mutter, dem Verein Boykott, meiner neuen Aufgabe.

„Interessant."

„Wie lange lebst du schon in der Schweiz?"

„Sieben Jahre."

„Und warum bist du hier hingekommen?"

„Weil ich jung und naiv war."

„Du bist doch immer noch jung."

„Und naiv."

„Ist ja manchmal auch nicht verkehrt."

„Ja, manchmal."

„Was ist passiert?"

„Der übliche Mann-Frau-Wahnsinn."

„Ja, ja."

Valerie schaute aus dem Fenster.

„Wie sind eigentlich die Nachbarn? ... Ich habe bisher nur die beiden unter mir kennengelernt. Ein nettes Pärchen, dass die ganze Wohnung mit Eishockey-Zeug vom SC Bern voll hat."

„Der über mir tobt manchmal wütend durch seine Wohnung und beschimpft seine Frau, dabei wohnt der da ganz alleine."

„Echt, hab ich noch gar nicht mitbekommen."

„Im Moment geht es auch."

Die anderen Fahrgäste waren in ihre Gedanken versunken. Ein Jugendlicher in Lederjacke und mit Büchse Bier in der Hand, der laut seiner Aufnäher die Band Slime und das Getränk Jägermeister mochte und den Kapitalismus und Nazis zerschlagen möchte, hörte über

Kopfhörer lauten Punk. Der Bursche fiel hier ganz wunderbar zwischen all den anderen Leuten aus dem Rahmen. Eine alte Dame schaute immer wieder angewidert zu ihm herüber, ohne den Mut aufzubringen, ihn zu bitten, die Musik leiser zu machen.

Die Tram fuhr über die Kornhausbrücke, ich sah etwas oberhalb der Brücke leuchtende Ziffern, las das Wort Kurhaus. Valerie meinte, da würden öfters politische Vorträge gehalten. Ich nickte und dachte mit einem unwohlen Gefühl an meinen anstehenden Vortrag. Drei Stationen später stiegen wir aus, überquerten die Hauptstraße und bogen in die Kasernenstraße ein.

Abgesehen von zwei Tischen, ein Paar Stühlen, Couch, Musikanlage und zwei Sesseln im Wohnzimmer war die Wohnung noch nicht eingerichtet. Die circa zwanzig Gäste verteilten sich auf das Wohnzimmer und die Küche, wo das Büfett aufgebaut war. Vier Raucher unterhielten sich auf dem Balkon. Valerie stellte mir Kollegen und Kolleginnen aus dem Krankenhaus und das Pärchen vor, das hier in Zukunft sein Glück versuchen wird. Ich tat erfreut. Und als ich gefragt wurde, was ich

in Bern mache, ratterte ich den Text über den deutschen Psychologen runter, der Bern möge, besonders die Aare, den Tierpark und den Gurten. Und dass ich seit Neustem für den Verein Boykott arbeite. Auf die Nachfrage eines angehenden Arztes, der übernächtigt aussah, beschrieb ich, worum es ging bei diesem Verein, das war eine gute Übung für mich. Doch schon nach wenigen Minuten entschuldigte er sich zur Toilette.

Ich lauschte dem, was der Hausherr erzählte, so weit ich es mangels meiner Schweizerdeutschkenntnisse heraushörte, hatte er in Philosophie eine Masterarbeit über Hegels Werk *Phänomenologie des Geistes* geschrieben, arbeitete beim Bundesamt für Migration und wollte im Herbst mit seiner Frau eine längere Reise durch die USA unternehmen, wenn sie die anstehenden Prüfungen zur Krankenschwester bestand. Er gab ihr einen Kuss auf die Wange, woraufhin sie lächelte. Valerie brachte mir ein Glas Rotwein. Wir stießen an. Die Hausherrin legte derweilen eine CD in den Player und meinte, die Tanzfläche sei eröffnet. Aber niemand traute sich, den Anfang zu machen. Valerie ging einen gutaussehenden Typen begrüßen, der vom Balkon hereingekommen war. Ich stand unschlüssig herum. Das Gerede des Philosophen fing an, mich zu ärgern. Für ihn war alles ein Witz. Ich war nah dran, ihn zu fragen, was man ihm denn dafür bezahle, dass er Menschen abschiebe. Stattdessen wandte ich mich der Musik zu, die etwas verspielt Melancholisches hatte. Ein Typ, der damit beschäftigt war, seine rote Haarpracht zu glätten und sich einen Zopf zu binden, stöhnte, er könne diesen Sophie Hunger-Kram nicht mehr hören. Wir stellten uns einander vor und gingen in die Küche. Er studierte Theaterwissenschaft und Germanistik und lud mich zu einem Theaterstück namens *Die Freiwilligen* ein, welches er geschrieben hatte. Er meinte, dass es in dem Stück um ein Dorf ginge, das sich um hunderte Flüchtlinge kümmerte.

„Interessant."

Sein Gesicht war mit Sommersprossen übersät, und je mehr er sich an unserer Diskussion zwischen Käse, Tofu, Salaten, Fleischbällchen und Nachspeisen ereiferte, desto mehr wurden es, schien mir. Die anderen fünf, sechs Gäste am Buffet hielten sich aus unserer Unterhaltung heraus, wobei für mich nicht erkennbar war, ob aus Desinteresse oder Höflichkeit.

Valerie wirkte betrunken, sie redete mit einem Schnösel, dessen Hand auf ihrem Knie lag. Ich goss mir Weißwein ein und setzte mich zu einer Frau, die Nudelsalat aß. Ich wünschte ihr einen guten Appetit, fragte, ob es ihr schmecke, empfahl zum Nachtisch die Zimtschnecken, und ob sie auch ein Gläschen Wein wolle. Sie lehnte dankend ab, meinte auf Hochdeutsch, sie trinke keinen Alkohol.

„Sehr lobenswert."

Sie hatte zufällig mitbekommen, wie sie sagte, dass ich Psychologe sei und wollte von mir wissen, was meiner Meinung nach die Gründe dafür seien, dass immer mehr junge Menschen regelmäßig Drogen konsumieren und an Depressionen leiden würden.

Ich nippte an meinem Wein, der mir eine Spur zu säuerlich war, und antwortet: „Weil sie es sich leisten können."

„Wie meinst du das?"

„Naja. Jeder möchte geliebt werden. Das ist das Hauptgrundbedürfnis. Und die Liebe ist ein weites und kompliziertes Feld."

Sie blickte mich leicht irritiert an und wartete womöglich darauf, ob ich noch mehr Gründe aufführen würde. Doch ich hatte für heute genug Unsinn erzählt, beschloss ich. Im weiteren Verlauf des Gesprächs erfuhr ich, dass sie vierundzwanzig Jahre alt war, einmal wöchentlich reiten ging und Volleyball spielte, in Genf Französisch und Spanisch studierte, sie zudem fließend

Englisch und ein bisschen Italienisch und Portugiesisch sprach, und dass sie in ihrer Heimatstadt Fribourg für eine Werbeagentur als Übersetzerin arbeitete. Ich sagte ihr, dass ich sie um ihre Fremdsprachenkenntnisse beneide, denn ich würde gerne mal nach Brasilien, könne aber leider nur Englisch und Deutsch. Sie nahm einen Schluck Wasser und erzählte freudestrahlend, dass sie letztes Jahr zum zweiten Mal in der Nähe von Santiago de Chile war, wo sie in einer Dorfschule als Lehrerin gearbeitet hatte und oft in den Anden wandern war. Besonders beeindruckt hatte sie die Herzlichkeit und Lebensfreude der Menschen.

Wir plauderten noch ein bisschen übers Reisen, während Valerie und vier weitere Gäste anfingen zu tanzen. Ich fragte sie, ob ich ihr was aus der Küche mitbringen solle, was sie dankend verneinte. Ich holte mir noch ein Gläschen Weißwein und schaute mich nach dem rothaarigen Künstler um, dessen Namen ich vergessen hatte. Vor gut zwanzig Minuten hatte ich ihn noch auf dem Balkon rauchen gesehen. Ich beschrieb ihn den Rauchern, doch merkwürdigerweise konnte sich niemand an einen schlaksigen Rothaarigen erinnern, der Germanistik studiert. Ich stellte mich an den Rand der Tanzfläche und prostete Valerie zu, die vollkommen in Santanas Gitarrenklänge versunken tanzte. Außer mir schlawinerten zwei andere Typen hinter ihr her. Nach zwei weiteren Bieren wurde mir übel und der Kreislauf machte Probleme. Ich verschwand auf Toilette, machte mich frisch und trank Leitungswasser, doch das änderte leider auch nichts an meinem Zustand. Ich verließ die Party, ohne mich zu verabschieden und machte einen Spaziergang nachhause.

***

Ich schlenderte bei Sonnenschein in der Altstadt herum und machte schließlich hinterm Bundeshaus bei den Schachspielern eine Rast, die mir zur Begrüßung freundlich zunickten. Ein hochbegabter junger schmächtiger Schweizer mit Brille, der unter seinem Haarausfall litt und den man immer essend sah, erzählte gerade, dass er sich für die Grünen hat aufstellen lassen, während er nebenbei seinem Gegner böse Verletzungen zufügte, die dieser verkniffen zur Kenntnis nahm und schließlich aufgab. Da ich leichte Kopfschmerzen hatte, lehnte ich die Herausforderung von einem Mann ab, der Os hieß und mir kürzlich während einer Partie erzählt hatte, dass er vor drei Jahren Frau und Kinder an einen anderen Mann verloren, daraufhin mit dem Trinken angefangen hat und bei der Bank gekündigt wurde.

Ich stieß den Kalifornier an, gegen den ich schon mehrmals gespielt hatte und meinte, er solle gegen Os spielen, aber der zierte sich und wartete, ob auch alle anderen ihn spielen sehen wollten. Doch der arbeitslose Anwalt mit dem bayrischen Hut ergriff die Chance und stellte rasch die Figuren auf. Er beriet seine Gegner oft während einer Partie, und wenn er verlor, was selten vorkam, dann gegen seine eigenen Ratschläge.

Schade, dachte ich, weil ich sah den hochgewachsenen beleibten Kalifornier gerne spielen, da er immer ein unterhaltsames Geschnaufe und Gezeter mit wunderbaren amerikanischen Akzent veranstaltete und sich die tollsten Züge einfallen ließ. Außerdem mochte ich seine

Ehefrau, eine schlanke stark geschminkte Schweizerin, die hier gelegentlich vorbeistelzte, immer heiter war, und für die er schon mehrmals heldenhaft eine Partie abgebrochen hatte, weil er seine Lady nicht warten lassen wollte. Seit unserem letzten Gespräch wusste ich, dass er ein exotisches Saiteninstrument spielte, das außer ihm weltweit nur drei weitere Menschen beherrschten und dass er regelmäßig in Prag und Wien klassische Konzerte gab.

Ich verabschiedete mich, folgte dem Weg nach unten an die Aare, durchquerte das Marzilifreibad, überlegte, schwimmen zu gehen, doch dafür war es mir mittlerweile zu kühl geworden.

***

Auf dem Flohmarkt in und vor der Reithalle unter der Eisenbahnbrücke hatte ich mich mit Büchern eingedeckt. Darunter von Ulrich Beck *Risikogesellschaft*. Ein Muss, wenn man die sozialen, politischen, ökonomischen, ökologischen, individuellen Risiken der modernen Gesellschaft verstehen will, besagte der Klappentext. Ich hatte bereits vor einigen Jahren darin gelesen, konnte mich aber nicht mehr richtig erinnern, was die Prognose war. Auf jeden Fall ging es um Umweltzerstörung, weil der Einsatz neuer Technologien, wie beispielsweise Atom- und Gentechnik, sich den herkömmlichen Kontroll- und Sicherungsvorkehrungen entziehe. Irgendwo war auch die Rede von Individualisierung und Selbstentfremdung, meinte ich. Aber wie hingen technischer Fortschritt, Umweltzerstörung, Vereinsamung zusammen? Warum wurde vieles, wie kaum einer wollte? Was hatte sich faktisch in den letzten zwanzig, dreißig Jahren verändert?

Ich dachte eine Weile nach, nicht konkret, eher breit streuend, bis ich nur noch darüber nachdachte, worüber ich mir überhaupt gerade so flockig Gedanken gemacht hatte. Das Buch in meinem Schoss brachte mich wieder zum Thema zurück. Die Familienstrukturen haben sich verändert, dachte ich. Kinder werden bereits ab ihrem ersten Lebensjahr ganztägig betreut, damit beide Elternteile sich ausreichend fortbilden und arbeiten können. Der Kampf um gute Arbeitsplätze, das Konsumverhalten und die Präsenz von medialer Unterhaltung haben stark zugenommen. Unsere Gesellschaft bringt immer mehr narzisstische, unsoziale, egoistische Einzelkämpfer hervor. Alles, was den Menschen toller erscheinen lässt, will er besitzen. Es ist das Zeitalter des Konsumismus, der totalen Befriedigung. Immerzu braucht es neue Höhepunkte, wie die Marktforschung mit Hilfe von Wirtschaftspsychologen zutage gebracht haben. Und der Markt stillt fleißig wie die Mutter das Neugeborene.

Mein Magen machte merkwürdige Gluckergeräusche, die mir signalisierten, dass ich etwas essen sollte. Ich legte das Buch beiseite, dachte darüber nach, was mir zu meinem Glück fehlte. Aufrichtige humorvolle unternehmungslustige Freunde und eine Partnerin, die ich vergötterte, und die mich so liebte, wie ich war, sagte ich mir.

Ich erlaubte mir ausnahmsweise, einen Joint zu drehen, den ich auf dem Weg am Gaskessel vorbei an der Aare entlang zur Dampfzentrale rauchte, wo ich etwas essen wollte. Doch nachdem ich völlig bekifft vor der

Eingangstür die Preise auf der Speisekarte gelesen hatte, entschied ich, eine Dönerbude oder Ähnliches zu suchen. Unter der Monbijoubrücke fand ich ein Bowlingcenter, in dem junge Leute bei lauter Musik ausgelassen bowlten, einige kickerten andere spielten Billard. Ich fragte eine Angestellte, ob sie etwas Warmes zu essen hätten, was sie verneinte, also spazierte ich weiter. Nach knapp hundert Metern kam ich an einem rot beleuchteten Haus vorbei, hinter dessen geöffneten Fenstern mir drei schwarze Frauen winkten, ich solle näher kommen. Sie nannten mich Schatz, hoben ihre Brüste aus den Fenstern heraus, was total abtörnend auf mich wirkte und meine sexuellen Gelüste völlig in sich zusammenfielen ließ. Jedoch wollte ich nicht unhöflich sein und fragte, was eine Stunde kosten soll. Hundert Franken, antworteten sie, was ein fairer Preis war, wie ich zugab. Ich vertröste sie dennoch auf ein anderes Mal, wünschte einen schönen Abend und schlenderte von dannen, als just eine Grazie am Fenster im ersten Stock erschien, die deutlich jünger als die anderen Frauen war. Ich kam die fünf Schritte, die ich gemacht hatte, wie an der Schnur gezogen zurück. Die schwarze Schönheit warf sich elegant das Haar zurück und machte einen Kussmund. Ich war begeistert, die anderen Frauen sahen mich beleidigt an.

„Für hundertfünfzig Franken gehöre ich diese Nacht dir."

Ich schluckte und überlegte hin und her.

„Was ist nun, gefalle ich dir nicht, Schatz."

Jetzt hatte sie auch dieses fürchterliche Wort in den Mund genommen. „Ich muss leider weiter", sagte ich.

„Euch noch eine gute Zeit."

Weiter die Straße hoch fand ich ein gut bürgerliches Restaurant, das einigermaßen bezahlbar war. Bei gebratenen Gnocchis mit Pilzrahmsauce dachte ich über meinen Vortrag nach, den ich in knapp zwei Wochen halten musste, was in mir das diffuse Gefühl des Unwohlseins noch verstärkte. Ich versuchte, mich zu beruhigen, indem ich mich an gehaltene Referate erinnerte, die meistens gut angekommen waren.

„Auf die innere Haltung kommt es an", sagte ich mir. „Vertraue dir."

Es ging nicht, ich konnte mir mich im Moment einfach nicht in der Rolle des Redners vorstellen. Ich gab dem Gras die Schuld. Aber auch Tage später wurde ich nervös, sobald ich an meinen Auftritt dachte. Meine Rede reichte bisher nicht einmal für zehn Minuten, immer wieder vergaß ich den Text. Ich bräuchte einen roten Faden und Stichpunkte, beruhigte ich mich, während ich in meiner Wohnung auf und ab tigerte.

„Informiere doch einfach über die Ziele des Vereins, stell den aktuellen Stand dar, mache auf die Erfolge aufmerksam. Du machst das schon. Sei einfach du selbst", hatte Alex am Telefon gemeint.

Auf keinen Fall wollte ich wie ein Prophet erscheinen, der von seiner Gemüsekiste herunter eine Rede hält. Nur war ich mir nicht sicher, wie ich genau dies verhindern sollte. Eine offene Diskussion müsste zustande kommen, das wäre gut, jedoch bezweifelte ich, dass mein Wissen dafür reichte, um zum Beispiel Fragen zur Weltwirtschaftskrise zu beantworten. Mir fiel der Artikel über die Goldman Sachs Bank aus der New York Times ein, den mir Irfan geschickt hatte und las ihn, was mir Mühe bereitete, immer wieder musste ich mir englische Wörter im Internet übersetzen lassen. Sodass es eine Weile brauchte, bis ich den Text verstanden hatte. Der Autor und ehemalige Basketballprofi, Matt Taibbi, beschuldigte offensiv die Investmentbank Goldman Sachs, seit 1929 immer wieder für Marktmanipulationen und Wirtschaftskrisen mitverantwortlich zu sein. Er lieferte harte Fakten, beschrieb mit Humor das Zustandekommen der Immobilien-Blase, Öl-Blase, Rettungsplan-Blase, Klima-Blase.

Mein Handy rappelte über den Küchentisch.

„Hallo!"

„Bist du zu Hause?", fragte eine Frau undeutlich.

„Ja, wer ist denn da?"

Ich bekam keine Antwort.

„Hallo!"

Die Leitung war tot. Spät abends klingelte es an meiner Tür. Ich drückte den Türöffner, war gespannt, wer wohl die Treppe hinaufkäme, hörte klackernde Schritte und versuchte zwischen dem Treppengeländer hindurch etwas zu erkennen. Eine zierliche Hand mit einer Damenarmbanduhr am Handgelenk berührte das Geländer und zog sich Schritt für Schritt auf Stöckelschuhen nach oben. Es war zu meiner Überraschung Simone.

„Du meintest, ich solle mich mal melden", nuschelte sie. In diesem Moment ging das Licht im Treppenhaus aus. „Er hat den Artikel ausgeschnitten."

Ich ertastete den Lichtschalter, roch Parfüm, Schweiß, Alkohol und knipste das Licht wieder an. „Komm doch rein."

Sie stelzte auf mich zu, halb ging sie, halb fiel sie, ihre Handtasche machte einen unkontrollierten Salto. Ich trat beiseite, darauf gefasst, sie auffangen zu müssen. Und eh ich mich versah, stolperte sie an mir vorbei in die Küche, von dort in mein Zimmer und ließ sich auf mein Bett fallen. Ich schloss die Wohnungstür, holte ein Glas Leitungswasser, hielt es Simone hin, doch sie drehte sich auf die Seite.

„Alles okay?"

„Er ist gefährlich, ein Schwein."

„Wer?"

Sie rührte sich nicht, auch nicht, als ich sanft an ihr rüttelte.

***

Ich erwachte in Schüben. Ein angenehmer Luftzug. Das Bett schwankte. Über mir ein strahlend blauer Himmel. Ich setzte mich auf, schaute aus schwindelerregender Höhe auf ein Sonnenblumenfeld, durch das sich ein Pfad schlängelte, der auf ein hohes ebenfalls schwankendes Bett zuführte, auf dem eine nackte auffällig schlanke blasse Frau saß, die verstört vor sich hinstarrte, so schien es. Ich versuchte mich bemerkbar zu machen, indem ich winkte, wollte etwas rufen, bekam aber keinen Ton heraus, so sehr ich mich auch mühte. Die Frau wandte mir ihr Gesicht zu, aus dessen Augen weißer Rauch quoll. Ich blickte mich nach einer Leiter um, doch es gab keine und auch sonst nichts Stabiles, an dem ich hätte hinunterklettern können. Ich überlegte ernsthaft, ob ich fliegen kann, glaubte, denn nur dann könne ich mich und sie retten. Im nächsten Moment wurde ich wie eine Puppe empor gerissen. Eh ich begriff, was geschah, landete ich hart und fand mich auf meinem Parkettboden liegen.

Eine Frau, aber nicht die Frau aus meinem Traum, stand in der Tür und blickte mich an. Ich setzte mich auf die Couch, wollte einerseits in den Traum zurück, andererseits hier glänzen.

„Wir sollten diese Geschichte hier vergessen", sagte die Frau, womit mein Traum vollends zunichte war.

„Welche Geschichte? … Also, du … du hast in Kleidern in meinem Bett … Ich hier auf der Couch geschlafen … Doch wirklich."

„Es war falsch, dass ich hergekommen bin."

Ich sah mich nach meiner Hose um.

„Wenn mein Mann herausfindet, dass ich hier bei dir war, dann –"

„Was dann?" Ich stieg in meine Jeans. „Ich denke, du willst dich von ihm scheiden lassen?"

„So einfach ist das nicht. Er kann sehr eifersüchtig und jähzornig sein", meinte sie, und ging zur Wohnungstür.

„Ich mache erst mal einen Espresso, ja?"

Sie setzte sich an den Küchentisch und sagte, nachdem ich die Espressokanne auf den Herd gestellt hatte: „Du hast sicher mal was von der Fichen-Affäre gehört?"

„Ööh", ich ging mir durchs Haar. „Nicht dass ich wüsste."

„In den späten Achtzigern kam heraus, dass die Bundesanwaltschaft in Zusammenarbeit mit kantonalen Polizeibehörden illegal über 700 000 Schweizer Bürger überwachen ließ. Zumeist Linke, Künstler und Gewerkschafter."

Ich gähnte: „Ja und?"

„Mein Mann war damals ein Spitzel. Ich habe das erst vor einem Jahr zufällig herausgefunden und ihn damit konfrontiert."

„Du sagtest gestern, dass irgendein Schwein einen Artikel hat. Meintest du den kürzlich in der WOZ erschienenen über den Verein Boykott?"

„Vielleicht übertreibe ich, aber ich glaube, es wäre besser für dich, wenn du den Vortrag nicht hältst und auch nicht für diesen Verein tätig bist, zumindest nicht in der Schweiz."

„Bist du gekommen, um mich zu warnen?"

Sie reagierte nicht, schien mit den Gedanken woanders.

„Verstehe ich dich richtig, du glaubst, dein Bald-Exmann beschattet mich im Auftrag des Schweizer Geheimdienstes?"

„Nein, das sicher nicht, er arbeitet schon seit über fünfzehn Jahren für eine Versicherung. Aber ich glaube, gewisse Leute fragen ihn manchmal noch um Rat."

„Hmm ... Ja ... Cool."

Die Espressokanne fing an zu zischen und Kaffeegeruch stieg mir in die Nase. Ich nahm die Kanne von der Herdplatte.

„Ich muss jetzt los."

„Und der Kaffee?"

Sie hing sich ihre Handtasche über die Schulter.

Ich stellte die Kanne auf eine kalte Herdplatte und ging Simone die Wohnungstür öffnen. „Mach es gut, und bis bald."

Ohne noch etwas zu sagen, verließ sie meine Wohnung.

Ich schloss die Tür, stellte mich ans Küchenfenster, sah wie Simone zusammen mit meiner Nachbarin Valerie aus der Haustüre kam und sie sich zunickten, woraufhin Valerie nach links und Simone nach rechts aus meinem Blickfeld verschwanden. Ich rief Alex an und erzählte ihm von Simones Besuch.

„Du hast mir gesagt, du hast bisher niemanden kennengelernt, und jetzt stellt sich heraus, dass die Frau eines Geheimagenten bei dir ein und aus geht."

„Exspitzel!"

„Wieso hat sie dir das alles über ihren Ehemann erzählt und rät dir, nicht für Boykott tätig zu werden?"

„Das wüsste ich auch gerne."

„Merkwürdig … Hanni hat kürzlich einen Detektiv damit beauftragt, herauszufinden, ob sie überwacht wird, doch bisher spricht da nichts für. Vermutlich leidet Hanni ein bisschen unter Verfolgungswahn."

***

Tage später klingelte es an meiner Wohnungstür. Ich schaute durch den Spion. Zwei Typen im Anzug standen vor meiner Tür, ich vermutete Zeugen Jehovas. Der links sah in seinem Jackett beinah so breit wie hoch aus, dazu hatte er eine Frisur, die wie ein Vogelnest aussah. Der andere war lang und schlank, trug einen angeklebten Seitenscheitel und hielt einen silbernen Aktenkoffer in der Hand.

„Was wollen Sie?", fragte ich durch die Tür.

„Sind Sie Herr Lenk?", sagte der Seitenscheitel.

„Wer will das wissen?"

„Wir kommen vom Radiosender DRS. Wir würden gerne ein Interview mit Ihnen machen ... wegen des Vortrags im Café Kairo."

„Ich habe den Vortrag doch noch gar nicht gehalten ... Könnte ich bitte mal Ihre Ausweise sehen!"

Sie zückten jeder ein Kärtchen aus ihrem Jackett und hielten es abwechselnd vor das Guckloch.

„Kann ich so nicht erkennen."

„Warum so ängstlich?"

„Warum haben Sie nicht vorher angerufen oder mich schriftlich in den Sender eingeladen?"

„War eine spontane Entscheidung der Redaktion." Der Seitenscheitel sah zu seinem Kollegen hinunter, der gleichgültig seine breiten Schultern hob. „Also, Herr Lenk, wir werden in der Redaktion sagen, dass sie nicht mit uns reden wollten." Sie wandten sich ab.

Ich öffnete die Tür, bat sie auf der Couch Platz zu nehmen und brachte jedem ein Glas Leitungswasser. Sie hatten bereits zwei Ansteckmikros und das Aufnahmegerät vor sich abgelegt. Der Seitenscheitel fragte nach meinem persönlichen Werdegang. Ich antwortete auf die Schnelle: In Bielefeld aufgewachsen und zur Schule gegangen, danach in Berlin bei den Stadtwerken die Ausbildung zum Industriemechaniker absolviert, zurück nach Bielefeld gezogen und dort Zivildienst im Betreuten Wohnen gemacht, für eine Zeitarbeitsfirma bei Thyssen gearbeitet, Abitur nachgeholt und Studium der Psychologie mit Nebenfach Philosophie. Bis vor kurzem in der Nähe von Bern in einem Behindertenheim gearbeitet.

Der Seitenscheitel zog einen Zettel aus seiner Innentasche und faltete ihn auf. „Und jetzt sind Sie als Redner und Journalist für den kapitalismuskritischen Verein Boykott tätig. Was hat Sie dazu bewogen?", las er ab.

„Wollen Sie Ihre Jacketts nicht ausziehen?"

„Nein, wollen wir nicht", antwortete das breitschultrige Vogelnest auf eine Art, die mir gegen den Strich ging.

„Soll ich die Frage wiederholen?"

„Mein bester Freund hat mich dazu überredet. Er meinte, ich wäre der geborene Weltverbesserer." Ich lachte.

„Worum soll es in Ihrem anstehenden Vortrag gehen?"

„Mein Auftrag ist es, die Mechanismen und Auswirkungen des Kapitalismus darzustellen. Und zu einem verantwortungsbewussten Konsumverhalten und zu Boykotts aufzurufen."

Der Seitenscheitel sah aus den Augenwinkeln seinen Kollegen an, woraufhin dieser sich etwas vorbeugte. „Und Sie glauben ernsthaft, dass Sie auf diese Weise Unternehmen dazu bringen können, ihre Firmenpolitik zu verändern?"

„Davon bin ich überzeugt", sagte ich, obwohl ich in Wahrheit große Zweifel hegte. „Zudem möchte ich dazu beitragen, dass die Arbeiter und Arbeiterinnen sich weltweit solidarisieren und nach Möglichkeit die Felder, Fabriken und Minen besetzen, damit sie dann selbst bestimmen können, was sie unter welchen Bedingungen herstellen wollen."

Das Vogelnest sah mich an, als hielt es mich für verrückt.

„Denn Sie glauben gar nicht, wie viele Menschen in dieser Welt dazu gezwungen sind unter fürchterlichen Bedingungen zu leben und zu arbeiten. Stichpunkt: Coltan, Kobalt, Lithium und so weiter, was es in Europa und den USA so gut wie nicht als Bodenschätze gibt. Ohne diese Rohstoffe aber zum Beispiel kein Smartphone, Laptop und Elektroauto funktionieren würde ... Die Menschen, die das Zeug im Kongo, in China und diversen lateinamerikanischen Ländern unter gefährlichen Bedingungen abbauen, leben vielfach in primitiven Baracken und haben kaum Zugang zu Trinkwasser, weil das vielerorts Konzernen wie Nestlé oder Coca Cola gehört und von denen teuer verkauft wird. Das ist Massenmord." Ich redete, ohne viel nachzudenken und gefiel mir allmählich dabei.

Das Vogelnest machte nicht den Eindruck, als würde es noch zuhören und sah übellaunig auf den Tisch.

„Und derartige Beispiele gibt es viele. Siehe die Bauern in Indien, die ebenfalls unter unwürdigen Bedingungen leben und arbeiten und massenweise Selbstmord begehen. Die Textilarbeiterinnen in Bangladesch, die sich von ihrem Hungerlohn nur einmal im Monat Fisch oder Fleisch leisten können. Die Abholzung von Regenwäldern, um dann Ölpalmen zu pflanzen, dessen Öl in unzähligen unserer Produkte ist. Die zunehmende Verseuchung von Grundwasser, Flüssen und Seen durch den übermäßigen Einsatz von giftigen Pestiziden. Umweltkatastrophen aufgrund von Menschen gemachter Klimaerwärmung."

„Ja, ja, das wissen wir alles", sagte der Übellaunige. „Wir haben noch ein paar andere Fragen."

Der Seitenscheitel trank sein Glas leer. „Glauben Sie an die Demokratie?"

Ich dachte nach. „Die Demokratie ist eine wichtige Errungenschaft, die über Jahrhunderte erkämpft und weiterentwickelt wurde. Aber nach wie vor ausbaufähig ist. Sprich, die Industriestaaten müssen allen Menschen weltweit die gleichen Rechte zukommen lassen. Und sollten auf der Stelle damit aufhören, die unterentwickelten Länder auszubeuten und Waffen zu verkaufen!"

Kurze Stille.

„Wie stehen Sie zu sozialistischen Ländern wie Bolivien, Venezuela und Kuba?"

Ich trank das Glas vom Vogelnest leer. „Über die genannten Staaten weiß ich zu wenig, um mir ein Urteil zu erlauben. Soweit ich es aber mitgeschnitten habe, sind diese Länder eher Diktaturen, als sozialistisch gestrickt."

„Wie sieht Ihrer Meinung nach der perfekte Staat aus?"

„Das gilt es gemeinsam herauszufinden. Ich lade Sie herzlich dazu ein, am Mittwoch um 19.00 Uhr ins Café Kairo zu kommen und mitzudiskutieren." Ich gähnte übertrieben.

Die beiden wechselten einen flüchtigen Blick. Ich erhob mich, sagte: „Danke, dass Sie vorbeigekommen sind."

Der Seitenscheitel schaute auf seinen Zettel. „Wir hätten noch ein paar Fragen."

„Ein andermal vielleicht." Ich reichte ihm das Mikro.

Er bedankte sich, packte die Mikros in den Koffer, und die beiden verabschiedeten sich.

Beim Abendbrot fiel mir ein, dass ich die beiden Journalisten gar nicht gefragt hatte, wann das Interview gesendet wird. Ich suchte im Internet nach der Telefonnummer des Radiosenders, rief dort an und erklärte einer Frau mein Anliegen. Sie verband mich mit der zuständigen Redaktion. Nachdem ich drei Mal in Warteschleifen verschoben worden war, in denen Schweizer Popmusik lief, und ich drei Mal mein Anliegen wiederholt hatte, sprach ich mit einem älteren Herrn, der sich als Chef irgendeiner Abteilung vorstellte. Er erklärte mir, dass der Sender niemanden nach mir geschickt habe. Ich tat ziemlich empört. Er lachte an der einen oder anderen Stelle, bot mir an, als ich gerade auflegen wollte, morgen um 13.00 Uhr im Sender vorbeizukommen, um eventuell ein Interview zu machen.

Ich rief Alex an und erzählte ihm die ganze Sache. Er fragte mich, ob ich betrunken sei.

„Was soll diese Scheißfrage?"

„Jetzt reg dich doch nicht gleich auf."

„Ich komme mir wie in einem schlechten Film vor."

„Du erlebst aber auch Sachen."

„Sachen, die du mir eingebrockt hast. Hoffentlich sind die beiden Burschen nicht nur vorbeigekommen, um mich auszuspionieren."

„Unwahrscheinlich", sagte er.

„Hast du schon mal was von der Fichen-Affäre gehört?"

„Helle, jetzt hör doch mal auf damit. Wenn die jeden

gleich ausspionieren würden, der sich kritisch zum hiesigen System äußert, hätten die wahnsinnig viel zu tun."

„Meinst du?"

„Na komm schon, sei nicht kindisch."

„Fuck. Alles Fuck."

„Nee, aber was wirklich Scheiße ist, fällt mir gerade ein, die Schrottplatzbetreiber haben Konkurs angemeldet."

„Woher weißt du das denn?"

„Das hat mir mein Anwalt gestern mitgeteilt. Die haben die Firma abgemeldet. Ansonsten hätten die dir locker achtzigtausend Euro Schadensersatz zahlen müssen, meinte er."

„Das kann doch jetzt nicht wahr sein. Da muss doch noch irgendwas zu machen sein?"

„Keine Chance."

„Sagt wer?"

„Mein Anwalt."

„Na, super."

„Kannst du jetzt einfach nur abhaken."

***

Eine stark geschminkte Frau um die vierzig, an der nichts natürlich wirkte, holte mich an der Rezeption ab. Das Busenwunder stelzte in Minirock vor mir her, dass ich, obwohl die Frau überhaupt nicht mein Typ war, kurz einen Ständer bekam, der mir gar nicht recht war, weil er mich beim Gehen behinderte. Sie hatte es eilig, sah sich mehrmals mit ernster Miene nach mir um. Ich war froh, dass ich geduscht, mich rasiert hatte, so gut wie schon lange nicht mehr aussah, ärgerte mich aber ein wenig, dass ich zu dem blauen T-Shirt und der schwarzen Jeans, meine neuen roten Turnschuhe trug, die auf dem Linoleumboden fürchterlich quietschten.

Ich erzählte ihr in etwa das Gleiche wie den beiden Typen vom Vortag, benutzte jedoch öfters die Wörter, einseitige Lobbypolitik, vereinnahmtes Bildungssystem und Bankenstaat. Sie würden das Gesagte zusammenschneiden und einen Zehnminutenbeitrag daraus machen, den sie voraussichtlich um 23.40 Uhr senden würden, meinte sie.

„Um 23.40 Uhr, hört da überhaupt noch einer Radio?"

„Hören Sie –"

„Schon gut."

Sie legte mir ein Schreiben vor, in dem ich erklärte, dass der Radiosender DRS die Aufzeichnungen jeder Zeit verwenden und senden dürfe.

Ich war gespannt, wie der Radiobeitrag sein wird und kaufte mir auf dem Heimweg in einem Gebrauchtladen ein Radio. Zur Feier des Tages trank ich am späten Abend Whiskey mit Cola. Im Radio lief ein Song von Bob Dylan. Ich prostete meinem Spiegelbild in der Balkontür zu, nippte an dem Glas und tanzte, bis ich erschöpft auf die Couch fiel und mir einen Joint drehte. Von den ersten drei, vier Zügen hatte ich überhaupt keine Wirkung bemerkt, doch nach dem sechsten Zug fing mein Herz an zu rasen, und mir wurde schwindelig.

Mühsam erhob ich mich und öffnete die Balkontür, um frische Luft hereinzulassen, als jemand an meine

Wohnungstür hämmerte und Sturm klingelte. Ich stellte die Musik leiser, nahm noch einen Schluck von meiner Whiskeycolamischung, ging die Tür öffnen und betrat das Treppenhaus, wo niemand zu sehen war. Die Treppenhausbeleuchtung ging aus, ich lauschte an Valeries Wohnungstür, ob sie zuhause war, hörte nichts, klingelte dennoch bei ihr, stützte mich am Treppengeländer ab, weil ich befürchtete, dass mein Kreislauf jeden Moment zusammenbrechen könnte. Und plötzlich fiel ich in ein tiefes schwarzes Loch.

Nachdem ich wieder zu mir gekommen war, lag ich mit Schmerzen am Kopf eine halbe Etage tiefer, und Valerie fragte mich, ob ich aufstehen könne. Sie half mir auf die Beine, stützte mich und brachte mich in meine Wohnung, wo ich mich auf mein Bett legte. Sie ging einen nassen Lappen holen, mit dem sie mir vorsichtig das Gesicht abtupfte.

„Mein Auge."

„Nimm mal die Finger da weg und halt den Lappen drauf." Sie tastete meinen Kopf ab. „Hier über der Schläfe hast du eine Beule. Da musst du auch kühlen."

„Aua."

„Hoffentlich hast du keine Gehirnerschütterung."

„Nee", brummte ich. „Ich bin sehr müde. Danke für deine Hilfe."

„Ich komme morgen noch mal nach dir schauen."

„Danke."

Ich drehte mich auf die Seite und schlief ein.

***

Ich saß in einem altmodischen Zug, der durch ein Gebirge an einem wilden Fluss entlangfuhr und dachte an Heike, die ich vorhatte, in einer abgelegenen Klinik zu besuchen. Alles wirkte ganz friedlich und idyllisch, wenn da nur nicht plötzlich dieser Berg gewesen wäre, der regelrecht explodierte. Ich befürchtete, die herumfliegenden Steinbrocken würden den Zug treffen und zerschmettern. Der Schaffner betrat das Abteil und verlangte meinen Fahrschein. Ich tat so, als würde ich ihn suchen, während ich den zerberstenden Berg im Blick behielt, wirres Zeug stammelte und mit ungeheurer Gewalt ein Felsbrocken durch die Scheibe knallte, wovon ich schreiend aufschreckte.

Kurz darauf klopfe jemand an meine Wohnungstür.

„Ja!"

Valerie kam herein und hielt einen Topf in den Händen. „Wie geht es dir?"

Ich war erleichtert, nicht in diesem Zug zu sitzen und ließ meinen Kopf wieder ins Kissen fallen.

„Magst du Gemüsesuppe?"

„Ja, sehr gerne." Das Reden fiel mir schwer.

Sie verschwand in der Küche.

Ich ging ins Badezimmer, blickte in den Spiegel, sah wie ein Boxer aus, der ziemlich eingesteckt hatte, und so fühlte ich mich auch. Ich hatte wohl sieben oder acht Stufen mit dem Kopf voraus genommen, vermutete ich und schwor mir, nie wieder überzüchtetes Marihuana zu rauchen.

Die Gemüsesuppe schmeckte hervorragend und tat gut, ich spürte, wie ich allmählich zu Kräften kam. Valerie fragte mich ohne den geringsten Vorwurf in der Stimme, warum ich soviel gesoffen und gekifft hätte.

Ich zuckte mit den Schultern. „Nur so."

„Machst du das öfters?"

„Nein."

„Brauchst du noch was?"

Ich schüttelte den Kopf.

„Ich würde an deiner Stelle zum Arzt gehen."

„Geht schon."

„Mit inneren Blutungen ist nicht zu spaßen … Wenn was ist, ich bin drüben."

„Ich würde mir gerne mal deine Bilder anschauen."

Sie lud mich ein, wenn ich fertig gegessen habe, sie zu besuchen und verließ die Wohnung.

In ihrem Zimmer roch es dezent nach Ölfarbe und hingen und standen Bilder von merkwürdig kahlen Wäldern voller Licht und Schatten, die sich kaum voneinander unterschieden. Auf der Staffelei am Fenster stand ein Bild von einem runden Puppengesicht, das mich traurig anschaute.

„Wow!"

„Das ist die gescheiterte Barbie."

„Beeindruckend."

Valerie verschwand kurz in der Küche, kam mit einem farbverschmierten Plastikbecher zurück. Ich schaute mir gerade das Foto auf ihrem Nachttisch an, das zehn, elf Leute in zwei Reihen vor einer halb zerstörten Häuserwand stehend zeigte, die bis auf die Kinder alle in die Kamera lächelten. Auf meine Frage hin antwortete sie, dies sei ihre Familie und das Foto bei ihren Eltern aufgenommen, die in Transsylvanien in einem Dorf leben.

„Das hübsche Mädchen in dem roten Kleid bist du, nehme ich an?"

Sie nickte. „Wenn ich genug gespart habe, dann gehen wir zurück", sagte sie zu ihrem Barbiebild, als sei es eine gute Freundin.

Ich dachte darüber nach, wie der rumänische Diktator hieß, den das eigene Volk nach einem Aufstand 1989 öffentlich hingerichtet hat und fragte schließlich Valerie, die mittlerweile an ihrer Barbie herumpinselte.

„Ceaușescu."

„Ach ja … Cooles Volk." Mein linkes Auge fing an zu tränen.

„Ist dir übel?"

„Ein bisschen."

„Du hast bestimmt eine Gehirnerschütterung."

„Ja, wahrscheinlich."

„Du solltest die nächsten drei, vier Tage nicht herumlaufen und viel ausruhen."

„Ich muss in drei Tagen im Café Kairo einen Vortrag über verantwortungsvolles Konsumieren halten."

In meiner Wohnung läutete das Telefon. Ich ging herüber und nahm den Hörer ab.

„Na endlich. Wo warst du denn? Irfan und ich haben mehrmals versucht, dich zu erreichen. Hast du die Rede vorbereitet?"

„Jau jau!"

„Alles okay bei dir?"

„Ich bin die Treppe runtergefallen."

„Die Treppe? … Und?"

„Geht schon wieder." Ich ließ mich auf meine Couch fallen, war auf einmal wieder sehr müde.

„Wie ist das denn passiert?"

„Frag nicht", sagte ich. „Hast du den Radiobeitrag gehört?"

„Nee, den habe ich verpasst. Und du?"

„Ich auch. Egal."

„Du, wir haben eine Büroeinrichtung gekauft und in der Monbijoustraße einen Büroraum gemietet, das ist ganz bei dir in der Nähe."

„Wann kommt ihr nach Bern?"

„Warst du beim Arzt? Du hörst dich an, als würdest du im Sterben liegen."

„Ja."

„Was, ja?"

„Alles halb so wild."

„Wenn du willst, verschieben wir den Vortrag."

„Vortrag? Ja, absagen."

„Okay, das ist zwar –"

„Also gut. Ich mach's."

„Bist du sicher?"

„Ich ziehe das durch."

„Wir kommen übernächste Woche Freitag zur Büroeinweihung."

„Alles klar. Tschüss."

„Warte mal … schicke uns doch bitte deine Rede. Vielleicht haben wir Verbesserungsvorschläge."

***

Ich hatte einen Strauß Blumen gekauft, den ich selbst zusammengestellt hatte, und der ein bisschen zu groß und teuer ausgefallen war. Ich klingelte mit diesem übertrieben süß duftenden Busch im Arm an Valeries Wohnungstür, aber leider öffnete niemand. Da ich keine Vase besaß, legte ich die Blumen in mein Spülbecken, deren Geruch ich bald schon als unangenehm empfand. Mehrmals klingelte ich noch im Laufe des Tages bei Valerie, und erst am späten Abend hatte ich sie endlich an der Tür.

„Ich bin es", sagte ich und machte mich hinter dem Busch aus Blumen bemerkbar. „Der ist für dich. Danke für alles."

„Der ist ja schön", meinte sie und nahm ihn entgegen.

„Wenn du willst, kannst du drei Blumensträuße daraus machen."

Sie lachte.

„Hast du morgen Lust, mich ins Café Kairo zu meinem Vortrag zu begleiten."

„Ja, warum nicht."

„Und danach würde ich dich gerne zum Essen einladen."

Ich ging in meine Wohnung und konnte die ganze Nacht vor Aufregung nicht schlafen.

Valerie schlug vor zum Café Kairo zu spazieren, das brächte den Kreislauf in Gang und nähme mir die Nervosität.

„Ich bin nicht nervös", meinte ich, „sondern einfach in einem schlechten Zustand."

Unterwegs reichte Valerie mir auf meine Bitte hin ihre Notfalltropfen. Ich legte den Kopf in den Nacken und tröpfelte Baldrian in mich hinein.

„Nicht so viel", sagte sie.

Wir kamen an der Heiligen-Geist-Kirche vorbei, da wo die Punks und Berber soffen, die Hunde rauften. Ein paar junge Leute von „Ein Herz für Kinder!" lauerten den Passanten auf, die vom Bahnhof kamen oder hinwollten. Natürlich schlenderten sie auch uns an. Um es kurz mit der Kommunikation zu machen, hob ich die Hände und sagte der jungen Frau barsch, dass wir keine Zeit haben. Und irgendwie wünschte ich mir, dass Valerie mich maßregeln und sich bei der Frau für mein Verhalten entschuldigen wird, doch nichts dergleichen tat sie, sie verzog nicht einmal das Gesicht oder verdrehte die Augen, wie Heike es getan hätte.

Auf der Lorrainebrücke blieb ich stehen, schaute aus beachtlicher Höhe auf die grün leuchtende Aare, in der mehrere Leute trieben. Valerie hakte sich bei mir ein, wollte weiter, meinte, wer zu lange auf einer Brücke stünde, springe auch irgendwann hinunter.

Das Café war gut gefüllt. Valerie sagte der kurzhaarigen Frau hinterm Tresen, dass ich der Redner sei, und bestellte zwei Pfefferminztees. Die Frau grüßte und beäugte mich besorgt. Nickend wandte ich mich ab, suchte die Toiletten, ging eine steile Treppe nach unten und versuchte, mich an die ersten Worte zu erinnern, die ich mir für den Vortrag zurecht gelegt hatte … „Man müsste ein

Portal sein, dann könnte alle Welt einen kommentarlos passieren." Knapp daneben. Ich hatte keine Ahnung, welcher Teufel mich hierhin geritten hatte. Neben der Tür zur Herrentoilette hing ein Veranstaltungskalender. Mit dem Finger fuhr ich die Tage ab, wusste aber nicht einmal ansatzweise, welches Datum heute war. Beim 17. Juni las ich *Vortrag und Diskussion: Kritik der Komfortzone! Helmut Lenk (Boykott e. V.)*

Ich betrat die Herrentoilette, wusch mir das Gesicht, gurgelte, das sollte angeblich gut für die Stimme sein, schloss mich in der Toilettenkabine ein, dachte über den Titel des Vortrages nach, der mir gefiel ... Wie war das noch mal mit Karl Marx' beschriebenen stummen Zwang der Verhältnisse? Ach, ach. Ich lehnte mich zurück, sah mir das Gekritzel an den Wänden an. Die meisten Motive waren von sexueller Natur, zwei Sprechende Penisse dort, eine sprechende Möse hier und der Spruch „Die Welt ist eine Muschi!". Da lobe ich mir das Dasein eines Affen, dachte ich, er kennt diese Art Angst nicht, er kümmert sich nicht um das Gestern und Morgen, einzig der Mensch sitzt auf der Superbombe und sucht einen Sinn im Leben. Die einen überspielen es besser als die anderen, zu mehr ist der Mensch nicht fähig – auch ich nicht, verdammt! Ich hörte wie die Toilettentür aufging.

„Helle? ... Sie freuen sich auf dich", hörte ich Valerie sagen. Ich mochte ihre raue leise Stimme, die mir nun beinah zärtlich vorkam.

„Schön, dass du mir beistehst", sagte ich mit Kloß im Hals, hustete wie verrückt, und stieß die Klotür auf. „Was für ein beschissener Krieg."

Man hatte mir ein beachtliches Rednerpult neben der Theke aufgestellt, vor dem ein vollbärtiger Typ auf mich wartete. Wir schüttelten uns die Hände, wobei er mich einfühlsam betrachtete und fragte, ob ich bereit sei. Ich nickte und brachte mich hinter dem Pult in Stellung, zog mein Jackett aus, reichte es jemandem, der an der Theke auf einem Barhocker saß und verdutzt schaute. Dann klemmte ich mir mit zitternden Händen das bereitliegende Mikro an mein T-Shirt. Einige stießen sich an und schauten nun in meine Richtung.

„Hallo, sie alle!" Die Boxen brüllten so verdorben, als kündigte Tom Waits einen seiner Songs an. Den Anwesenden riss es die Augen auf, einige hielten sich die Ohren zu. Der Bärtige erschien neben mir, tätschelte mir die Schulter, machte Fingerzeichen zur Bar. Ich trank hastig meinen Tee aus und versuchte es mit einem zarten „Freut mich, dass ihr alle da seid".

Er streckte den Daumen in die Luft und sagte: „Tipptopp."

Ich nickte ihm zu, dann suchte ich Blickkontakt mit dem Publikum, die Ökos waren in der Überzahl – ein bunter Haufen allemal. „Also nun. Für alle, die noch im Besitz ihres Trommelfells sind."

Einige lachten, andere schauten stumpf, neugierig oder besorgt.

„Ist die Lautstärke okay?" Ich entdeckte in der hintersten Reihe Simone, die sich die Hand vor den Mund hielt, so, als wäre sie über meinen Anblick entsetzt. Ich verlor kurz den Faden und versuchte, Simone zu ignorieren.

Einleitend stellte ich den groben Ablauf der Veranstaltung vor. Dass ich erst mich, dann den Verein, dann die Ziele des Vereins vorstellen und dann gerne mit ihnen diskutieren würde. Dann entschuldigte ich mich für die vielen Danns in meiner Sprache und versprach, mich zu bessern. Meine Stimme zu hören, die drei, vier besorgten und die wohlwollenden Blicke, die mir ins Auge fielen, beruhigten mich. Über die Skeptiker sah ich beflissen hinweg. Dass ich mich zu lange in der Aare hätte treiben lassen, bis ich schließlich ins Wasserkraftwerk gespült worden sei, brachte mir sogar mehr Lacher, als ich gehofft hatte. Es war ein dankbares Publikum. Die Idee über die Firmenpolitik von Konzernen aufzuklären und zu Boykotts aufzurufen, wurde sogar mit verhaltenem Applaus honoriert.

Ich hob den Zeigefinger. „Jeder Einzelne steht in der Pflicht, verantwortungsbewusster zu konsumieren." Mir kam eine Idee. „Eine Alternative zum Konsumwahnsinn wäre, die Dinge, die man besitzt, mehr mit anderen zu teilen, wie zum Beispiel sein Auto, den Staubsauger, Werkzeug und so weiter." Ich erinnerte mich an die Gemüsekistenpredigt, die ich verhindern wollte, nahm den Zeigefinger wieder herunter. „Zur Übung könnten wir hier eine Liste herumgehen lassen, auf der jeder einträgt, wobei er Hilfe bräuchte, was er teilen oder anbieten möchte."

Zwei Typen lachten, einer rief: „Solche Apps gibt es doch schon längst."

Eine Frau mit lustigen Zöpfen sagte: „Das nur über Apps zu machen, funktioniert nicht, weil es zu unpersönlich ist. Es bräuchte regelmäßige Nachbarschaftstreffen, die den Bewohnern Raum geben, sich kennenzulernen und Dinge anzubieten, die sie bereit sind zu teilen oder wobei sie helfen wollen."

„Die Idee, die dahintersteckt ist einfach", riss ich das Gespräch wieder an mich. „Den Zweck der Produktion ändern wir nicht von heute auf morgen, aber wir können unser Zusammenleben verändern. Denn eins ist klar, den Wohlstand, den wir hier genießen, die Produktvielfalt gehen zulasten von Menschen anderenorts, und zwar bis ins Essenziellste."

Jetzt husteten die zwei, nein drei, schon vor unterdrücktem Lachen.

„Kauft Bio- und Fair-Trade-Produkte, wenn ihr könnt, damit unterstützt ihr tendenziell einen etwas faireren Handel", sagte ich eine Spur zu laut, wie mir schien, hustete in das Mikro, griff mir meine leere Tasse Tee, tat so, als nähme ich einen Schluck, beobachtete dabei die Zuschauer, erinnerte mich an einen Artikel aus der TAZ und meinte hastig, halb in die Tasse: „In fast keinem anderen europäischen Land ist das Gefälle zwischen dem Finanzhaushalt und den Umsätzen von Konzernen und Banken so gering wie in der Schweiz. Die Folge ist: Konzerne wie Nestlé, Roche, Novartis und Banken wie UBS und andere haben einen großen Einfluss auf die Politik, weil die Wirtschaft stark von ihnen abhängig ist, und sollten auf jeden Fall boykottiert werden … Der Rechtsstaat ist an vielen Stellen in Gefahr. PR-Agenturen schreiben für Zeitungen. Kaum eine Zeitung agiert unabhängig. Das Wochenmagazin Die Weltwoche verbreitet Hass, schürt Angst vor Ausländern und Moslems auf eine Art, wie sie in Deutschland früher nur im Naziblatt Der Stürmer zu finden war."

Die letzte Aussage ließ ich kurz wirken. Die Blicke blieben starr, einige nickten. Als ich gerade fortfahren wollte, sagte einer der drei Störenfriede: „Die Weltwoche ist nicht nur schlecht. Sie geht halt die unbequemen Themen an, und ich kann nicht erkennen, wo der Unterschied zu deutschen Zeitschriften wie Stern oder Spiegel sein soll –"

Er nervte mich, auf derartige Zwischenkommentare war ich nicht eingestellt. Schließlich stand ich hier auf der Gemüsekiste.

„Danke für Ihren Einwand", unterbrach ich ihn. „Sie haben recht, auch in Deutschland steigt die Tendenz, spontan und ehrlich seine Meinung zu verbreiten. Leider häufig auf Kosten von seriösem und kritischem Journalismus. Ich will aber jetzt weiter fortfahren, wenn Sie gestatten."

„Ja, fahren Sie fort", murmelte er, stand auf und nahm seine Jacke von der Stuhllehne. Seine beiden Freunde taten es ihm nach. Der Rest schaute dabei zu, wie die drei provokativ das Café verließen. Ein Mann mit auffälligen Koteletten sagte ihnen etwas auf Schweizerdeutsch hinterher, das ich nicht verstanden hatte, worauf mehrere lachten, sich jedoch zwei weitere Gäste erhoben und zum Ausgang drängten, womit ich fünfundzwanzig Prozent meiner Zuhörerschaft verloren hatte.

„Reisende sollte man nicht aufhalten, hat meine Mutter immer gesagt", meinte ich. „Wo war ich stehen geblieben? Genau, Die Weltwoche als Stürmer für die SVP. Oder übertreibe ich? Ich meine, ööh –"

Ein glatzköpfiger Typ meinte: „Ich bin ganz deiner Meinung, Herr Blocher und Co vergiften dieses Land mit ihrem kleingeistigen Nationalismus und Rassismus."

Mein Blick wanderte zu Simone, die sich hinter der Haarpracht zweier Frauen versteckt hielt.

„Sorry", sagte er, „ich wollte dich nicht unterbrechen."

„Nö, nö … Das ist ja auch eure Veranstaltung … Ich nur der Redner."

Ein junger Mann mit schief sitzender Mütze rief: „Das sind fast alles Schweizer Firmen, schwächen wir damit nicht unser eigenes Land?"

„Öhm … Na sicher. Aber was heißt denn jetzt bitte unser eigenes Land? Um es kurz zu machen: Ich habe bisher nur Firmen genannt, die wir empfehlen zu boykottieren, die in der Schweiz ansässig sind oder wie H&M viele Filialen haben."

„Und was ist mit Aldi, Siemens, Nokia, BASF, Bayer?", rief ein weiterer Gast.

Ich unterbrach ihn mit der Macht der Lautstärke. „Sehr richtig. Wenn ihr könnt, boykottiert diese Firmen genauso, nehmt noch Shell dazu, wie die Nigeria ausbeuten, das Land ausbluten lassen, ist mehr als dramatisch." Ich schaute in die Runde. Simone war verschwunden. Valerie unterhielt sich am Tresen mit einem hochgewachsenen Typen im Anzug, der lange braune gepflegte Haare trug und Augen wie ein Hund hatte. Ursprünglich wollte ich das Publikum viel mehr mit einbeziehen, doch bei mir war die Luft schlagartig draußen, und ich überlegte, wie ich einen eleganten Abgang hinbekomme.

Ein dunkelhaariger Mann um die vierzig mit Palästinenserschal meinte: „Ich weiß nicht, ob Sie es wussten, aber in diesem Land gibt es die Meinungsfreiheit."

Eine Frau drehte sich zu ihm um, sagte spitz: „In diesem Land gibt es auch ein Antirassismusgesetz. Artikel 261 wird, aus welchem Grund auch immer, aber nie angewendet."

Eine andere Frau fragte mit heiserer Stimme: „Wo liegen deiner Meinung nach die Gründe für die Weltwirtschaftskrise?"

Mein linkes Auge tränte stark, was mir nicht ungelegen kam, ich bat Valerie um ein Taschentuch, so gewann ich etwas Zeit. Der Typ an ihrer Seite reichte ihr eine Packung Tempos, die sie mir brachte.

„Danke, das ist lieb." Ich tupfte vorsichtig auf meinem Auge herum und sprach weiter. „Jahrzehntelang schrieben sich die reichsten Länder Europas und die USA den Neoliberalismus auf die Fahnen und schafften weitestgehend die Zölle ab. Sie schufen Freihandelszonen, von denen in der Regel nur die großen Konzerne auf Kosten der Arbeitnehmer, der Natur und der Kleinbauern profitierten. Führende Politiker und Großunternehmer wollten die Wirtschaft möglichst nicht reglementieren, glaubten an die Maxime, dass der Markt sich auf gesunde Weise selber regelt." Ich machte eine kurze Spannungspause. „Das tat er aber letztlich nicht, denn die Gier von Konzernen, Banken beziehungsweise Aktionären, Bankern, Managern wuchs ins Unermessliche." Ich spielte jetzt regelrecht mit meiner Mimik und Stimme, die ich gekonnt hob und senkte, mal ernst, mal ironisch, als hätte ich mein ganzes Leben nichts anderes gemacht, als kluge Reden zu schwingen. „Immer größere Risiken wurden eingegangen, merkwürdige Wetten abgeschlossen, Firmen an die Börse gelassen, die nicht die nötigen Voraussetzungen mitbrachten. Die großen Banken, wie zum Beispiel die Goldman Sachs, änderten einfach die Spielregeln, gaben unrealistische Aktienkurse heraus, verkauften zu unterschiedlichen Preisen, spekulierten mit Öl, trieben künstlich die Preise in die Höhe, drehten Millionen US-Bürgern Immobilien an, die sie sich eigentlich nicht leisten konnten, bis die Blasen platzten. Danach fielen Firmen um wie Dominosteine, weltweit. Die Ärmsten der Armen bekamen es mal wieder am schlimmsten zu spüren. Hungersnöte brachen in großen Teilen von Asien, Afrika und Südamerika aus." Ich holte Luft, schaute mich mit meinem trockenen Auge um. Einige rutschten nervös auf ihren Stühlen herum. Drei junge Herren unterhielten sich leise.

„Nun ja", sagte ich. „Es gab aber auch Gewinner, wie die Goldman Sachs Bank, Microsoft, Siemens, Google, Nestlé –" Ich sah durch das große Schaufenster, wie Simone über die Straße lief. Ein silberner Kombi machte eine Vollbremsung.

„Wo war ich stehen geblieben?"

„Bei den Gewinnern."

„Genau." Ich wusste nicht mehr, wie weitermachen. „Ich denke, das reicht für heute. Danke, vielen Dank für euer Kommen. Und auch einen lieben Dank an die Mitarbeiter des Café Kairo."

Applaus und freundliche Gesichter.

Ich zupfte mir mein Mikro ab und drängelte mich an den Herumstehenden vorbei Richtung Ausgang. Der Bärtige sprach in das Mikrophon eine Dankesrede und wünschte mir, dem Verein Boykott, allen Anwesenden Kraft, Glück und Gesundheit. Zwei, drei Männer tippten mich freundlich an.

„Bis bald ihr Lieben", rief ich ein wenig heiser. „Ich brauche jetzt frische Luft."

Mitleidige Blicke, ein heiteres Lachen und Applaus begleiteten mich bis zur Tür, die mir aufgehalten wurde. Ich winkte, als hätten sie mir den roten Teppich ausgerollt, als ich das Café verließ und war froh, es einigermaßen vernünftig hinter mich gebracht zu haben. Ein Stück die Straße runter sah ich Simones Zopf, wie er im Schein der Laternen über geparkte Autodächer wippte. Valerie erschien neben mir und stieß mich an. „He, hast du gut gemacht."

Ich nickte ein Danke, atmete tief durch und fühlte mich großartig. Der lange Lulatsch, der die ganze Zeit bei Valerie gestanden hatte, beobachtete uns von der Bar aus. Der Bärtige sprach noch immer in das Mikrophon und bewarb die nächsten Veranstaltungen.

„Wer war der Typ, mit dem du dich unterhalten hast?"

„Pedro Lenz", antwortete sie. „Der ist ein Berner Schriftsteller und teilt sich hier oben ein Großraumbüro mit mehreren Künstlern. Soll ich ihn dir vorstellen?"

Einige Gäste kamen vor die Tür, lächelten uns zu und steckten sich eine Zigarette an.

„Ich würde jetzt gerne gehen", sagte ich. „Kommst du mit?"

Ein junger Mann kam auf uns zu und fragte leicht stotternd, ob er mich kurz mal stören dürfe.

„Aber natürlich."

Er sagte, der Vortrag habe ihn gut gefallen, meinte, es bräuchte ein unabhängiges Güte- und Prüfsiegel, das auf allen Produkten und Lebensmitteln sein sollte, auf dem Noten stehen zu den Kategorien Umwelt, Ökologie, Nachhaltigkeit, Arbeitsbedingungen, faire Bezahlung und bei Tieren zusätzlich, inwiefern sie artgerecht gehalten werden. Weil nur dann würde der Konsument verantwortungsbewusster konsumieren können. Ich sagte ihm, dass ich das genauso sehe, doch dass diese Art Siegel schwer durchzusetzen sind, weil die Großunternehmer an so etwas kein Interesse haben. Valerie hakte sich bei mir ein und lächelte. Ich bekam eine Gänsehaut.

***

Alex dirigierte Möbelpacker und Irfan telefonierte. Ich winkte ihnen, setzte mich auf einen Sessel. Irfan steckte sich sein Handy in die Hosentasche und kam auf mich zu. Alex schloss zu ihm auf. Zusammen gaben sie ein komisches Bild ab. Der weiche Blonde und der harte Glatzkopf. Ich erhob mich. Alex sah mich halb besorgt, halb vorwurfsvoll an und drückte mich beherzt.

„Was machst du denn für Sachen, Alter?"

Ich rang mir ein Lächeln ab. Irfan reichte mir die Hand. „Hallo Helle, schön dich zu sehen", sagte er für seine Verhältnisse ungewöhnlich distanziert.

„Der Unfall hat auch sein Gutes."

„Wie das?"

Ich erzählte den beiden, dass meine Nachbarin Valerie, die sie ja vor einigen Wochen bei mir auf dem Balkon gesehen hatten, mich im Treppenhaus gefunden hatte, und wir seitdem einen etwas engeren Kontakt haben.

Irfan lachte, meinte, die Mitleidsnummer ziehe immer. Er müsse es ja wissen, konterte ich. Er hörte auf zu lachen.

Alex zeigte den beiden Umzugshelfern, die gerade eine Couch hereintrugen, wo sie sie abstellen sollten.

„Im Keller steht sogar ein Whirlpool. Mit Bar", sagte Irfan auf eine Art, die mir das Gefühl gab, dass er mich für einen Alkoholiker hielt.

Zwei bullige Männer schoben einen Billardtisch herein. Alex half, das Ding an seinen vorgesehenen Platz zu schieben.

Später, als alles so weit eingerichtet war, fuhren wir mit dem Fahrstuhl in den Keller, um den Whirlpool aufzusuchen. Alex stellte seinen Aktenkoffer ab und mixte jedem von uns einen Whisky-Cola. Ich war der Erste, der in dem warmen Wasser saß. Irfan folgte. Alex nahm neben mir Platz, rückte näher, umarmte und küsste mich auf die Wange, was er so noch nie getan hatte. Irfan betätigte einen Hebel, lächelte fies, ließ es richtig blubbern, sodass ich aufpassen musste, dass ich kein Wasser ins noch leicht entzündete Auge bekam.

Alex erhob das Glas. „Auf uns, ihr Lieben!"

Er stieg aus dem Blubberpool, holte aus seinem Aktenkoffer eine Zeitung, setzte sich wieder zu uns und las einen Artikel vor. Die Rede war von einem koketten Vortrag, der von Kühnheit und Absonderlichkeit seines gleichen suche. Die Botschaft sei deutlich unterstrichen worden: Übernehme für dich und andere Verantwortung, indem du deutlich weniger und bewusster konsumierst. Nur ein sozialer und gut informierter Mensch ist in der Lage, dies zu tun. Boykott des Egoismus!

„So habe ich das gar nicht gesagt ... Zeig mal. Wer hat das geschrieben?"

Irfan grinste.

„Du? Du warst doch gar nicht vor Ort."

„Ich habe mit dem Veranstalter telefoniert ... Außerdem hatte ich das meiste schon vorher geschrieben."

„Das wird ja immer toller."

„Der Artikel ist gegen Bezahlung von verschiedenen Zeitungen abgedruckt worden. Anders ging es nicht", sagte Alex. „Das Ganze war die Idee von Hannis Sekretär gewesen."

„Könnt ihr mich bitte vorher fragen, bevor ihr so einen Mist macht?"

Alex lachte. „Sorry, mein Guter –"

„Rede vernünftig mit mir, sonst kotze ich hier gleich in die Wanne."

Er rückte wieder an mich heran und knuddelte mich.

„Gut, gut, alles fein, jetzt lass mal."

„Deinen nächsten Auftritt haben wir für übernächsten Donnerstag in der Halle der Dampfzentrale klargemacht. Und zwei Wochen später in Zürich in der Roten Fabrik."

„Und mein Geld?"

„Ist unterwegs."

Während das Wasser langsam abkühlte und Alex und ich alte Geschichten aufwärmten, blödelnd, das Thema Politik meidend, schlürften wir weitere Drinks, die diesmal Irfan gemixt hatte. Er schien sich zu langweilen, das freute mich, doch ehe ich mich versah, hatte er uns geschickt sein Thema aufgezwungen. Er meinte, wir müssten davon ausgehen, dass unsere Telefone abgehört, die

E-Mails kontrolliert würden und so Zeug. Er schaute mich streng an, vielleicht sogar besorgt.

„Die beiden, die sich als Mitarbeiter eines Radiosenders ausgegeben haben und mit dir ein Interview gemacht haben, waren womöglich vom Geheimdienst oder Ähnliches."

„Wie kommst du denn jetzt darauf?"

„Das ist nur eine naheliegende Vermutung."

Alex mischte sich ein. „Diese Simone, von der du erzählt hast, erscheint mir nicht ganz koscher. Vielleicht hältst du dich besser von ihr fern. Hannis Detektiv ist mittlerweile davon überzeugt, dass wir, besonders Hanni, einer gesonderten Personenüberwachung ausgesetzt sind. Nichts Schlimmes. Man muss das nur wissen und sich darauf einstellen."

So in der Art verlief der Abend. Wir nahmen uns von Drink zu Drink wichtiger. Doch irgendwann mussten wir ja auch mal raus aus der Wanne, die merklich abgekühlt war.

Alex und Irfan torkelten nach links die Straße hoch zu ihrem Hotel – und ich nach rechts. Es war mir, als bewegte die Straße sich, was mich an Heike denken ließ, mit der ich im Winter mal eine Woche in Venedig war, was von der vielen Bootsfahrerei immerzu zu wanken schien. Heike, weißt du noch, wie wir jeden Tag durch dunkle enge kalte Gassen geirrt waren. Und an Silvester schneite es, als wir mit tausenden von Menschen dicht gedrängt auf dem Markusplatz standen, während über der Einfahrt zum Canal Grande mit zwanzigminütiger Verspätung ein gigantisches Feuerwerk abgehalten wurde. Wir hielten uns in den Armen und bestaunten die bunten Lichter, die wie gefallene Sterne vom Himmel rieselten. Später auf unserem Zimmer schliefen wir miteinander, und du fragtest mich danach, ob ich dich wirklich lieben würde.

Ich knallte gegen ein parkendes Auto, dann stolperte ich zwei Schritte zurück, drei vor, hielt mich an einer Laterne fest. Im richtigen Moment ließ ich los, nahm den Schwung mit. An einer Ampel kam ich erneut zum Stehen. Ein Auto fuhr langsam vorbei. Den Beifahrer konnte ich nicht richtig erkennen, doch der Fahrer wirkte sehr verdächtig. Ich schaute dem Fahrzeug nach, sah, wie es keine zwanzig Meter von mir entfernt anhielt. Dann quietschende Reifen wie aus dem Nichts und ein Taxi kam wenige Zentimeter vor mir zum Stehen.

„Ich werde verfolgt", sagte ich dem Fahrer, der mich daraufhin nach Hause fuhr.

Ich konnte meinen Schlüssel nicht finden, klingelte bei Valerie, wartete, klingelte woanders, wartete, fand den Schlüssel schließlich doch in meinem Parka, als gerade die Haustür aufging und Valerie im Nachthemd vor mir stand. Sie wirkte genervt und half mir nach oben, entschuldigte sich bei unserem Nachbarn, dem Frauenhasser, der eine halbe Etage über uns stand, uns voller Verachtung anschaute und fragte, ob wir glauben würden, alleine auf der Welt zu sein. Er war mir gleich sympathisch, ich bot ihm an, bei Gelegenheit mal auf einen Kaffee vorbeizuschauen.

Mir fiel ein, dass ich ja verfolgt wurde. Hektisch eilte ich von Lichtschalter zu Lichtschalter und knipste das Licht aus, befahl Valerie, ruhig zu sein und erklärte, dass sie hinter mir her seien. Auf Zehenspitzen schlich ich über einen verräterisch laut knarrenden Fußboden. Valerie begab sich zum Küchenfenster.

„Da ist niemand, weit und breit niemand", sagte sie in einem Ton, der mir überhaupt nicht gefiel.

„Doch, ich habe sie gesehen, sie werden kommen, und ich werde sie erwarten."

„Mach, was du willst. Ich gehe wieder ins Bett."

„Ich werde sie töten müssen, allesamt, sonst wird das nichts."

Ich folgte ihr und wir schliefen miteinander, ohne dass Valerie einen Orgasmus bekam, da ich frühzeitig gekommen war, was mir etwas unangenehm war. Sie beschwerte sich nicht, wie Heike es getan hätte. Aber ich nahm mir vor, sie das nächste Mal wieder deutlich achtsamer zu lieben.

***

Alex und ich machten einen Spaziergang durch das Gebäude, in dem unser Büro war.

„Hier muss es doch irgendwo einen Kaffeeautomaten geben", sagte ich.

„Das ist es." Er packte mich am Arm, führte mich wie einen Verwundeten in die Tiefparterre, bog an Flurkreuzungen ab, blieb stehen, klopfte an Türen, fragte eine Frau, die in einem halbdunklen Raum vor Reihen von Aktenschränken saß, wo der Fahrstuhl sei.

„Was ist was?", fragte ich ihn.

Sie schaute uns ungläubig an, so als hätte sie schon länger keine Artgenossen mehr gesehen.

„Fahrstuhl!", wiederholte Alex ungeduldig. „Wo ist der verdammte Fahrstuhl von diesem Gebäude?"

Die Frau wandte sich um, hing seelenruhig eine dünne Mappe in den Schrank, ehe sie sagte: „Es gibt in diesem Gebäude mehrere Fahrstühle. Wo wollen Sie denn hin?"

„Vierte Etage, Raum 461."

Sie hielt uns ein grünes Schild hin, auf dem weiße Striche und Pfeile zu sehen waren. Alex riss es ihr aus der Hand, rannte vor, blieb stehen, drehte sich, dann das Schild in seinen Händen und warf es beiseite. Einige Minuten später stieß Alex die Tür zu unserem Büro auf und rief Irfan zu, der sich gerade über den Billardtisch lehnte und einen Stoß ausführte: „Wir werden zusätzlich eine Onlinezeitung aufziehen. Verstehst du?"

Die Kugeln klackerten über den Tisch, die Sieben fiel ins Mittelloch und die weiße Kugel unten links.

„Gib mir mal", sagte ich, woraufhin Irfan mir den Queue reichte und zum Schreibtisch ging. Ich nahm den Queue in die Hand und guckte mir eine Kugel aus, die ich versenken wollte.

„Mit Bildern, aktuellen Artikeln zum Thema und Werbeflächen."

„Dafür brauchen wir aber mehr Mitarbeiter", meinte Irfan.

Ich stieß zu, traf die weiße Kugel zu tief, sodass sie polternd vom Tisch flog und bis unter die Couch rollte. Irfan sah kopfschüttelnd zu mir herüber. Ich schaute mir den Queue genauer an, legte ihn auf den Tisch, ging die Kugel holen und stellte mich dann zu Irfan und Alex, die sich ein Portal für Webseiten ansahen.

„Das da taugt nichts. Wir brauchen einen guten Grafiker und Informatiker", sagte Alex.

Irfan: „Ich glaube, ich wüsste da wen."

„So Onlinezeitungen gibt es doch schon wie Sand am Strand", meinte ich.

Alex: „Na und."

„Ist ja deine Kohle beziehungsweise die deiner Mutter."

„Wir müssen uns erst Mal einen Namen machen, oder meinst du, sonst wird irgend eine Zeitung freiwillig unsere Artikel veröffentlichen?"

„Wenn sie gut geschrieben sind, bezahlen sie uns sogar."

„Dann hau rein. Schau dir die Pressemitteilungen verschiedener Zeitungen an, such dir ein Thema, das auch in unsere Online-Zeitung passen könnte, recherchiere und schreib."

Irfan tauschte sich am Telefon mit einem alten Bekannten von der Uni aus, der ihm mehrere Namen und Telefonnummern nannte. Alex setzte sich auf die Couch und telefonierte auf Wienerisch mit seinem Sekretär. Ich begab mich an meinen Computer und las quer, was die WOZ online gestellt hatte.

IV

Nachdem ich in der Dampfzentrale vor knapp vierzig Leuten mit einem Kreislaufkollaps zusammengebrochen war, rief Valerie bei Alex an und teilte ihm mit, dass ich krank sei und eine Auszeit bräuchte.

„Was redest du da?", sagte ich. „Gib mir Alex bitte mal."

Valerie drückte mir mein Handy in die Hand.

„Was ist denn los, Helle?", fragte er. „Der Kopf wieder?"

„Mir wurde kurz übel und schwindelig."

„Und jetzt?"

„Jetzt geht es wieder."

„Bist du in letzter Zeit mal wieder von einer Zecke gebissen worden?"

„Nicht das ich wüsste."

„Lass dein Blut auf Borreliose und sonstige Bakterien und Viren untersuchen. Und mache eine Therapie."

„Jetzt mach mich nicht verrückt. Das wird schon wieder."

„Gehst du noch regelmäßig schwimmen und spazieren?"

„Ich kriege das schon hin … Erzähl mir lieber, wie es dir in Wien geht."

Er redete von Halsabschneidern, Blutsaugern und ich weiß nicht was. Ich war mir nicht sicher, ob er überhaupt noch mit mir sprach, bis er sagte: „Mach dir keine Sorgen, ich habe alles im Griff, und wenn du willst, verschiebe ich den Termin in Zürich."

„Wie läuft es bei Irfan in Berlin?"

„Gut, die Webseite ist fast fertig, und er hat einige neue Mitglieder angeworben."

„Aah, schön."

„Helle, hör auf zu trinken, das Zeug ist Gift für dich. Schaffst du das?"

Valerie hakte sich bei mir ein, begleitete mich nach draußen. Ich entschuldigte mich im Vorbeigehen bei bekümmert blickenden Menschen. Das Taxi wartete bereits. Valerie und ich setzten uns auf die Rückbank. Ich legte meinen Kopf in ihren Schoss, sah Bäume, Schilder, Ampeln, Häuser vorbeigleiten. Irgendwann kam der Wagen zum Stehen, der Motor wurde abgestellt. Ich setzte mich auf, blinzelte aus dem Seitenfenster auf den reichlich belebten Eingangsbereich eines Gebäudes, las Inselspital.

„Was wird hier denn gespielt?", sagte ich aufgebracht.

Valerie öffnete gerade ihre Geldbörse. Ich beugte mich ein wenig zum Fahrer. „Umkehren. Dorngasse 6."

Der Fahrer, ein Typ mit schulterlangen blonden Haaren, schaute ein wenig belustigt in den Rückspiegel, startete den Motor und fuhr los.

„Warten Sie!", sagte Valerie.

Das Taxi hielt wieder.

Ich rückte von Valerie ab, fuchtelte mit dem Zeigefinger herum. „So etwas brauchst du dir gar nicht erst angewöhnen."

„Wovon redest du? Du bist krank und brauchst einen Arzt."

„Was ich brauche, entscheide immer noch ich … Fahren Sie, bitte!"

„Warten Sie!"

Der Wagen hielt wieder und der Fahrer drehte sich zu uns herum. Valerie stieß die Tür auf, stieg aus, fluchte auf Rumänisch und schmiss die Tür wieder zu. Es war das erste Mal, dass ich sie wütend erlebte und in ihrer Sprache sprechen hörte. Der Fahrer blickte ihr nach.

„Können wir jetzt bitte zur Dorngasse 6 fahren."

„Sind Sie sicher?"

Ich sah ihn gereizt an. Er erinnerte mich an einen alten Schulfreund aus der achten Klasse, Chris, eine ziemliche Intelligenzbestie, der über Dinge Bescheid wusste, über die wir anderen noch nie nachgedacht hatten. In seiner Nähe fühlte sich jeder dumm, selbst die Lehrer. Eines Tages kam er nicht mehr in die Schule, niemand wusste, wo er geblieben war, er hatte keine Freunde. Es hieß, seine Eltern wären in eine andere Stadt gezogen, doch gemunkelt wurde, dass er sich umgebracht hatte.

„Manchmal ist es besser", sagte der Typ, als wir an einer roten Ampel hielten, „wenn man auf die Frauen hört." Er sprach langsam und leise.

„Mag sein", murmelte ich. „Sind Sie Psychologe oder

was?"

Er lächelte. „Nein, Sie?"

„Ja, verdammt."

Er lachte beherzt, das munterte auch mich ein bisschen auf.

„Der ist gut, den muss ich mir merken", sagte er und wischte sich die Tränen aus dem Gesicht.

***

Die letzten drei Tage hatte ich im Büro übernachtet, viel Zeitung gelesen, um mir einen groben Überblick darüber zu verschaffen, welche Themen am meisten bedient wurden, und um herauszufinden, worüber ich schreiben wollte. Interessant war auch für mich, zu schauen, wie andere ihre Online-Zeitung gestaltet hatten. Und natürlich hatte ich die Online-Pressemitteilungen gelesen. Auf den Webseiten von Amnesty International, Greenpeace und Robin Wood hatte ich Texte gefunden, die ältere und aktuelle Umwelt- und Wirtschaftsskandale beschrieben, in denen die Welthandelsorganisation, diverse Politiker, Konzerne und Banken verwickelt waren.

Es klopfte an die Tür. Ich sagte laut: „Ja!" Die Tür blieb verschlossen. „Hallo!" Ich wollte gucken gehen, als Valerie plötzlich in der Tür stand. Ich ging auf sie zu. Sie wirkte verändert, trug Lippenstift und Wimperntusche, erinnerte mich an eines ihrer Puppenbilder. Eben wollte ich ihr noch sagen, dass es schön sei, sie zu sehen, doch sie wich mir aus, ging auf den Billardtisch zu. Ich folgte ihr – sie zog eine Wolke aus Parfüm hinter sich her – bis zu den beiden Großaufnahmen, die in goldenen Rahmen steckten. Auf dem ersten Foto waren Passanten unter Leuchtreklameschildern zu sehen. Diesem Foto schenkte sie keine Aufmerksamkeit. Vor der Aufnahme eines wasserbäuchigen Kindes, hinter dem die Geier her waren und das angeblich auf ein Hilfswerk zukrabbelte, blieb sie stehen.

„Das kleine Mädchen von Ayod. Für dieses Foto hat Kevin Carter 1994 den Pulitzerpreis bekommen", sagte ich. „Niemand hatte dem Kind geholfen, es wurde zu einem lebenden Mahnmal auserkoren."

„Was bedeutet das Foto für dich?", fragte sie, sie roch nach Alkohol.

„Es war nicht meine Entscheidung, es hier aufzuhängen."

„Dann hänge es doch ab."

Sie streifte um den Billardtisch herum und rollte eine Kugel übers Feld. Ich fragte, ob sie etwas trinken wolle, und wandte mich der Bar zu.

„Whisky-Cola?"

Sie nickte nicht, ich mixte trotzdem zwei. Mit den Getränken in der Hand folgte ich ihr – sie war an den Schreibtischen angelangt, die einer Müllkippe aus Pizzaschachteln, Kaffeebechern, Flaschen und Essensresten glichen – und schaute auf meine vollgekritzelte Mindmap. Ich fühlte mich miserabel, unaufgeräumt wie mein neues Zuhause, das merkte ich erst jetzt in Gesellschaft. Ich stellte die Getränke zwischen all dem Müll ab und zog Valerie an mich. Sie wehrte sich nicht. Was wollte sie, was wollte ich? Darüber zu sprechen, wäre sicher gut, morgen, nicht heute. Sie nahm mich nun auch in den

Arm. Ich dachte daran, wie es wäre, sich auf dem Billardtisch zu lieben, zwischen all den Kugeln mit den Zahlen darauf. Ich war mir sicher, der Tisch war nur wegen Bölls *Billard um halb zehn* hier. Für Architekten ein Muss. Die Geschichte handelt von drei Generationen Architekten: Die erste Generation baute herrliche Gebäude, die zweite zerstörte sie während des Zweiten Weltkriegs, und die dritte baute sie wieder auf. Ein einziger Satz darin zog sich oft über eine halbe Seite dahin. Endlos lange Gedanken und noch längere, oft langweilige Monologe waren die Zutaten. Die Rede war häufig von dem Lamm, das geopfert werden musste, damit die Welt weiterexistieren konnte. Genau hatte ich das Buch aber nicht verstanden, es war schwierig zu lesen, kein Genuss, aber wertvoll, ungeheuer wertvoll, das spürte ich damals und hielt bis zum Schluss durch.

Ich stellte die Getränke auf dem Tisch ab, schob Schachteln beiseite, entschuldigte mich für die Unordnung. Unschlüssig folgte sie mir und setzte sich mit Abstand neben mich. Eben wollte ich sie noch verführen, jetzt kam es mir falsch vor. Sie war mir fremd, viel fremder als sonst, mich selbst spürte ich auch kaum, zu sagen hatte ich nichts. Ich gab Valerie ihr Glas, hob meines, doch sie nahm es mir aus der Hand und schüttete beide Gläser über dem Teppich aus. Eine verdammte Sauerei war das, ganz ehrlich, jemand sollte ihr eine Ohrfeige verpassen. Ich nicht. Ich lasse mich nicht mehr provozieren.

„Was schnaufst du denn so?"

„Ich?" Ja, ich schnaufte, jetzt hörte ich es auch. „Weißt du was?"

Sie sah mich angewidert an.

„Das gibt Flecken."

„Und du meinst, das macht noch einen Unterschied. Schau dich an, du bist doch schon betrunken genug."

„Der Teppich kann da aber nichts für."

„Jetzt schau nicht so."

„Wie schaue ich denn?"

„Angespannt und kalt."

„Wo kommst du eigentlich her?"

„Von der Arbeit, jemand hatte Geburtstag, es gab Sekt."

„So spät?"

„Ich bin Krankenschwester, falls du das vergessen hast."

„Wie sollte ich."

„Ja, als du die Treppen hinuntergefallen bist, war es dir noch recht."

Ich dachte an Michael. „Was macht die Welt der Kranken?"

„Das solltest du doch am besten wissen."

„Du bist auf der Viszeralchirurgie, meinst du, ich weiß nicht, was da abgeht? ... Mein Cousin ist auf so einer Station gestorben. Nicht an Krebs, sondern an den Folgen der Chemotherapie."

Sie sprach von einem jungen Italiener namens Angelo, der mit Krebs in den Nieren, an der Leber und im Bauchraum bei ihnen auf Station liegt. Seit Monaten kommen ihn fast täglich Freunde, Verwandte aus dem Tessin und Italien besuchen und stehen oft zu zehnt um sein Bett herum, um Abschied zu nehmen. Er aber stirbt entgegen der ärztlichen Prognosen einfach nicht, gilt schon als medizinisches Wunder. Seine Frau ist mittlerweile von den vielen Krankenhausbesuchen ganz erschöpft. Und seine beiden Töchter können mit dem immer gelber werdenden Papi und dem Krankenhaus nichts mehr anfangen, würden viel lieber draußen auf Spielplätzen spielen.

„Das tut mir leid", unterbrach ich sie, ich hatte genug gehört.

Sie redete weiter, und ich dachte an meinen anstehenden Vortrag.

„Hörst du mir noch zu?"

„Ja, er glaubt noch an ein Wunder, ein robuster Junge, eine Kämpfernatur. Aber das Krankenhaus verlassen kann er nicht, die Schmerzen würden ihn innerhalb von zwei Stunden umbringen … Könnte man ihm das Morphium nicht mitgeben?"

Endlich schwieg sie, lehnte sogar ihren Kopf an meine Schulter. Ich legte meinen Arm um sie und fragte sie, ob sie schon mal etwas von tantrischem Sex gehört hatte. Sie meinte, sie würde das bei Gelegenheit mal googeln. Ich zog die Schlafcouch aus und schlug Valerie vor, heute hier bei mir zu übernachten.

„Ich will aber nicht mit dir schlafen", sagte sie. „Sondern einfach nur in den Arm genommen werden. Schaffst du das?"

„Was denkst du denn von mir?"

Valerie schlief rasch ein. Und ich regulierte meine Lust herunter.

Ich träumte, dass ich mich mit einer Schüppe in der Hand einem Tiger entgegenstellte, um ein paar ängstliche Kinder und Mütter zu retten. Und wie ich immer wieder vergebens versuchte, den Tiger mit der Schüppe zu verletzen, da verwandelte er sich plötzlich in einen provokanten Tänzer, wovon ich aufwachte.

Valerie stand am Fenster und weinte leise. Ich stieg aus dem Bett, trat von hinten an Valerie heran und legte ihr den Arm um den Bauch. Sie fing immer doller an zu schluchzen.

„Heh, was ist los? Komm her, komm ganz nah", flüsterte ich. „Was ist passiert? Erzähle es mir, wenn du magst."

Sie schluchzte etwas von ihrem Exmann, der die Trennung nicht akzeptiert und sie über ein Jahr lang nicht in Ruhe gelassen hatte. Das Telefon läutete dumpf. Ich entschuldigte mich bei Valerie und ging den Hörer abheben.

„Hallo, Helle? Alex hier", hörte ich ihn mit merkwürdig nasaler Stimme sagen.

„Bist du erkältet?"

„Nee. Das Kokain war schlecht", lachte er.

„Das ist doch jetzt nicht dein Ernst, du Spinner. Das Zeug ist was für Leute, die Minderwertigkeitskomplexe haben."

„Und Alkohol etwa nicht?"

„Ist ja dein Leben", sagte ich.

„Genau, und das Leben hat Nebenwirkungen."

Ich lachte und schaute zu Valerie herüber, die sich anzog. „Ja, zum Glück hat das Leben Nebenwirkungen."

„Du, es werden diesmal Leute von der Presse da sein."

„Ja, und?"

„Wie fühlst du dich?"

Ich schaute mich im Spiegelbild des Monitors an, sah zerknittert und ungepflegt aus, aber immerhin waren die Schwellungen fast verheilt. „Zürich kann kommen."

„Ich muss jetzt zur Arbeit", sagte Valerie.

„Warte mal Alex, bin gleich wieder dran." Ich legte das Telefon beiseite und sagte zu Valerie: „Ja, ist gut. Ich denke, ich werde kommende Nacht wieder hier schlafen."

„Morgen soll schönes Wetter sein", meinte sie. „Ich komme dich hier um eins abholen, und dann gehen wir an der Aare etwas essen, okay?"

„Schöne Idee. Bis morgen."

Valerie verließ das Büro.

„Alex", sagte ich in den Hörer.

„Hast du dich von deiner Liebsten verabschiedet?"

„Ja. Und was gibt es bei dir Neues?"

„Warte mal ... So, da bin ich wieder ... Hanni und ich stehen kurz davor, einen Wirtschaftsskandal aufzudecken, in den einige Politiker verwickelt sind."

„A, ja."

„Kürzlich haben wir einige Drohungen bekommen. Hannis Sekretär meint, ich solle besser in die USA auswandern, so wie Hanni, die will wegen dieser Sache nach New York ziehen."

„Okay, ja, warum nicht?"

„Nichts für mich."

Wir schwiegen eine Weile, in der jeder seinen Kram machte. Ich las einen Artikel von Ilija Trojanow und Juli Zeh, die gemeinsam das Buch *Angriff auf die Freiheit* geschrieben hatten. Der Artikel und das Buch handelten davon, wie der Bürger mithilfe der Telefon-, Internet-,

Kameraüberwachung immer durchsichtiger gemacht wird und ehemals hart erkämpfte Bürgerrechte systematisch aufgeweicht wurden, wie die Unschuldsvermutung, Gleichheit vor dem Gesetz, ein Recht auf Privatsphäre. Das Ganze geschah angeblich zum Wohle des Bürgers, um ihn vor terroristischen Anschlägen zu schützen.

„Helle!"

„Ja."

„Hast du die Entwicklung in Griechenland verfolgt?"

„Welche?"

„Griechenland ist bankrott, und das ist erst der Anfang."

„Ach, diese Entwicklung."

„Ja, was hast du denn gedacht, die Entwicklung der griechischen Götter?"

„Du wirst lachen. Vor Kurzem habe ich etwas über Solon gelesen, der hat vor 2 600 Jahren in Athen die Timokratie eingeführt. Die Herrschaft der Besitzenden, das war damals total revolutionär … Erstmals gab es Bürgerrechte, ich glaube vier verschiedene, deren politische Privilegien sich an das Vermögen des Einzelnen anlehnten … Solon setzte sogar die Entschuldung der Kleinbauern durch, um sie so aus ihrer Knechtschaft zu befreien … Er war wohl ein glänzender Rhetoriker, der seine politischen Reden dichtend und singend vortrug … Später galt er als Wegbereiter der Demokratie."

„Interessant, aber was tut das jetzt zur Sache? Willst du nun auch deine Reden dichtend und singend vortragen?"

„Ich wollte nur mal schauen, ob ich das behalten habe."

Er lachte. „Die Idee der Entschuldigung ist nicht schlecht. Italien, Irland, Portugal und Spanien drohen als nächstes bankrott zu gehen, ihre Volkswirtschaften können einfach nicht mit Deutschland mithalten, der Wettbewerbsvorteil ist zu groß. Um dies zu verhindern, bastelt man ominöse Rettungsschirme, die der Steuerzahler zahlt. Die großen Banken gewinnen."

„Was waren das für Drohungen?"

„Es wurde Hanni und mir per E-Mail angeboten, als Flussleichen in der Donau zu enden, wenn wir nicht aufhörten, in trüben Gewässern zu fischen. Der Adressat ist nicht ausfindig zu machen. Der zustände Polizeibeamte meinte, dass man solche E-Mails nicht überbewerten bräuchte, man die Geschichte jedoch im Auge behalten müsse."

„Im Auge behalten. Ich weiß ja nicht. Das Ganze gefällt mir nicht, hat doch mit unseren Ritterspielen nichts mehr zu tun."

„Was schlägst du vor, den Stockkampf zu beantragen?"

„Zum Beispiel."

Wir lachten.

***

Die Schwingtür ging auf, und Valerie kam herein. Sie trug eine kurze Jeanshose und ein enges Oberteil, das ihren Busen betonte. Ich tat mit einem Auge erfreut, das andere hing noch an den halbgaren Sätzen, mit denen ich rang.

„Hier sieht es ja mal richtig ordentlich aus."

„Moment, ich muss gerade noch diesen Abschnitt fertig kriegen."

Sie stellte sich hinter mich und schaute mir über die Schulter, ohne mir einen Kuss zu geben. „Worüber schreibst du denn?"

„Über die Gentrifizierung und eine Bau- und Wohngenossenschaft, die in Zürich mit den Wohnprojekten Kraftwerk 1 und 2 bezahlbaren Wohnraum geschaffen hat ... Warte, jetzt habe ich es." Ich schrieb den letzten Abschnitt um.

„Du hast der Putzfrau doch hoffentlich Geld dafür gegeben."

„Reinigungsfachfrau, heißt das ... Und die ist für den ganzen Bürokomplex verantwortlich."

„Bist du bald fertig, oder soll ich in einer Stunde noch mal wiederkommen?"

„Jajaja ... So. Speichern. Fertig." Ich wandte mich Valerie zu, zog sie auf meinen Schoss und küsste sie auf die Wange.

Sie verzog das Gesicht. „Du musst dir mal die Zähne putzen."

Ich ertastete in der Schublade die Kaugummis, steckte mir eins in den Mund und schmatzte: „Toll siehst du aus."

„Sollen wir zum Restaurant Fähri-Beizli Forelle essen gehen?"

„Wenn ich einen Kuss bekomme."

Wir spazierten zur Aare runter und folgten den unzähligen Badegästen, die flussaufwärts pilgerten, bis zur Fußgängerbrücke, die wir überquerten, während ganz Vergnügte kreischend von der Brücke in den Fluss sprangen, wobei sie aufpassen mussten, dass sie anderen Schwimmern und Leuten, die in Schlauchbooten saßen, nicht auf den Kopf sprangen. Ich nahm mir vor, auch wieder etwas für meinen Körper und Geist zu tun.

Im Tierpark ergriff Valerie meine Hand, was mich etwas verlegen machte, so gingen wir an dem Gehege der Gämsen vorbei, die wie erstarrt die andere Flussseite beobachteten, wo auf der großen Wiese viele lärmende Menschen, Schlauchboote und rauchende Lagerfeuer zu sehen waren. Auf Höhe des Wildschweingeheges ließ Valerie zu meiner Erleichterung meine Hand wieder los und grüßte die Säue, deren Junge mittlerweile ziemlich gewachsen waren. Die ganze Familie kam grunzend angewackelt und stellte sich auf die Hinterbeine. Valerie hatte für jedes Säuli einen Namen. Die Mutter hieß Pauline, der Vater Vuca und die fünf Jungen Frederic, Elfriede und so weiter. Und während sie mir ihre Freunde vorstellte, hielt sie ihre Hand in das Gehege, was ich bedenklich fand, doch die Wildschweine schnupperten und grunzten lediglich vergnügt mit ihren großen Nasen, und ihre Augen strahlten wahre Freude aus, so wie auch Valeries.

Fünf Behinderte in Begleitung ihrer Betreuer näherten sich uns. Ich dachte kurz an meine letzte Arbeitsstelle und deren Bewohner und überlegte, ob ich sie mal besuchen sollte.

Wir gingen weiter den Fluss hoch, auf dem uns immer mehr Schwimmer und Schlauchboote entgegen kamen, in denen zumeist junge Leute Musik hörend, grölend und Bier trinkend saßen, was mir bald etwas auf die Nerven ging. Ich stellte mir vor, wie ich mit einem Luftgewehr die Boote zerschoss und so die Spaßkids versenkte und teilte Valerie meine Fantasie mit, die mich etwas belächelte, wie ich fand.

„Wie geht es auf der Arbeit?", sagte ich nach zwei, drei Minuten des Schweigens.

„Da möchte ich jetzt nicht drüber reden", antwortete sie mit weicher Stimme.

„Okay!"

„Ist irgend etwas?"

„Nein, nein. Ich wollte nur so etwas wie ein Gespräch mit dir führen."

„Bin ich dir zu schweigsam?"

„Nein, ich liebe es, mit dir in Stille zu sein", sagte ich. „Aber manchmal wüsste ich gerne, wie es dir geht und was dich beschäftigt."

Wir setzten uns an einen freien Tisch mit Blick auf den Fluss und die Fähre, die an einem Drahtseil befestigt war, das den Fluss überspannte und lasen die Speisekarte. Eine Kellnerin im Trachtenkleid kam an unseren Tisch. Wir bestellten beide Forelle mit Kartoffeln und Salat und dazu eine Apfelschorle. Der Fährmann setzte gerade fünf Mountainbiker auf der anderen Flussseite ab. Ein Angler warf seine Angel aus. Valerie ging zur Toilette. Ich sah ihr nach und fragte mich, ob ich sie wirklich liebte – und sie mich.

***

Als Valeries Dienstplan es einige Tage später zuließ, gingen wir erneut, diesmal mit Picknickzeug, Decke, Malblock die Aare hoch, suchten uns ein Plätzchen unter Bäumen am Ufer des Flusses, wo Valerie in Ruhe malen und ich relaxen, lesen, schreiben und gut ins Wasser kam. So schön wie das im Fluss treiben lassen auch war, das Herauskommen aus der Strömung war nicht ganz einfach, ich musste aufpassen, dass ich mich nicht in tiefhängenden Ästen verfing und in die Tiefe gezogen oder über scharfkantige Steine gewickelt wurde. Doch so nach dem fünften Ausflug an die Aare, glaubte ich, meinen Fluss und seine Launen zu kennen, doch der Respekt blieb, alles andere wäre auch fatal gewesen. Zumeist ertrinken hier Betrunkene und Touristen, die meinen, wenn Kinder und uralte Menschen sich in den Fluss wagen, dann sei es auch für sie nicht schwer und irren sich gewaltig.

Da ich nicht immer Lust hatte, mich flussabwärts treiben zu lassen und danach alles wieder zurücklaufen zu müssen, suchte ich mir eine Stelle unter Bäumen, wo die Strömung nicht so stark war und ich auf der Stelle schwimmen konnte, quasi wie Joggen auf dem Laufband, nur halt mitten in der Natur. Valerie fand, das gebe ein komisches Bild ab, wie ich mich schwimmend mühte und keinen Meter von der Stelle kam. Ich bot ihr an, ihr Schwimmen beizubringen, was sie ablehnte. Der Fluss war ihr sehr lieb, sie wollte diese Freundschaft nicht aufs Spiel setzen.

Mir ging es prächtig wie schon lange nicht mehr. Ich hatte mir in den Kopf gesetzt, Valerie im Wald zu verführen. Ich hockte mich hinter sie, während sie ein Bild malte, das nebulöse Tiermenschen zeigte, die mit dem Fluss verwachsen schienen und sagte ihr, dass ich ihr einen Platz zeigen möchte, der ihr bestimmt gefallen wird.

Wir schlugen uns mit all unserem Krempel ins Dickicht, breiteten die Decke unter den Buchen aus, die ich vor kurzen entdeckt hatte und legten uns auf den Rücken. Die Bäume, die uns wie Säulen eines Palastes umgaben, knarzten und schienen sich etwas zuzuflüstern. Feine Lichtmuster flackerten über ihre grauen Stämme wie bei einer Filmvorführung. Eine Mücke lenkte mich ab. Valerie legte mir ihre Hand auf den Unterarm und signalisierte so, dass ich die Mücke nicht töten solle. Zwei Ameisen mühten sich hektisch über meine Armhaare. Ich blies sie weg. Eine langbeinige Spinne kam näher. Sie kehrte um, nachdem ich ihr etwas Erde entgegengeworfen hatte. Valerie schloss die Augen und atmete hörbar ein und aus. Ein Käfer krabbelte mir die Wange hoch. Ich stellte ihm meinen Zeigefinger in den Weg, wo er versuchte drüber hinwegzukommen und setzte ihn neben der Decke ab. Über uns fing das grün leuchtende Dach zu rauschen an. Die Bäume berührten einander und tanzten ohne Eile miteinander. Ich musste daran denken, wie Heike sich zum ersten Mal gewünscht hatte, dass wir uns mehr aus der Stille heraus und weniger leidenschaftlich lieben sollten, was mich zunächst verunsichert hatte.

Ich berührte Valeries Hand, streichelte ihren Arm aufwärts Richtung Schulter und Nacken. Die Vorstellung erregte mich, ihre Brüste zu berühren und zu küssen. In Valeries Augen spiegelte sich der Wald. Ich liebkoste ihren Nacken und ihr Ohr, wovon sie eine Gänsehaut bekam und zu seufzen anfing. Ihre Brustwarzen gingen auf wie Knospen, das sah ich durch ihre Bluse hindurch. Mein Penis drückte gegen meinen Hosenschlitz, den ich bald öffnen sollte. Doch zunächst wanderte ich mit meinen Fingerpuppen von ihren Brüsten den linken Arm hinunter, hüpfte zu ihrem Bauch herüber, tauchte in ihren Bauchnabel ein, stolperte über ihre Möse und fuhr die Beine entlang wie ein Skifahrer. Bei den Füßen angekommen, ertastete ich die Zehen. Am Knöchel ließ ich mich von einem Lift bis zu Valeries Slip hoch ziehen, in den ich hereinkroch wie in eine geheimnisvolle Höhle, die ich vorsichtig erkundigte.

Wir zogen uns aus. Obwohl ich es kaum erwarten konnte, mit ihr zu schlafen, streichelte ich sie seelenruhig weiter, wobei wir uns in die Augen schauten, was mich noch ruhiger werden ließ. Schließlich schob ich mich zwischen ihre Beine und drang ganz langsam in ihre Vulva ein, die sich behutsam öffnete und schloss wie eine Faust. Ich gab mich vollkommen ihrem Rhythmus hin. Irgendwann schlang sie ihre Beine um mich und zog mich lustvoll stöhnend an sich und erhöhte das Tempo, sodass ich aufpassen musste, nicht frühzeitig zu kommen. Erleichtert spürte ich, wie sie ihren Orgasmus bekam, was mich völlig elektrisierte und stürmischer werden ließ. Doch Valerie hielt mich zurück und schob mich behutsam von sich, da sie ihre Beine strecken wollte. Unsere Bäuche waren klitschnass. Der Wald atmete hörbar auf.

***

Valerie wollte mich nach dem Frühdienst mit einem Mietauto abholen und mit mir nach Zürich zur Roten Fabrik fahren, wo ich am Abend einen Vortrag halten musste, den sie visuell unterstützen wird. Diesmal werde ich dem Publikum gleich zu Anfang harte Fakten liefern und es mehr in die Verantwortung nehmen, dachte ich. Ich ging in die Küche und setzte mir einen Espresso auf, als es laut an meiner Wohnungstür schellte. Für Valerie war es noch zu früh. Ich öffnete das Küchenfenster, blickte hinunter und rief zweimal Hallo!

Ein breitschultriger Mann mit grauem Bürstenschnitt in einem weißen Hemd erschien unter dem Vordach und schaute durch verspiegelte Brillengläser zu mir hinauf.

„Guten Tag. Sind Sie Herr Lenk?"

„Wer will das wissen?"

„Ich heiße Peter Vollmer. Könnte ich Sie bitte kurz sprechen? Es geht um Simone."

Eine alte Frau tippelte vornübergebeugt mit zitternden Beinchen vorbei. Ich hatte sie schon öfter gesehen, meistens mit ihrem Ehemann an der Seite, der genauso wackelig auf den Beinen war. Ich grüßte die alte Dame, um Zeit zu gewinnen, und der Typ tat es ebenfalls.

„Warten Sie, ich komme runter", rief ich.

Wir gingen ein paar Meter, Vögel zwitscherten und hinter einer Hecke hörte man Kinder spielen.

„Also", kam er gleich zur Sache, seine Laune schien nicht die Beste, er sprach abgehackt, beinah, als würde er leicht stottern. „Simone ist verschwunden. Ich weiß, ihr seid befreundet. Haben Sie sie gesehen?" Er krempelte sich den rechten Hemdsärmel hoch.

„Sie haben mir die beiden Spitzel vorbeigeschickt, stimmt's?"

„Wovon reden Sie?"

„Tun Sie nicht so … Und nun machen Sie einen auf besorgten Ehemann. Was soll der Quatsch? Ich meine, für wen, äh, tun Sie das?"

„Wo ist Simone?" Seine Stimme hatte nun etwas Bedrohliches.

„Wo ist Simone?", äffte ich ihn nach. „Sind Sie nicht ganz bei Trost?" Ich machte auf dem Absatz kehrt.

„Sie versucht uns gegeneinander auszuspielen. Was hat sie Ihnen erzählt? … Sie bedient sich ja gerne verrückter Verschwörungstheorien."

Ich zeigte ihm meinen Mittelfinger nach hinten.

„Ich rate Ihnen, wenn Sie sie sehen, rufen Sie mich an. Simone braucht dringend Hilfe."

Ich drehte mich um, ging ein Stück rückwärts weiter. „Sie sehen die Dinge falsch. Ich habe Simone seit Monaten nicht mehr gesehen. Ich kenne sie im Prinzip überhaupt nicht … Also lassen Sie mich in Ruhe, sonst, ööh, sonst –"

„Sonst was?" Er sah mich angewidert an.

Ich beeilte mich, zu meiner Haustür zu kommen. „Ich habe auch meine Kontakte." Ich dachte dabei an die Jungs. Sie waren zwar keine Schläger, eher friedliche Kiffer, aber wenn ich ihnen sagen würde, da gebe es jemanden, der mir Böses antun wolle, und ich ihnen die Zugreise bezahlen würde, sie würden sich sofort auf den Weg machen und für mich in den beschissensten Krieg ziehen.

„Sie meinen die beiden Schwuchteln?"

Ich steckte den Schlüssel ins Schloss, sah im Spiegelbild der Scheibe, wie der Kerl wenige Schritte hinter mir stehen blieb, eine Art Visitenkarte in der Hand hielt.

„Hier, nehmen Sie die."

Ich knallte hinter mir die Haustür zu, eilte nach oben in meine Wohnung, schloss die Wohnungstür ab, rief Alex an und erzählte ihm von meiner Begegnung.

„Merkwürdig", sagte er, „wer ist dieser Typ?"

„Das ist der Ehemann von dieser Simone, der Exspion."

„Aha. Sag mal –"

„Nichts, sag mal. Dem traue ich alles zu. Was läuft hier?"

„Helle, jetzt komm mal runter", sagte er beschwichtigend. „Der spielt sich doch nur wegen dieser Simone auf."

„Der hat mir gedroht."

„Ja, dann halt dich doch von ihr fern."

„Und woher weiß der von dir und Irfan?"

„Keine Ahnung, vielleicht aus den Medien. Ich glaube, der will sich nur ein bisschen wichtigmachen."

„Wichtigmachen? Ich kapier echt nicht mehr, was hier läuft."

„Alles halb so wild, glaub mir."

***

Auf der Fahrt nach Zürich, betrachtete ich das Kärtchen, das in meinem Briefkasten gelegen hatte. Es stand lediglich mit Kugelschreiber „Peter Vollmer" darauf geschrieben und darunter eine Handynummer. Ich steckte das Kärtchen in meine Brieftasche, schaute Valerie von der Seite an. Mit Brille kannte ich sie noch gar nicht, ich fand, sie sah damit völlig verändert aus – intellektueller. Sie stoppte an der Kreuzung, betätigte den Blinker, wartete, bis die Straße frei war, ließ die Kupplung kommen und gab Gas, der Motor heulte auf, wir rollten zwei, drei Meter, dann ging er aus. Sie startete erneut den Motor, hinter uns hupte einer.

„Warum zieht der denn nicht?"

Ich kämpfte gegen eine Lachattacke an, schlug vor, den zweiten statt den vierten Gang einzulegen.

„Was meinst du, was ich die ganze Zeit versuche", sagte sie und bemerkte mein spöttisches Gesicht. „Jetzt hab ich es."

„Ja, sehr gut."

„Wenn du weiter so ein Gesicht ziehst, fliegst du raus."

„Das entwickelt sich ja zu einer richtigen Autofahrt … Tschuldige."

Auf der Autobahn erzählte ich Valerie von meiner Begegnung mit Simones Ehemann. Sie hörte mir zu, konzentrierte sich aufs Fahren, meinte, dass sie nicht verstehen könne, warum ich diesen Typen nicht anzeigen wolle.

„Das würde doch nichts bringen. Das ist wie damals in der Schule, gewisse Dinge muss man selber regeln."

„Du hast zu viel Fernsehen geguckt, glaube ich eher."

Ich schloss die Augen, lauschte den beruhigenden Fahrgeräuschen und dachte erstaunlich wenig. Kurz vor Zürich fragte Valerie mich, ob ich mit dieser Frau etwas gehabt hätte. Ich schaute nach rechts aus dem Fenster und nuschelte in meine hohle Hand: „Nichts Sexuelles jedenfalls."

***

„Guten Abend, schön dass ihr so zahlreich erschienen seid." Hinter mir leuchtete das Bild von einem leeren Kornspeicher auf, den hungrige Bauern gestürmt hatten. „Die Folgen des Neoliberalismus schlagen um sich, wie eine außer Kontrolle geratene Bestie, die ohne Rücksicht auf die Natur, die Menschen und das Soziale agiert", eröffnete ich den Vortrag. „Ich sage es mit aller Deutlichkeit, wir müssen weg von der Maxime, dass der Markt alles von alleine regelt. Wir müssen hin zu einer Politik, die die Interessen der Bürger deutlich mehr miteinbezieht. Wie die Menschen leben und arbeiten wollen, gehört in die Hände der Bürger. Gerade hier in Zürich, aber auch in Genf, Paris, München, Hamburg, Köln und vielen anderen Städten können sich viele Menschen die teuren Mieten nicht mehr leisten und werden aus ihren Wohnungen geklagt."

Ursprünglich wollte ich dafür plädieren, Wohnhäuser, die großen landwirtschaftlichen Betriebe, die Konzerne und die Banken zu vergesellschaften, doch entschied ich spontan, es weniger anarchistisch zu formulieren, nachdem ich gesehen hatte, dass viele der Gäste älteren Jahrgangs waren und die meisten gut bürgerlich situiert aussahen.

Einige wenige klatschten, wer genau, konnte ich aufgrund des Scheinwerferlichts nicht erkennen. Mein Mund und mein Rachen fühlten sich staubtrocken an. Ich nutzte die Zeit des Applauses, um Wasser zu trinken. Valerie blendete wie abgesprochen das nächste Bild ein. Ich erklärte, dass der, der da so feist in die Kamera lächelt, Henry Paulson, der ehemalige Finanzminister der USA sei, nachdem er 2008 einen staatlichen Rettungsfonds zur Rettung der Finanzbranche in Höhe von 700 Milliarden Dollar unterschrieben hatte, der der Goldman Sachs Bank, bei der er zuvor Vorsitzender und Chef gewesen war, 200 Milliarden Dollar Steuergelder zugesichert hatte.

„Glück kann so einfach sein. Denn von diesem und vom europäischen Rettungsfonds profitierten eine Vielzahl von nordamerikanischen und europäischen Banken und Konzernen. Vor allem die, die die Weltwirtschaftskrise durch ihr verantwortungsloses Handeln verschuldet hatten. Und was das Perverseste ist: Von diesen 700 Milliarden Dollar, die, ich betone es noch einmal, Steuergelder waren, wurden schätzungsweise alleine Hundert Milliarden Dollar an Manager und Abfindungen gezahlt ... Und das Schlimmste: Mittlerweile ist die Wirtschaft beinah aller Staaten von großen Banken und Konzernen stark abhängig, die im Grunde tun und lassen können, was sie wollen."

Valeries Bilder waren mir eine große Hilfe, sie lenkten mich immer wieder zu meiner vorbereiteten Rede zum Thema Weltwirtschaftskrise zurück. Denn aus Versehen hatte ich auch ein bisschen über die Angst der Bürger vor Ausländern, insbesondere Muslimen, terroristischen Anschlägen, dem Verlust des Arbeitsplatzes gesprochen, die meiner Meinung nach gezielt geschürt werden, um das Volk gefügig zu halten.

„Gefügig für was?", rief eine junge Frau aus der ersten Reihe.

„Dafür, dass wir ihr Spiel weiter mitspielen."

„Welches Spiel meinen Sie?", sagte ein älterer Herr.

„Das kapitalistische Spiel."

„Es braucht den Kapitalismus, wie sonst sollten all die Menschen versorgt werden."

„Gegen ein bisschen Kapitalismus ist ja auch nichts einzuwenden, solange nicht hier und woanders auf der Welt Menschen aufgrund unserer Lebensweise leiden müssen. Solange die Natur nicht rücksichtslos zerstört wird. Solange wir nicht hart erkämpfte Menschenrechte über Bord werfen, wie die Unschuldsvermutung, ein Recht auf Privatsphäre und so weiter."

Irgendwo in der Tiefe des Raumes husteten einige Zuschauer. Links von mir in der zweiten Reihe räusperte sich ein älterer Herr und sagte: „Der Weg weg von Planwirtschaft und Protektionismus, den Ludwig Erhard in Deutschland mutig beschritten hatte, war ein Weg zu mehr Wohlstand. Ohne die Einführung der freien Marktwirtschaft hätten Deutschland, die Schweiz und andere Länder niemals den Weg aus der damaligen Weltwirtschaftskrise gefunden."

Ein anderer älterer Mann erhob sich und vertrat vehement die Ansicht, dass die Welt sich durch die Auswirkungen des Neoliberalismus und Einführung des Internets schneller und stärker verändert habe, als je zu vor. Und dass die einzigen, die vom Internet profitieren, die Konzerne sind, die ihre Produkte somit effektiver bewerben und vertreiben können. Man müsse das Internet im Grunde wieder abschaffen, sonst gehe die Menschheit und der Planet vor die Hunde, da sei er sich sicher. Der vorige Herr schüttelte den Kopf, sprach sich ausführlich für mehr Freiheit und Selbstverantwortung aus. Einige applaudierten. Da waren laut meiner Armbanduhr schon knapp anderthalb Stunden vorbei. Ohne Umschweife entschuldigte ich mich, lud dazu ein, ohne mich weiter zu diskutieren, bedankte mich, winkte Valerie zu mir auf die Bühne, während das Publikum verhalten applaudierte.

***

Nachdem ich mich auf der Toilette frisch gemacht hatte, führte der Veranstalter Valerie und mich durch eine ehemalige Lagerhalle, die zu einem Lokal umgebaut war, in dem Gäste Speisen und Getränke unter Deckenkränen zu sich nahmen. Er bedankte sich bei uns, lobte den Vortrag, wobei er immer wieder seinen modischen Pony mit dem Zeigefinger zur Seite strich und Valerie anlächelte. Wir setzten uns nach draußen an den einzigen freien Tisch. Ich wich Valeries Blick aus und schaute auf den Zürichsee, über dem dunkle Wolken hingen. Der

Sonnyboy meinte, dass für heute noch ein Sturm erwartet würde. Valerie bestellte Spaghetti Frutti di Mare und Weißweinschorle. Ich nahm das Gleiche. Der Typ war sehr um uns und ein Gespräch bemüht, was mir gar nicht recht war, da ich erschöpft war. Er erzählte Anekdoten aus der Zeit, als die leerstehenden Gebäude der Roten Fabrik besetzt und zu illegalen Veranstaltungen genutzt wurden, über die Valerie schmunzelte.

„Tja, und nachdem das alles hier dann für legal erklärt wurde, hat die Stadt die Kontrolle über die systemkritischen Leute zurückgewonnen", unterbrach ich ihn. „Und seitdem herrscht hier ein kommerzieller Geist."

Er schaute mich herausfordernd an. „Nichts für ungut, aber ich bezahle hier eine teure Miete an den Hauptträger, der von dem Geld wiederum Projekte gegen Rassismus und Sexismus finanziert."

„Das ist ja alles schön und gut. Doch ich wette, du machst hier fette Gewinne, die dann in deine Tasche fließen und findest das ganz normal."

Valerie stieß mich unterm Tisch mit dem Fuß an.

„Machst du das hier umsonst?", fragte er mich.

„Nein, ich bekomme eine Aufwandsentschädigung, von der ich so gerade leben kann."

Unser Essen wurde gebracht, und der Typ zischte endlich ab, kümmerte sich um andere Gäste, lächelte aber immer wieder Valerie an, der offensichtlich die Spaghettis mit Meeresfrüchten schmeckten. Ich glotzte auf den verdammten Tisch, hatte keinen Hunger.

„So schlecht war der Vortrag nicht."

„Ach." Ich winkte ab. „Das bringt doch nichts."

„Na komm."

Mein Handy klingelte.

„Meine Mutter", sagte ich. „Hallo."

„Helle, bist du das?"

„Jaaa."

„Wir versuchen dich schon seit Tagen auf deiner Festnetznummer zu erreichen."

„Ich war viel unterwegs."

„Wie geht es dir?"

„Ich bin ein wenig in Eile."

„Diese Nummer habe ich übers Internet herausbekommen, mithilfe von Tante Eveline."

„Das Gespräch ist teuer für dich. Soll ich dich morgen zurückrufen?" Ich schaute Valerie an, deren rechte Gesichtshälfte im Dunkeln lag. Hinter ihr leuchteten grüne, blaue, rote und gelbe Lampions, ein warmer Wind wehte, peitschte kleine Wellen über die Ufer.

„Wir haben uns Sorgen gemacht."

„Warum das denn?" Die Sprechanlage war dem Hall nach angestellt.

„Als wir das letzte Mal miteinander telefoniert haben, hast du über Kopfschmerzen geklagt und warst gereizt."

„A ha." Das letzte Gespräch, an das ich mich mit meiner Mutter erinnerte, lag mindestens zwei Monate zurück und dauerte nur wenige Minuten, weil ich zur Arbeit musste.

„Weißt du das etwa nicht mehr?"

„Was habe ich denn sonst noch gesagt?"

Sie zögerte einen Moment. „Nichts Besonderes."

„Du verheimlichst mir doch was."

Valerie betrachtete mich, während sie sich den letzten Happen in den Mund schob. Ich lächelte – zumindest hoffte ich das, vielleicht schaute ich auch wie immer. In letzter Zeit war es manchmal vorgekommen, dass Valerie mich gefragt hatte, warum ich sie so ansehe, obwohl ich das Gefühl hatte, ich würde ganz normal schauen. Anscheinend entglitt mir gelegentlich meine Mimik, und wer weiß was noch alles?

„Was hast du gesagt?"

„Du meintest, du bräuchtest Abstand zu uns."

Allmählich dämmerte es mir. Meine Mutter hatte mich vor ein paar Wochen angerufen gehabt. Mir war es hundsmiserabel gegangen, nachdem ich zwei Flaschen Bier getrunken hatte. Ich hatte höllische Kopfschmerzen, und ich war entschlossen, die Welt und insbesondere meine Eltern für immer zu verlassen.

„Ja, was, das tut mir leid, das hatte ich nicht so gemeint", sagte ich.

Eine kurze Stille, vermutlich hielt sie gerade den Hörer zu.

„Geht's dir besser?"

„Ja."

„Es geht ihm gut", hörte ich meine Mutter erleichtert sagen. „Das freut uns zu hören ... Und die Kopfschmerzen?"

„Kommen nur noch ganz selten", übertrieb ich.

„Glaubst du immer noch, dass du diese Krankheit hast?"

Ich wollte nicht wieder mit ihr dieses Thema verhackstücken. Fakt war, Helmut hatte einige Wochen bevor er schlagartig sein Kurzzeitgedächtnis verloren hatte, heftige Kopfschmerzen gehabt, er war damals in etwa in meinem Alter und sein sogenanntes hirnorganische Psychosyndrom gilt als vererbbar. Damit war ich auf jeden Fall genetisch stark vorbelastet.

„Hallo, mein Liebster", rief ich.

„Haal-lo", hörte ich meinen Vater undeutlich sagen.

Ich wartete, ob er noch mehr zu sagen imstande war.

„Mach … keinen … Unfug."

Ich lachte.

„Hast du schon nette Leute kennengelernt?", fragte meine Mutter.

„Ja, eine nette Frau namens Valerie." Ich sah Valerie an, die meinem Blick auswich und auf den See schaute, der zusehends unruhiger geworden war.

„Dann grüß sie von uns ganz lieb."

„Mache ich bei Gelegenheit."

Mein Vater schluchzte vor Freude – oder? Nein, er röchelte, als bekäme er kaum noch Luft.

„Heh, mein Lieber, hast du dich verschluckt?"

Das Röcheln wurde stärker.

„Wir müssen mal wieder zusammen wegfahren. Weißt du noch, als wir zusammen in Amsterdam waren?" Ich hörte, wie meine Mutter und meine Tante ihn betüddelten, und er sich beruhigte. „Wir könnten eine Schlauchbootfahrt auf der Aare machen. Zurzeit vergnügt sich ja die halbe Stadt in dem Fluss. Das ist hier so eine Art Volkssport, in Badehose flussaufwärts wandern, in den Fluss springen und sich zurücktreiben lassen."

„Wie geht denn die Arbeit in dem Heim?", wollte meine Mutter wissen.

„Ich habe einen neuen Job."

„Wie bitte? Was ist das da so laut bei dir?"

„Das ist der Wind. Ich sitze gerade am Zürichsee."

Ich hörte meinen Vater schlimm husten. „Kriegt er wieder keine Luft mehr?"

„Er hat sich verschluckt."

„Kann man da nichts gegen machen?"

„Die Ärzte sagen, dass er manchmal aufgrund einer Schluckmuskelschwäche Speichel oder Essen in die Luftröhre bekommt."

Im Hintergrund flüsterte jemand.

„Eveline lässt dich grüßen."

„Danke. Grüße zurück." Ich hoffte, auch Valerie würde mich bitten, meine Eltern von ihr grüßen zu lassen, doch die blickte ununterbrochen auf den See, während der Wind mit ihren Haaren spielte.

Die Verbindung wurde kurz unterbrochen, weil ich eine SMS von „Nummer unbekannt" bekommen hatte.

„So, ihr Lieben, ich muss Schluss machen."

„Wir drücken dich."

„Danke. Ich hab euch lieb. Tschüss."

Ich las die SMS: „Ich bin jetzt bei der Schaukel. Simone."

Ich las den Satz drei Mal, stand auf, stemmte mich gegen den Wind, der nun deutlich stärker blies als zuvor, schaute mich um, konnte keine Schaukel sehen.

„Ich muss mal kurz weg", sagte ich zu Valerie.

„Was ist denn?" Ihre Haare wurden hübsch durcheinandergeweht, die Lampions machten Saltos, Servietten flogen durch die Lüfte. Einige Gäste begaben sich samt ihrer Speisen und Getränke ins Restaurant.

„Diese Simone will mit mir sprechen."

„Dann soll sie doch hierhin kommen."

„Ich werde sie fragen … Bis gleich."

Ich fragte einen Kellner, ob hier irgendwo eine Schaukel stünde. Er zeigte auf ein Grundstück direkt am See unter Bäumen, die aussahen wie Riesen, die durch die Nacht schwankten. Ich ging geradewegs auf sie zu. Der Halbmond hastete durch die rauschenden Baumkronen. Durch eine Hecke erkannte ich undeutlich ein Schaukelgestell. Ich sah mich gerade nach einer Möglichkeit um, wie ich auf das Grundstück gelangen könnte, als ich am Geräusch der knirschenden Steine bemerkte, dass sich mir jemand von hinten näherte. Ich wandte mich um. Ein Typ mit kurzgeschorenen Haaren kam geradewegs auf mich zu, sein Mantel flatterte im Wind. Dann erst erkannte ich Simone in diesem Typen, die ein ernstes Gesicht zog. Sie sah völlig verändert aus. Sie bedeutete mir, ihr zu folgen. Der Wind blies uns dem dunklen Fabrikgebäuden entgegen – fast hätte ich sie über den Haufen gerannt, konnte sie aber gerade noch wieder hochzerren, sie war leicht wie eine Puppe.

„Pass doch auf", raunte sie mich an und stieß mir vor die Brust, irgendwie pampig, weil verletzt. Ganz anders als das letzte Mal, als sie eher verunsichert, zurückhaltend, höflich und nur ein bisschen verletzt wirkte.

„Entschuldige."

„Ich habe nicht viel Zeit", rief sie. „Was willst du?"

„Ich? ... Du hast doch mich mit einer unterdrückten Nummer hierhin bestellt."

Sie schüttelte irritiert den Kopf.

„Wer war es dann?" Ich blickte mich um, um zu sehen, ob uns irgendwer beobachtete, doch außer einigen Leuten, die zu ihren Autos eilten, war niemand zu sehen.

„Wahrscheinlich hat dein Mann dich in meinem Namen

hierhin bestellt. Er war nämlich heute Mittag bei mir. Er sucht dich. Und ich befürchte, er glaubt, wir hätten etwas miteinander. Bestimmt beobachtet er uns gerade."

„Was hast du ihm gesagt?"

„Na, dass ich dich seit Monaten nicht gesehen habe, was ja auch stimmt … Wer ist dein Mann? Was will er? … Und was willst du?"

„Das habe ich dir doch gesagt. Er ist ein ehemaliger Geheimagent." Sie versuchte, sich eine Zigarette anzuzünden.

„Scheiße verdammte, das Ganze gefällt mir nicht." Ich gab ihr Windschutz. „Und was will er?" Der See machte einen höllischen Lärm, die Gischt wehte über die Ufer. Ich hielt Simone am Arm fest, weil ich befürchtete, sie würde sonst davongeweht.

Sie drehte ihren Kopf zur Seite, zog an der Kippe und ließ Qualm in den Wind entweichen. „Was er will, das weiß ich nicht und spielt auch keine Rolle … Wir sollten irgendwohin gehen, wo es weniger windet."

Wir gingen ein Stück und stellten uns hinter eine Garage. Blitze ließen die Fabrikgebäude kurz aufleuchten.

„Kommen wir nun zu Frage Nummer drei: Was willst du?"

„Das geht dich gar nichts an."

„Moment mal, dein Ehemann hat mich bedroht."

„Bald-Ex-Ehemann."

„Und wie erklärst du dir das?", sagte ich etwas genervt.

Sie zuckte lapidar mit den Schultern. Am liebsten hätte ich sie angeschrien, ob sie mich verarschen wolle. Stattdessen erzählte ich ihr von den beiden angeblichen

Journalisten, die vor ungefähr drei Monaten bei mir vorbeigekommen waren und mich interviewt hatten, beschrieb ihr Aussehen und fragte sie, ob sie diese Personen kenne. Sie zog an ihrer Zigarette und blickte an mir vorbei.

„Ist da jemand?", fragte ich sie leise.

Sie schüttelte unmerklich den Kopf.

„Mein Freund und Kollege Alexander Wörmann hat eine Morddrohung bekommen."

Sie sah mich reglos an.

Ich war nah dran, sie an mich zu ziehen und zu küssen, verscheuchte diesen Drang. „Könntest du mir bitte Bescheid sagen, falls, äh, du weißt schon, du etwas –"

Wir hörten Schritte. Ich wandte mich um und sah schemenhaft eine Gestalt, die auf uns zu kam. Erleichtert erkannte ich, dass es Valerie war.

„Ich gehe zum Auto", sagte sie.

„Das ist Simone. Das ist Valerie", stellte ich die beiden einander vor.

Sie ignorierten einander einfach, was mir merkwürdig vorkam.

„Kennt ihr euch?"

„Ich muss los", sagte Simone, und entfernte sich Richtung Gaststätte.

„Tschüss, und viel Glück", rief ich ihr hinterher.

Valerie war misstrauisch oder bildete ich mir das nur ein? Ich legte ihr meinen Arm um die Hüfte, und wir ließen uns vom Wind zum Auto schieben. Hinter uns krachten Äste zu Boden. Valerie startete den Motor, schaltete die Lüftung an und fuhr los. Sie musste aufpassen, dass der Wind uns nicht von der Straße drückte.

Blitze zuckten durch die Wolken.

Ich erzählte Valerie und auch mir selbst, wo ich Simone kennengelernt hatte, und was ich über sie und ihren Bald-Ex-Ehemann wusste. Sie warf mir hin und wieder einen schwer zu deutenden Blick zu. Ich wusste, das, was Simone gerade durchmachte, ähnelte dem, was Valerie vor mehreren Jahren mit ihrem Exmann erlebt hatte sehr, und ich war gespannt, was Valerie zu alldem sagen würde. Mein Geplapper wurde von einem gewaltigen Donner unterbrochen, ohne dass ich zuvor Blitze gesehen hatte. Kurz darauf prasselten Unmengen Wasser auf uns nieder, so, als hätte jemand im Himmel die Staumauer gesprengt. Valerie schaltete den Scheibenwischer an, der selbst bei höchstmöglicher Geschwindigkeit nicht mit Wischen hinterherkam. Wir sahen kaum noch die Straße, die sich innerhalb von wenigen Sekunden in einen Fluss verwandelt hatte. Valerie hielt auf dem Bürgersteig am Rande eines Parks, der wie auch der See in immer rascherer Abfolge vor uns aufflackerte. Meterhohe Wellen brachen Gischt spritzend über die Ufer. Die Bäume schüttelten und bogen sich, einige sahen aus, als würden sie jeden Moment entwurzelt. Äste flogen durch die Luft, gefolgt von Plastikstühlen, Tischen und großen Blumenkübeln, in denen zerfledderte Palmen steckten.

„Die steht auf dich", sagte Valerie in den Weltuntergang hinein und schaltete den Motor ab.

„Wie kommst du denn da drauf?"

„Die ist verzweifelt."

„Hast du dich mit diesem Veranstalter-Heinz verabredet?"

„Ich fand ihn sympathisch."

„Diesen Schnösel?"
Sie schmunzelte.
„Tolle Wellen."
„Willst du schwimmen gehen?"
„Wenn du mitkommst", antwortete ich.
„Da draußen tobt ein Unwetter."
„Das ist ja gerade das Schöne. Langweilig kann jeder."

Valerie sah mich keck von der Seite an und fing plötzlich an, sich auszuziehen. Ich tat es ihr nach. Splitternackt rannten wir über die knöcheltief unter Wasser stehende Wiese und schrien vor Freude, die abrupt endete, als wir zwei Sonnenschirme sahen, die mit zwei Eisenstangen um sich schlagend genau auf uns zu wirbelten. Wir steuerten auf einen Baum zu, hinter dem wir in Deckung gehen wollten, doch ich rutschte aus. Als ich mich wieder aufrichten wollte, bekam ich einen Wadenkrampf. Valerie kam mir zu Hilfe und stützte mich bis zu dem Baum. Der erste Schirm verfehlte uns nur knapp, die Eisenstange hatte einmal kurz um den Baumstamm gelugt und war weiter gewirbelt. Die andere Lanze hatte sich wenige Meter von uns in einem Gebüsch verfangen und schlug panisch um sich wie ein Tier, das in die Falle gegangen war. Valerie half mir, die Wade zu dehnen, wobei ich sie mit schmerzverzerrtem Gesicht anschaute und in Erinnerung an einen Western sagte, sie solle mich zurücklassen und ohne mich weiterziehen, ich käme schon klar.

„Ich dachte, du wolltest schwimmen gehen?", lachte sie.

„Planänderung. Ich liebe dich." Ich zog sie ins

klitschnasse Gras, wo wir übereinander herwälzten und aneinander rieben wie die Fischotter, die ich vor einigen Monaten mit Simone im Tierpark gesehen hatte. Ein gewaltiger Donner ließ uns aufschrecken. Blitze zuckten wie die Tentakeln einer Krake durch die tief hängenden dunklen Wolken. Valerie hatte am ganzen Körper eine Gänsehaut und wollte zum Auto zurück, wo wir uns von der Lüftung trocknen und wärmen ließen.

***

Alex rief mich einige Tage später im Büro an und meinte überschwänglich, es sei schön mich zu hören.

„Ich habe doch noch gar nichts gesagt." Aus der Leitung hallten mir meine eigenen Worte entgegen. „Alex? … Scheiße, was ist das denn jetzt? Hörst du mich?"

Ich wollte gerade den Hörer auflegen, da hörte ich Alex meinen Namen rufen und die Verbindung war wieder normal.

„Da bist du ja wieder."

„Was war das denn, ich habe nur noch mich selbst und so ein fürchterliches Rattern gehört?", sagte er.

„Ja, ich auch."

Wir schwiegen einige Sekunden.

„Wie ist das Wetter in Bern?"

„Herbstlich, aber schön."

„Hier regnet es seit Tagen, und es ist merklich kühler geworden."

„Du, ich habe kaum Zeit, Valerie kommt mich jeden

Moment zu einem Aarespaziergang abholen, und ich wollte noch diesen verdammten Artikel über die Riesterrente fertig schreiben."

„Hanni ist vorgestern nach New York geflogen und jetzt bei Freunden zu Besuch, die ihr bei der Wohnungssuche helfen werden."

„Ist doch gut, oder?"

„Ich mache mir etwas Sorgen um sie. Ich hoffe, der ayurvedische Heiler, der ihr empfohlen wurde, hält, was er verspricht."

„Bestimmt."

„Hanni gefällt deine humorvolle halb sachliche, halb emotionale Schreibe im Übrigen. Besonders der letzte Essay. Sie meint jedoch, du solltest deutlicher hervorheben, in welche dubiosen Geschäfte deutsche Steuergelder fließen."

Ich fühlte mich geschmeichelt. „Da bin ich dran. Mein jetziger Artikel zeigt auf, dass Beiträge für die Riesterrente in Goldminen investiert wurden, in denen Kinder unter furchtbaren Bedingungen arbeiten müssen."

Valerie kam herein.

„Du, ich muss jetzt Schluss machen."

Wie immer, wenn wir an die Aare gingen, durchquerten wir den Tierpark und kamen an den Wildschweinen vorbei. Und wie immer bemerkten die Wildschweine Valerie schon von Weitem und grunzten vor Freude. Da der Wind diesmal so stand, dass sie sie unmöglich gerochen haben konnten, fragte ich mich, wie sie sie wahrgenommen hatten. Wir spazierten weiter und stießen später auf ein kleines Mausoleum mitten in einem Wäldchen etwas oberhalb der Aare. Der Mann, der dort ruhte, war ein Dichter, dessen Name wir beide noch nie gehört hatten. Wir ließen uns auf der Sitzbank vor der Hütte nieder, knutschten und streichelten uns. Valerie öffnete mir meinen Hosenschlitz, holte meinen Schwanz heraus, streifte ihren Rock und den Slip runter, setzte sich mit dem Rücken zu mir auf meinen Schoss und streichelte sich mit meinem zuckenden Glied ihre frisch rasierte Möse, die so zerbrechlich aussah wie eine Sparbüchse aus hauchdünnem Porzellan. Ich küsste derweilen Valeries Nacken, streichelte ihre Brüste, als uns plötzlich wie aus dem Nichts ein schwarzer Hund anknurrte. Valerie sprang von mir herunter und brüllte den Hund an, der zu meiner Überraschung mit eingezogen Schwanz in den Wald zurück lief, von wo wir Leute näherkommen hörten. Wir zogen uns an und gingen an den Fluss runter, wo es deutlich kühler war, weshalb ich vorschlug, etwas schneller zu gehen, doch das wollte Valerie nicht. Ich lief ein paar hundert Meter vor, machte an einer Parkbank Liegestütze, bis Valerie bei mir angekommen war und schloss zu ihr auf.

Sie hakte sich bei mir ein und lächelte. „Besser?"

„Ja."

„Schön."

„Willst du eigentlich mal Kinder haben?", fragte ich.

„Nein. Du?"

„Ich auch nicht", sagte ich, was nicht ganz stimmte.

Valerie schlug vor, ein Feuer zu machen, was ich eine tolle Idee fand, und bald schon hatten wir genug Holz gesammelt und Valerie das Feuer zum Lodern gebracht, das wie die Zungen einer mehrköpfigen Hydra an der Dunkelheit schleckte. Valerie machte sich ein Bier auf, setzte sich ans Feuer und fing an, es zu zeichnen.

Irgendwie war ich betrübt, schob es auf die Beziehung, glaubte, Valerie würde mich nicht wirklich lieben. Oder liebte ich sie nicht? Liebte ich in Wahrheit nicht noch Heike ... oder sogar Mareike? Oder habe ich diese beiden Frauen auch nie wirklich geliebt? Jedenfalls hatte ich bisher in jeder Liebesbeziehung oft meine Gefühle zu meiner Partnerin in Frage gestellt. Ich erwog mit Valerie zu reden, befürchtete jedoch, sie würde mich falsch verstehen und wir uns am Ende noch streiten und verletzen.

V

Ich hatte Valerie am 3. November zu ihrem 31. Geburtstag einen Konzertbesuch in der Reithalle geschenkt, wo die Berliner Band 17 Hippies auftreten sollten, wohin wir uns gerade auf den Weg machten. In der Monbijoustraße unweit von meinem Büro fiel mir ein Reklameschild der SVP auf, auf dem sieben Minarette, die wie Raketen aussahen, abgebildet waren, und neben denen eine verschleierte Frau stand und über die Schweizer Landkarte schaute. Über den Minaretten las ich in großer schwarzer Schrift: Stopp! Darunter in Rot: Ja! Zum Minarett-Verbot.

Krass, dachte ich, plakativer kann man Angst vor einer Religionsgemeinschaft und Hass nicht schüren. Ich sagte zu Valerie, dass die Nazis in ähnlicher Weise Propaganda gegen Juden gemacht hätten. Sie ließ meine Hand los und meinte, dass sie auch mal zur Schule gegangen sei. Ich nahm mir vor, über das Thema Propaganda und Angst zu schreiben und mir so bald wie möglich dieses

Plakat aus den Augen zu schaffen, denn diesen Scheiß musste ich nun wirklich nicht jeden Tag sehen.

An der Theke kam ich mit einem Rastaman über die SVP und ihre initiierte Volksabstimmung ins Gespräch. Er meinte, der Trick sei so einfach wie wirksam, erst schüren sie diffuse Ängste, dann tun sie sich als Retter auf, und die wahren Probleme werden verschleiert. Ich gab ihm recht, zu ergänzen gab es nichts, außer vielleicht, für wen sie es taten und welche Ideologie dahinter steckte, doch das wusste er sicherlich selbst. Valerie trank ihre Weißweinschorle aus, löste sich aus meiner Umarmung und verschwand auf die Tanzfläche. Ich stieß mit dem Rastaman an, schaute zur Tanzfläche, sah Valerie im Discolicht aufflackern. Auf der Bühne standen zwölf Musiker mit neun verschiedenen Instrumenten – in der Hauptsache Blas- und Saiteninstrumenten –, die der Sänger dirigierte, indem er den flotten Sound, der für mich eine Mischung aus Ska, Balkan- und Folkmusik darstellte, immer wieder kurz den Stecker zog. Der Rastaman bedankte sich für das Bier, tätschelte mir die Schulter und verschwand. Ein Vibrieren in meiner Parkatasche. Ich schaute nach, las von Nummer unbekannt: 4.00 Uhr an der großen Schanze? Simone.

Zürich war über zwei Monate her. Manchmal hatte ich noch an Simone gedacht, vor allem, wenn ich spazieren ging. Ich tippte: Ja!, steckte das Handy weg. Hoffentlich ist es keine Falle, dachte ich noch.

Ein Typ, der eine Baskenmütze falsch herum trug, tanzte Valerie von hinten an, ohne dass sie es bemerkte. Ich bestellte zwei Jägermeister, zog meinen Parka aus, legte ihn über den Barhocker, bezahlte, ging mit den Getränken zu Valerie, gab ihr eines, und wir stießen an. Ich hatte ganz vergessen, wie widerlich dieses Zeug schmeckte. Valerie legte mir die Arme um den Hals. Ganz offensichtlich gefiel ihr die Musik, das freute mich, und wir tanzten. Sie sah mich an, ich weiß nicht wie, erst dachte ich, sie würde meine Art zu tanzen, cool und vielleicht sogar sexy finden, doch später, als ich vom Weißwein und Jägermeister betrunken war, immer mehr auf der Tanzfläche wagte, kam mir der Verdacht, dass ich ihr ein bisschen peinlich war, denn sie tanzte immer häufiger für sich und wich meinen Blicken aus. Die Band war wirklich gut, sie ließ sich auch nicht lange um Zugaben bitten, und am Ende hatte sie noch mindestens acht, neun Lieder gespielt, also fast ein zweites Konzert gegeben. Meine lustigen Pogoversuche kamen nicht bei allen so gut an, eine junge Lady keifte mich an, ihr Freund bat mich, es nicht zu übertreiben.

Valerie war plötzlich verschwunden, ich suchte sie und fand sie an der Theke im Gespräch mit einem Lackmeiertypen, der mir auf Anhieb unsympathisch war. Ich bestellte dennoch drei Jägermeister, zwei Weißwein und ein Bier. Der Typ zwinkerte mir immer wieder zu. Nachdem es mir allmählich zu blöde mit diesem Schnösel geworden war, fragte ich ihn, was das mit diesem affektierten Zwinkern solle, Valerie und ich führen eine Partnerschaft. Da sagte er, wie altmodisch, und lachte, was ich gar nicht witzig fand. Ich wollte gehen. Valerie umarmte diesen Idioten zum Abschied, und sie küssten sich auf schweizerische Art dreimal an der Wange vorbei, wobei der Arsch feist grinste. Ich fragte Valerie auf dem Weg zum Taxistand, woher sie diesen Deppen kannte, und sie antwortete lapidar, keine Ahnung.

Mir war übel, und ich hatte Kopfschmerzen, und ich hatte das Wort Partnerschaft ausgesprochen, dabei führten wir eher eine sporadische Liebesbeziehung und hatten uns noch nicht einmal über das Thema Treue unterhalten. Während der Taxifahrt knutschten wir ein bisschen, doch irgendwie war ich nicht richtig bei der Sache, dachte an das Treffen mit Simone und ob es nicht besser sei, Valerie davon zu erzählen.

Ich bezahlte den Fahrer. Valerie schloss derweilen die Haustür auf und wartete auf mich. Wir stolperten eng umschlungen nach oben. Auf der ersten Etage angekommen, schlug Valerie lallend vor, in den Keller zu gehen, und es auf der Waschmaschine miteinander zu treiben, während diese schleudert. Beinah hätte ich sie gefragt, ob sie das schon mal gemacht hätte, jedoch war mir noch rechtzeitig klar geworden, dass dies die uncoolste Frage wäre, die ich stellen könnte.

„Ist ja gut, komm", sagte sie und zog mich hinter sich her die Treppe hinauf bis in ihre Wohnung, wo sie mir sofort die Hose öffnete und meinen Schwanz herausholte.

„Sachte, sachte, Baby."

„Was ist, warum wird er denn nicht hart?"

„So ad hoc geht es halt nicht immer."

„Ich mach dich nicht mehr scharf."

„Was?"

„Du hast mich schon zu oft gefickt."

Ich zog mir die Hose wieder hoch. „Hör auf zu spinnen."

Sie griff mir ins Gesicht und schlug vor, dass ich sie

würgen solle, darauf hat er auch immer gestanden.

„Wovon redest du? Bist du verrückt?"

Dass Menschen nach übermäßigem Alkoholgenuss schon mal Dinge tun und sagen konnten, die nicht ihrem Wesen entsprachen, wusste ich, aber in diesem Ton hatte noch keine mit mir gesprochen.

Sie glitt an der Wand hinunter, vergrub ihr Gesicht zwischen ihren Knien. „Ich bin nicht verrückt."

Ich hockte mich zu ihr und nahm sie in den Arm. „Tut mir leid, das war nicht so gemeint. Du bist nicht verrückt. Daran ist der verdammte Alkohol schuld."

Sie presste die Lippen aufeinander, schmollte, ließ die Tränen einfach fließen und plitschen. Ich gab ihr einen Kuss. Sie schlang die Arme um meinen Hals, meinte, ihr sei schlecht. Ich begleitete sie ins Bad. Und bevor ich den Klodeckel oben hatte, übergab sie sich ins Waschbecken, von wo die Kotze in alle Richtungen schwappte. Nachdem sie endlich zu Ende gekotzt hatte, stellte ich sie unter die Dusche, hielt sie mit einer Hand fest und brauste sie mit der anderen ab. Sie schimpfte mich einen Hurenbock. Ich ließ sie brabbeln, holte sie aus der Duschkabine, trocknete sie ab und verfrachtete sie ins Bett. Ich schaffte es sogar noch, den Boden und das Waschbecken zu putzen, ohne mich zu übergeben.

***

Als mein Handywecker mich um 3.16 Uhr wachgesummt hatte, fühlte ich mich kaum in der Lage aufzustehen, doch die Neugier darüber, was Simone von mir und ich von ihr wollte, obsiegte. Valerie schlief tief und fest, jedenfalls glaubte ich das, stieg aus dem Bett, benutzte mein Handy als Taschenlampe, suchte meine Sachen zusammen und zog mich in der Küche an. Aus der Tischschublade nahm ich mir einen schwarzen Edding, steckte ihn mir in die Innentasche meines Parkas und ging los. Es wehte ein unangenehm kühler Wind. Ich zog mir die Kapuze über den Kopf, schlawinerte meines Weges und dachte schon, ungesehen durch die Nacht zu kommen, als mir dann doch zwei Gestalten auf der anderen Straßenseite entgegenkamen. Der eine war von großer schlaksiger Statur, der andere klein und stämmig, beide trugen sie eine sibirische Wintermütze, die ihnen etwas Hundhaftes verlieh. Irgendwie kamen sie mir bekannt vor, doch ich kam nicht drauf, woher. An dem Reklamekasten in dem das rassistische Minarett-Plakat hing, blieb ich stehen, schaute mich um, niemand war zu sehen. Ich trat mit voller Wucht gegen die Scheibe, rutschte ab und stolperte fast zu Boden. Fuck. Diesmal stellte ich mich mit dem Rücken gegen den Kasten und trat nach hinten aus, zweimal, doch auf diese Weise war das Ding auch nicht kaputt zu kriegen. Über mir hörte ich ein Geräusch, erkannte ein kleines Mädchen, das auf dem Balkon über mir stand und am Daumen nuckelnd einen Teddybär im Arm hielt. Ich winkte ihr zu und sagte leise, dass sie schlafen gehen solle, weil sonst die Mama schimpfen würde. Sie drehte sich aber nur schüchtern zur Seite.

„Na gut, verrate mich aber nicht."

Ein Haus weiter fand ich einen losen Pflasterstein, wuchtete ihn gegen den Kasten, es gab ein lautes Krachen und Scherben klirrten zu Boden. Eilig drückte ich mit dem Ellbogen scharfkantige Scheibenstücke beiseite, bekritzelte das Plakat mit dem schwarzen Edding und schrieb: Scheiß Nazipropaganda!

Zufrieden betrachtete ich mein Werk, winkte dem Kind und lief die Straße hoch. Dann fiel mir ein, woher ich die beiden Gestalten von eben kannte. Das waren die Typen, die mich vor Monaten interviewt hatten. Oder spinne ich?

Simone stand im Schein einer Laterne, rauchte und schaute auf die schlafende Stadt. Erst als ich nur noch wenige Schritte von ihr entfernt war, bemerkte sie mich.

„Hallo Simone", sagte ich. „Schön dich zu sehen. Alles klar?"

Sie zog an ihrer Zigarette, pustete Qualm aus und betrachtete mich. „Ich habe bei Peter zufällig einen Zettel gefunden", bemühte sie sich zu sagen, ohne zu lallen, „auf dem der Name deines Freundes Alexander Wörmann und die von vier anderen geschrieben stehen, von denen zwei durchgestrichen sind."

„Ja und?"

Simone ging sich mit der Hand durch ihre schief geschnittene Kurzhaarfrisur. „Ich dachte, das interessiert dich."

„Hast du den Zettel dabei?" Ich sagte es einfach so, im Grunde interessierte mich dieser elende Zettel überhaupt nicht. Dass Alex und seine Mutter Feinde hatten, und ich vermutlich auch, war ja nun schon länger bekannt, das gehörte zum Geschäft, und dennoch war bisher nichts Bedrohliches passiert, rein gar nichts. „Feinde muss man sich erarbeiten", hatte Alex letztens gesagt.

„Sie lauern überall, vor allem im Netz und am Telefon. Da sind wir durchsichtig, damit müssen wir rechnen".

„Er ist bei seinen Unterlagen." Sie schnippte ihre Kippe weg. „Wenn du willst, fahren wir zu mir, und ich zeige dir den Zettel."

Drei Jugendliche, die Elektromusik hörten, näherten sich uns und setzten sich keine zehn Meter von uns entfernt auf eine Parkbank.

„Wohnt ihr noch zusammen?"

„Nein, aber er hat sein Büro noch im Haus."

„Hat er die Trennung akzeptiert?"

Simone wich meinem Blick aus. „Er ist noch bis Dienstag in Salzburg."

„Also gut, fahren wir zu dir, und du zeigst mir diesen verdammten Zettel."

Wir überquerten die Wiese Richtung Universitätsgebäude. Sie steuerte den Wagen halbwegs sicher durch die Innenstadt bis zur Aare hinunter, wo wir am Botanischen Garten vorbeikamen, in ein Villenviertel bogen und kurz darauf vor einem Tor hielten, das sich öffnete. Kleine Laternen leuchteten den Weg, der auf ein bunkerartiges Gebäude zuführte. Sie fuhr mit dem Wagen in die Hausgarage, in der ein silberner Saab und zwei PS-starke Motorräder standen.

„Bist du sicher, dass dein Exmann nicht im Haus ist?"

„Komm."

Ich folgte ihr über einen langen Flur bis ins Wohnzimmer, sollte auf einer weißen Couch warten, über der ein Bärenkopf hing. Simone verschwand in einem der Nebenzimmer, kam mit einem Blatt Papier zurück und reichte es mir. Auf dem Zettel stand:

Rudolf Hundstorfer, geb. 19.09.1951 in Wien

Frank Sommer, geb. 23.12.1966 in Basel

Alexander Wörmann, geb. 14.02.1977 in Bielefeld

Zwei Namen waren bis zur Unkenntlichkeit durchgestrichen.

Es war merkwürdig, Alex' Geburtsdaten auf diesem Zettel zu lesen.

„Nimmst du auch einen Wodka Lemon?"

Ich nickte. „Kann ich den Zettel behalten?"

„Nein." Sie mixte die Drinks. „Du hast mir damals gesagt, ich soll mich bei dir melden, wenn ich was Verdächtiges über dich oder Alexander Wörmann erfahre. Mehr kann ich nicht für dich tun."

„Warum hat dein Mann diese Namen dahin geschrieben?" Ich fotografierte das Schreiben mit meinem Handy. „Wer sind die anderen beiden?"

„Herr Hundstorfer war in Österreich ein Gewerkschaftsfunktionär der ÖGB. Er ist seit Jahren Bundesminister für Soziales, Arbeit und Konsumentenschutz."

Simone reichte mir mein Getränk, setzte sich neben mich auf die Couch. Wir stießen an und tranken.

„Herr Sommer ist ein Journalist, der schon einige Politskandale aufgedeckt hat."

„Und warum interessiert sich dein Mann für diese Leute."

„Ich hatte gehofft, dass du das herausfindest."

„Ich? Wieso ich? Und warum interessiert dich das?"

„Reine Neugier."

„Dann krieg du das doch raus … Oder frag ihn einfach." Ich trank mein Getränk aus.

Simone stand auf und mixte mir noch einen Wodka Lemon, den ich in zwei Zügen leer trank, und von dem mir ziemlich schwindelig wurde.

***

Ich öffnete die Augen, blickte den Wecker auf dem Nachttisch an, der 11.21 Uhr anzeigte. Draußen war jemand mit einem Laubbläser zugange. Ich fragte mich, wie ich nackt in dieses Bett gekommen war. Dann fiel mir vage ein, wie ich kurz versucht hatte, mit Simone zu schlafen, nachdem sie sich an mich gekuschelt hatte, doch zum Glück hatte ich noch rechtzeitig gespürt, dass das falsch wäre. Oder war ich einfach nur zu betrunken gewesen und hatte keinen mehr hoch bekommen?

Von irgendwoher hörte ich Schritte, die Schlafzimmertür ging auf, Simone kam nur mit einem Nachthemd bekleidet und einem Tablett voll Frühstückskram herein, der nach Kaffee, warmen Brötchen und Rührei duftete, lächelte und wünschte mir einen guten Morgen. Ich nahm das Tablett und Simone kam zu mir ins Bett. Mir war etwas flau im Margen.

„Probier doch mal den Cappuccino."

Ich nahm einen Schluck vom Orangensaft. Simone schnitt mit einem Filetiermesser eines der Brötchen auf.

„Was willst du drauf haben?"

„Simone, eines muss ich klarstellen. Ich mag dich, aber –"

„Iss mal was."

Ein lauter Rums ließ uns aufschrecken. Wir lauschten

ins Haus, nichts war zu hören. Eine Tür war vermutlich durch einen Windstoß ins Schloss gefallen, glaubte Simone. Ich nahm einen Schluck von dem Cappuccino. Plötzlich hörten wir, wie jemand mit schweren Schritten näher kam. Simone sah mich entsetzt an, sprang aus dem Bett, deutete hektisch, ich solle unterm Bett verschwinden und eilte auf die Schlafzimmertür zu. Doch bevor sie dort ankam und ich mich rühren konnte, flog die Tür auf, und Herr Vollmer blickte Simone und mich verächtlich an. Ich grüßte ihn. Simone machte einen Schritt auf ihn zu und bat ihn, ihr Zimmer zu verlassen. Mit einer raschen Bewegung packte er sie am Nacken und schlug ihren Kopf gegen die Wand.

„Sind Sie irre", krächzte ich, wusste nicht wohin mit dem verdammten Frühstück. Er beachtete mich nicht, trat Simone in die Seite, wandte sich dann mir mit einem Ausdruck des völligen Wahnsinns zu. Ich schleuderte ihm das Tablett entgegen, das er mit einer Armbewegung abwerte, er bekam nur etwas Rührei und Kaffee ab. Mit einem Satz hechtete ich aus dem Bett. Dieser Wahnsinnige kam langsam auf mich zu und schien sich schon auf etwas zu freuen.

„Ganz ruhig, Herr Vollmer, die Lage ist, ich meine, die Dinge sind ganz anders, als sie scheinen. Ihre Frau, schauen Sie nur, was Sie angerichtet haben."

Er stürzte sich auf mich. Es kam zu einem Ringkampf, in dem er bald die Oberhand gewann und mir mit beiden Händen den Hals zudrückte. Ich wandte und bäumte mich, griff mir die Decke und zog sie ihm über den Kopf. Mit einer Hand ließ er kurz meinen Hals los, schlug um sich, was mir etwas Luft verschaffte. Ich kam auf die Knie und landete zwei Schläge in Herrn Vollmers Gesicht, die relativ wirkungslos waren. Denn er wälzte sich einfach auf mich, bekam erneut meinen Hals zu packen und würgte mich diesmal noch entschlossener. Ich versuchte mit aller Kraft, seinen Würgegriff zu brechen, aber er war einfach zu wütend und zu stark, sodass ich schließlich völlig entkräftet und röchelnd jeglichen Widerstand aufgab.

Simone tauchte über Herrn Vollmer auf, sie hielt ein Messer mit beiden Händen, das aufblitzte, niedersauste und aus meinem Blickfeld verschwand. Herr Vollmer riss die Augen und den Mund weit auf, ächzte vor Schmerzen. Ich drückte ihn zur Seite, robbte unter seinem schweren Körper hervor. Simone taumelte rückwärts gegen die Kommode und hielt sich vor Entsetzen die Hände vors Gesicht. Herr Vollmer fiel nach vorne um, das Messer ragte aus seinem Rücken und sein Hemd färbte sich rot.

„Arzt", sagte ich, und zog das Messer, das zwischen Herrn Vollmers Schulterblättern steckte, heraus, woraufhin ein Strahl Blut aus der Wunde spritzte. „Ruf einen Arzt!" Das Sprechen tat mir weh. Ich griff mir ein Kissen und drückte es fest auf die Wunde.

Herr Vollmer drehte sich auf den Rücken und fasste mir ins Gesicht. Ich stieß ihn von mir. Er rührte sich nicht mehr und sah ganz leblos aus.

„He, he, hiergeblieben", krächzte ich, versuchte ihn wiederzubeleben, indem ich panisch mit beiden Händen auf seiner linken Brust rhythmisch und fest herumdrückte. „Machen Sie keinen Quatsch!"

Simone kam angekrochen und machte eine Mund-zu-

Mund-Beatmung.

„Weiter ... Jetzt ich." Ich versuchte erneut eine Herzdruckmassage. „Jetzt du."

Er hatte keinen Puls mehr. Ich lief ins Wohnzimmer, schaute mich nach einem Telefon um. Simone schwankte kurz darauf an mir vorbei. Ich sprach sie an, wollte wissen, wo das Telefon sei. Sie reagierte nicht. Im Eingangsbereich entdeckte ich meinen Parka auf dem Boden, kramte mein Handy herbei und gab mit zittrigen Händen 110 ein.

„Diese Nummer ist uns nicht bekannt", verriet eine automatische Frauenstimme.

Ich ging zu Simone, die zusammengekauert auf der Couch saß und weinte. „He, wie ist in der Schweiz die Notrufnummer?" Ich fasste sie an die Schulter. „Simone, reiß dich." Mein Kehlkopf schmerzte. Ich hatte Angst, dass meine Stimme jeden Moment ganz versagte.

Sie schaute geistesabwesend auf meinen Penis und sagte etwas, das ich nicht verstand.

„Scheiße, Mann." Ich ließ von ihr ab, versuchte es mit 112.

Sofort meldete sich jemand und sagte: „Notruf Polizei. Was kann ich für Sie tun?"

„Notfall, hier."

„Was ist geschehen? Wo sind Sie?", fragte der Typ.

„Ein Unfall." Ich eilte panisch durchs Wohnzimmer in eine Art Büro. „Ich weiß nicht, wo ich bin. Einen Moment bitte." Ich öffnete die oberste Schublade eines antiken Schreibtisches, kramte Papiere durch. „Ich habe es gleich." Ich fand einen Brief, auf dessen Kopfseite Peter Vollmer, Uferweg 47, 3013 Bern stand, sagte die Adresse durch, da bemerkte ich, dass die Verbindung weg war. Ich gab die Nummer erneut ein.

Simone betrat das Zimmer und sah mich mit verheulten Augen und blutverschmierten Gesicht an. „Bitte ... Keine Polizei."

„Kein Netz!", zeigte mein Display an. Ich schaute mich um, suchte ein Telefon, genau vor mir am hinteren Rand des Schreibtischs stand ein Funktelefon. Ich griff es mir, wollte gerade 112 eingeben, als Simone mit einem Ruck das Kabel der Ladestation aus der Wand riss.

„Was soll das?"

„Ich gehe nicht wegen dem in den Knast."

„Es war Notwehr. Verstehst du. Not-wehr. Er wollte uns –" Ich massierte mir die Stirn.

„Sei nicht dumm", unterbrach sie mich. „Ich habe ihn von hinten erstochen. Er ist ein Schweizer ... Ich –"

„Er wollte mich umbringen." Das erneute Summen meines Handys unterbrach mich. Ich schaute aufs Display, las Polizei-Notruf.

Simone schüttelte den Kopf. „Bitte."

Mein Telefon vibrierte summend über die Tischplatte und machte mich nervös.

„Heh!" Sie lehnte sich über den Schreibtisch, wobei ihr Nachthemd sich einen Spalt öffnete. „Es geht um eine hohe Lebensversicherung. Ich gebe dir die Hälfte ab, wenn du mir hilfst."

Ich sah sie erstaunt an, wollte den grünen Knopf drücken, als das Handy aufhörte in meiner Hand zu kitzeln.

„Du reitest uns nur noch tiefer in die Scheiße."

„Wenn es schief geht, erzähle ich denen die Wahrheit."

„Die Wahrheit?" Mir wurde ganz flau in der Magengegend. Ich hörte auf, Simone anzustarren und holte tief Luft. Das Telefon fing wieder an zu summen. Mein Bauch krampfte, ich krümmte mich, schaffte es gerade noch, mir den Papierkorb zu greifen, bevor ich mich würgend in ihn übergab. Nachdem ich mit Kotzen fertig war, putzte ich mir mit der Hand den Mund ab und fragte Simone, um welche Summe es ginge ... Simone? Ich sah mich um, sie war verschwunden, dann stand sie plötzlich hinter mir, reichte mir eine halbvolle Packung Servietten und schaute, die Nase rümpfend, auf mich herunter. „Eins Komma zwei Millionen."

Ich glotzte auf mein Erbrochenes, das in Fäden durch den Papierkorb auf meine Oberschenkel tropfte.

Sie wiederholte: „Eins Komma zwei Millionen Schweizer Franken."

Ich drückte den grünen Knopf. „Ich muss mich entschuldigen, ich habe aus Versehen die Notrufnummer gewählt."

„Mit wem spreche ich bitte?"

„War nur ein Missgeschick ... Auf Wiederhören." Ich drückte den roten Knopf.

Wir gingen zum Schlafzimmer. Simones Ehemann lag jetzt merkwürdigerweise auf dem Bauch vor der Tür, ich verstand nicht, wie er da ohne Puls hingekommen war. Das blutverschmierte Küchenmesser lag neben dem Bett, überall war Blut zu sehen. Ich schaute Simone an, sie zuckte mit den Schultern, kniete sich hin, fühlte ihm am Hals den Puls, hielt sich den Mund, wandte ihren Blick von ihm ab und verschwand ins Wohnzimmer. Ich deckte ihn mit der Decke zu, wusste, dass ich um ein Haar da tot gelegen hätte und suchte meine Klamotten zusammen.

Simone duschte in der Duschkabine. Ich brauste mich in der Badewanne daneben mit lauwarmen Wasser ab, das sich rot färbte, griff mir ein Handtuch und verließ das Badezimmer Richtung Wohnzimmer, wo ich mich anzog und auf der Couch niedersank.

Simone setzte sich mir nach einer Weile gegenüber, sie trug einen Rollkragenpullover, eine enge Jeans, hatte sich geschminkt, sodass man die Schwellungen in ihrem Gesicht kaum noch sehen konnte und presste sich einen Eisbeutel an den Kopf, wo sie eine Beule hatte. Wir schwiegen.

Ich fasste mir immer wieder an den Kehlkopf und Kiefer, die weh taten. „Ich brauche etwas gegen Schluckbeschwerden und Schmerzen."

Sie ging mir einen Salbeitee machen und brachte mir Schmerztabletten und ein Glas Wasser. Wir nahmen jeder zwei Tabletten.

„Ich besorge einen großen Koffer, wo wir ihn rein tun", sagte sie.

Ich sah sie fragend an.

„Am späten Abend fahren wir mit Peters und meinem Auto Richtung Spiez zu einer abgelegenen Stelle in den Bergen, setzen ihn hinter sein Steuer und schieben das Auto von der Straße."

Ich glaubte meinen Ohren nicht. „Du bist doch nicht ganz bei Trost."

Sie richtete sich auf, griff sich in die Hüfte, die ihr offensichtlich schmerzte und ging mir meinen Salbeitee holen, der wohltuend duftete.

„Was ist, wenn irgendetwas schiefgeht?", sagte ich, nachdem sie sich wieder gesetzt hatte.

„Dann sage ich, wie es wirklich war."

„Gut … Immerhin wird diese Behörde Nachforschungen anstellen. Spione, you know?" Ich bekam das Grauen, sah Simone eindringlich an und fand, sie hatte sich recht gut von dem ersten Schock erholt.

„Das sind Büroleute, Verwalter, Informatiker, keine James Bonds."

„Das ist ja gerade das Schlimme. Ich sage dir, wenige Stunden nach dem sie die Leiche gefunden haben, werden sie deine Telefonate ausgewertet haben und auf mich stoßen", sagte ich und trank den Tee.

„Du überschätzt die maßlos, sie werden einen Unfall vermuten. Vermutlich werden die nicht einmal auf dich kommen. Und wenn doch, sagen wir, dass wir befreundet sind."

Ich dachte nach. „Also gut. Wir dürfen uns länger nicht sehen, ruf mich nicht mehr an. Und wenn alles gut geht, zahlst du die sechshundert Tausend Schweizer Franken anonym auf mein Nummernkonto, das ich noch einrichten werde … Und wenn alles schiefgeht, werden wir, wie abgesprochen, alles wahrheitsgemäß gestehen. Ist das klar?"

Sie nickte und presste sich den Eisbeutel an die Stirn.

Ich ging im Detail noch einmal alles durch und fasste zusammen: „Du besorgst weiße Wandfarbe und den größten Koffer, den du kriegen kannst."

Sie schloss die Augen.

„Hörst du mir überhaupt zu? Wir dürfen uns keinen

Fehler erlauben."

„Du brauchst mir nicht zu sagen, was ich machen muss, das weiß ich selber."

„Dann erzähl mal."

„Das Zimmer kann ich danach aufräumen lassen."

„Aufräumen lassen? Wie stellst du dir das vor?"

„Ich entferne alles Blut, streiche die Wand und lass danach das Schlafzimmer komplett neu renovieren und einrichten."

„Okay … Und du kennst in den Bergen eine Stelle, die abgelegen ist, wo wir den Wagen von der Straße schieben können?"

Sie nickte.

„Und bring eine Flasche Brennspiritus mit."

Sie machte sich eine halbe Stunde später auf den Weg. Ich blieb mit einem mulmigen Gefühl alleine zurück, legte mich auf die Couch und überlegte, welche Strafe wir im schlimmsten Fall zu erwarten hätten für Totschlag aus Notwehr, illegaler Leichen- und Autoverbrennung und sonstige Sachbeschädigung in den Bergen. Wir würden sicherlich zwei Jahre auf Bewährung und eine saftige Geldstrafe bekommen. Okay, wir könnten sagen, wir hätten aus Angst gehandelt, weil wir befürchtet hatten, dass man uns die absurde Wahrheit niemals geglaubt hätte, aber würde das etwas ändern? Was ist, wenn die Polizei uns einen Mord andreht? Andererseits, wie sollten sie uns diesen beweisen?

Irgendwann machte sich unter mir mein Handy bemerkbar. Ich setzte mich auf, fand es in der Polsterritze, sah, dass es Valerie war. Ich erklärte ihr, dass ich im Büro sei und sie nicht wecken wollte. Sie meinte mit belegter

Stimme, sie hätte vorhin versucht, mich im Büro zu erreichen.

„Ich war bis eben in der Stadt … in einem Restaurant", sagte ich, hielt mir den Hals und räusperte mich.

„In welchem Restaurant denn?"

„Das Restaurant … ich weiß gar nicht, wie das heißt." Ich ging in Gedanken einige Restaurants durch. „Der Italiener am Waisenhausplatz. Das mit der Brücke von Venedig. Wie heißt es denn noch?"

„Rialto."

„Genau … Du, ich fahre nachher nach Thun, mache dort das Interview mit dem Gewerkschafter und komme erst spät zurück. Wann sehen wir uns?"

„Was fragst du mich das?"

„Hallo, was hast du gesagt? Die Verbindung ist –"

„Soll ich dich im Büro anrufen?"

„Nee, ich muss jetzt los … Ich schätze, ich bin so um zehn, elf Uhr wieder zurück. Darf ich dann noch bei dir vorbeikommen?"

„Ich habe heute Nachtschicht, falls du das vergessen hast." Sie legte einfach auf.

Ich entschuldigte mich per Sims und fragte sie, ob sie morgen Abend mit mir essen gehen mag. Dann rief ich Alex an.

„Hallo Alex."

„Wo bist du?"

„Unterwegs."

„Alles klar bei dir?"

Dieser verdammte Mistkerl kennt mich besser als sonst wer, dachte ich, und sagte: „Ja, sicher. Nur der übliche Beziehungsstress."

Wir schwiegen, ich hörte ihn atmen.

„Weißt du noch, als wir im Teutoburger Wald unseren Steinbruch gegen eine Bande römischer Legionäre verteidigen mussten?", sagte ich nach einer Weile. „Und sie uns schließlich umstellt und die Waffen abgenommen hatten?"

Er lachte. „Deine Nase fing mal wieder an zu bluten. Und du hast das Blut in deinem Gesicht verschmiert. Daraufhin bekamen sie es mit der Angst."

„Weil ich versuchte, sie mit meinen blutverschmierten Händen zu berühren." Mir fiel die Sache mit der Todesliste ein. „Alex, ich weiß, du kannst es nicht mehr hören. Aber ich habe Informationen bekommen, wonach du beseitigt werden sollst."

„Ja, ja."

„Du hast mir doch gesagt, du bist da an einer ganz großen Geschichte dran."

„Pass auf, wir müssen uns mal in Ruhe unterhalten." Er blätterte in seinem Terminkalender, vermutete ich. „Einiges läuft generell nicht so, wie es könnte. Am liebsten wäre mir, du und Irfan kommen überüber … nein überüberübernächste Woche Freitag nach Wien."

„Überüber …, wovon redest du? Und wozu?"

„Irfan hat schon dreimal so viele Mitglieder angeworben wie du."

„Na und."

„Wir müssen unser Konzept neu überdenken … Ich schlage wie gesagt Freitag in zwei, nein, drei Wochen vor, das ist der 27. November."

Ich dachte darüber nach, ob ich überhaupt noch dabeibleiben werde, wenn ich sechshundert Tausend

Schweizer Franken besitze.

„Helle, bist du noch da?"

„Ja, sicher … ist mir egal, wann ihr nach Bern kommt."

„Ich bespreche die Details mal mit Irfan, dann melde ich mich wieder."

„Okay!"

„Mach es gut, mein Lieber", sagte er und legte auf.

Ich war plötzlich total erschöpft, döste auf der Couch ein, träumte, dass Simones Ehemann versuchte, mich zu erwürgen, woraufhin Simone ihm ein Messer in den Rücken rammte. Blut. Überall war Blut. Es kroch die Wände hoch, wovon ich aufschreckte und erleichtert war, dass alles nur ein Traum war, bis mir auffiel, dass mir beim Schlucken der Kehlkopf und mein Kiefer schmerzten. Ein gewaltiger Schrecken zuckte mir durch die Glieder. Ich setzte mich auf, massierte mir kurz die Stirn, ging zum Schlafzimmer, konnte die Tür nur einen Spaltweit öffnen, zwängte mich hinein. Scheiße! So eine Scheiße konnte auch nur mir passieren. Da lag einer, ein Mensch, sicher kein guter Mensch, aber ein Mensch. Ich drehte ihn auf den Rücken, seine Augen waren noch geöffnet, leblos wie hellblaue Knöpfe, niemand mehr dahinter.

***

Wir bogen Simones Ehemann in Embryostellung, versuchten ihn so in den riesigen silbernen Rollkoffer zu bekommen. Simone sah in einem fort zur Seite und schluchzte. Mir fiel dieser Horror leichter, worüber ich selbst überrascht war. Nachdem wir den Koffer endlich zu bekommen hatten, sagte ich: „Schaffst du es, oder sollen wir nicht doch besser die Polizei rufen?"

Sie fing noch heftiger an zu heulen. Ich streichelte ihr den Rücken und heulte einfach mit, es gab genug zu beweinen, meinen Cousin, meine Großeltern, mein Vater, Heike, Valerie. Simone verschwand ins Badezimmer, ich in die Küche, wo ich mir das Gesicht wusch.

Der Koffer war ziemlich schwer, wir zogen ihn gemeinsam bis in die Garage, wo wir ihn in Simones Kofferraum hievten.

„Hast du sein Jackett samt Portmonee?"

Sie ging es holen.

„Wir sollten ab jetzt auch unsere Handys ausschalten", sagte ich.

„Hab ich schon."

„Und jetzt?"

Sie meinte, sie würde zu der Tankstelle vor der Autobahnauffahrt fahren und erklärte mir den Weg. Ich sollte dort in fünfzehn Minuten mit dem Saab ihres Ehemannes hinfahren und ihr dann folgen.

„Wird die Tankstelle nicht kameraüberwacht?"

„Meinst du, die werden –"

Ich winkte ab. „Du hast recht, das ist übertrieben

vorsichtig. Also bis gleich."

Während der Autofahrt ging mir eine Menge wirres Zeug durch den Kopf. Kurz vor der Tankstelle schaltete ich das Radio an. Es lief ein Streichquartett. Simones Auto war auf der Tankstelle nirgendwo zu sehen, aber ich entdeckte es etwas die Straße hoch, von wo sie mir winkte.

Einige Kilometer vor Spiez fuhren wir von der Autobahn runter, und kurz darauf ging es gegen einen unsichtbaren Berg an. Aus den Lautsprechern fing es an zu rauschen. Ich bekam den klassischen Sender nicht mehr rein und schaltete das Radio ab, was ich schade fand, da die Musik mich beruhigt hatte. Hoffentlich geht das gut, dachte ich in den Lichtkegel hinein, den die Scheinwerfer in die Dunkelheit strahlten. An einigen Stellen war am Straßenrand Schnee zu sehen. Ich machte einen Bremstest. Die Straßen waren nicht vereist. Von Simone keine Spur mehr. Ich fuhr etwas schneller, bis endlich wieder vor mir die roten Rückleuchten auftauchten. Waren es aber auch die richtigen? Mir war sehr warm geworden, mein Körper kribbelte befremdlich, als würde er von hunderten Nadeln akupunktiert. Die Kurven wurden enger, der Schnee zwischen den Bäumen mehr. Ein Auto war mir schon seit Minuten nicht mehr entgegengekommen. Das Fahrzeug vor mir bog auf einen Parkplatz und hielt in der hintersten Ecke. Ich parkte daneben, stellte den Motor ab, stieg aus und zog den Reißverschluss meines Parkas zu. Die Stille war bedrückend. Das Einzige, das zu hören war, war der Kühlerventilator und das Knacken des überhitzten Motors. Über mir die Sterne, viele Sterne, die ganze Nacht war voll damit, der Mond war nicht zu sehen. Simone blieb im Auto sitzen und fuhr das Fenster herunter. Ich atmete tief durch und machte ein paar Meter, musste pinkeln und erinnerte mich an den ersten Ausflug mit Heike. Wir waren nach einem ausgedehnten Frühstück an einen Baggersee gefahren, wo sie mir von einem Naturvolk in Südindien erzählt hatte, das kein Wort für Frieden kannte, weil es sich einfach nicht vorstellen konnte, dass ein Mensch einen anderen Mensch töten könnte. Sie würden im totalen Einklang mit der Natur leben, hatte sie gemeint. Jeden Tag kämen zu einer bestimmten Zeit die Büffel aus dem Wald zu einer Lichtung und ließen sich melken.

Eine Sternschnuppe sauste danieder. Und dann noch eine. Ich wünschte aus dieser Nummer heil wieder herauszukommen, denn ich ahnte, dass es ein Fehler war, dass ich mich auf diese Geschichte eingelassen hatte und dass ich mir in vielerlei Hinsicht etwas vormachte. Simone bat mich, neben ihr Platz zu nehmen und schloss das Fenster.

„Warum ist dein Mann früher zurückgekommen?", sagte ich in die Stille.

„Woher soll ich das wissen?"

„Du weißt es. Aber du hast nicht geglaubt, dass er dermaßen ausrasten würde. Habe ich recht?"

Sie schüttelte den Kopf. „Nein."

„Was, Nein?"

„Du weißt nicht, wie es ist, wenn der eigene Ehemann einen verachtet, weil man ihm keine Kinder gebären kann. Dieses Schwein ging regelmäßig in Puffs. Und danach putzte er seine dreckigen Finger an mir ab. Er wollte mich nicht gehen lassen, er wollte mich weiter besitzen und hassen."

„Und jetzt ist er tot, wie praktisch."

„Ich habe das nicht gewollt."

„Schon gut, lassen wir das."

Nachdem minutenlang kein Auto mehr vorbeigekommen war, nahm Simone die Taschenlampe aus dem Handschuhfach, wir stiegen aus dem Auto und gingen über den Parkplatz auf die andere Straßenseite. Vor einer Leitplanke blieben wir stehen und Simone leuchtete an kantigen Felsen entlang nach unten auf Tannenbäume, die mit ihren schneebedeckten Fingern ins Tal zeigten.

„Die Leitplanke ist ein Problem", sagte ich und trat sachte dagegen.

Wir gingen ein Stück die Straße hinunter zu einer Stelle, die wir für unser Vorhaben als geeignet empfanden und eilten zu den Autos zurück, wo wir den armen Kerl aus dem Kofferraum bis zur Fahrertür zerrten und ihn hinters Steuer verfrachteten, was uns viel Mühe bereitete, denn er war schwer und unhandlich. Zudem roch er streng.

„Kannst du das mit dem Spiritus machen?", bat sie mich mit weinerlicher Stimme.

„Ja, aber das mache ich ganz zum Schluss."

Wir hörten Motorengeräusche und sahen Scheinwerfer übers Tal leuchten. Simone knipste die Innenbeleuchtung des Saabs aus, schloss die Tür, betätigte die Zentralverriegelung, und wir setzten uns in Simones Auto.

„Hoffentlich fährt der vorbei", flüsterte Simone.

Mir lief kalter Schweiß die Achseln hinunter.

„Der Wagen fährt langsam", sagte ich, als die Scheinwerfer wieder zu sehen waren.

„Jetzt blinkt der auch noch, ich fasse es nicht."

Ein Geländewagen bog auf den Parkplatz, drehte eine Runde, leuchtete uns für einen kurzen Moment an und hielt keine zwanzig Meter schräg hinter uns. Simone klappte ihren Sitz nach hinten. Ich lehnte mich über sie, sah zu dem Fahrzeug, das eine Felswand anstrahlte. Ein Mann stieg aus, er trug eine Fellmütze, ich glaubte, er würde zu uns herüberschauen. Dann beugte er sich in sein Auto und schaltete die Scheinwerfer aus. Ich versuchte den Typen, der wegen der Dunkelheit nur ein Schatten war, im Auge zu behalten, sah ihn auf uns zukommen und schließlich aus meinem Sichtfeld verschwinden.

„Was macht er?", fragte Simone.

„Weiß nicht."

Sie hob den Kopf, schaute sich um: „Wo ist er?"

Kurz darauf klopfte es an meine Scheibe.

„Nicht reagieren." Sie zerrte an meinem Arm.

Es klopfte ein zweites Mal. Ich sah ein Gesicht und fuhr einen Spalt das Fenster herunter. „Guten Abend", sagte ich mit belegter Stimme.

„Grüezi."

„Brauchen Sie Hilfe?"

„Mau, mau." Zwei dunkle Augen unter wuscheligen Augenbrauen spähten durch den Fensterspalt.

„Sehen Sie nicht, dass Sie meine Freundin und mich stören?"

Keine Reaktion.

„Sind Sie taub." Ich öffnete die Tür, knallte sie dem Typen entgegen, der etwas zurückwich.

Simone knipste hastig die Innenbeleuchtung aus, die

mit öffnen der Tür angegangen war und hielt mich zurück. „Lass ihn doch."

Der Typ schaute an mir vorbei ins Auto. „Sind Sie Deutsche", sagte er in einem Ton, der mir nicht gefiel.

„Nein, Japaner!"

Er schaute in den Saab. „Schläft der da drinnen?"

„Wer?"

„Da, da sitzt doch einer und rührt sich nicht."

„Lassen Sie den, der –"

„Ein Freund, er schläft seinen Rausch aus", kam Simone mir zu Hilfe.

„Schönen Abend noch", sagte ich, zog die Beifahrertür zu und behielt den Typen im Auge. Er ging ganz offensichtlich zu seinem Jeep zurück. Ich rieb mir die kalten Hände.

„Hoffentlich fährt der jetzt weiter", meinte Simone.

„Und was ist, wenn der die Polizei ruft?"

Zwei, drei Minuten tat sich nichts, dann endlich gingen die Scheinwerfer des Jeeps an, und er fuhr vom Parkplatz.

„Der hat mich gesehen", sagte ich.

„Nur sehr kurz, wenn überhaupt. Schau doch, wie stockfinster es hier ist."

„Und was ist, wenn er sich unsere Autokennzeichen aufgeschrieben hat?"

„Sein Wagen hat unseren nur für den Bruchteil einer Sekunde angestrahlt."

„Wollen wir hoffen, dass das nicht gereicht hat, um sich das Kennzeichen zu merken."

Wir beobachteten, wie der Jeep sich immer weiter entfernte.

„Wir müssen den Wagen zur Straße schieben."

Sie streifte sich ihr Halstuch über den Mund, beugte sich in den Wagen hinein und lenkte, während ich schob. An der leitplankenfreien Stelle zog sie die Handbremse. Ich schüttete den Spiritus über Herrn Vollmer aus.

„Wie machen wir es?", sagte sie.

„Was meinst du?"

„Wenn wir ihn jetzt anzünden, kriegen wir die Handbremse nicht mehr gelöst."

Ich suchte am Straßenrand zwei Steine und legte sie vor die Vorderräder. „So müsste es gehen."

Der Wagen blieb stehen, als ich die Handbremse löste. Ich positionierte mich an der Fahrerseite. Simone zündete ein Taschentuch an, und ohne Vorwarnung schmiss sie es durch die geöffnete Beifahrertür. Blaue Flammen zischten über Herrn Vollmer hinweg. Ich taumelte rückwärts.

„Der Wagen", rief Simone.

Ich schob einen Stein mit dem Fuß nach innen durch. Simone verschwand nach hinten und ich zur Seite. Der verdammte Saab rührte sich aber nicht.

„Schieben?", rief ich, stürzte mich auf den Wagen, stemmte mein Gewicht dagegen und hoffte, die Karre würde nicht voreilig explodieren. Zögerlich setzte sich der Saab in Bewegung, wir folgten ihm, bis er vorne herüberkippte, in die Tiefe stürzte, laut gegen die Felswand und durch Baumkronen krachte und schließlich eine beunruhigende Stille hinterließ. Ich beugte mich vor. Simone erschien hinter mir. Ich fragte mich kurz, ob sie mich nun gleich mit entsorgen würde, doch sie zog mich von der Felskante weg. Wir warteten darauf, dass der Wagen endlich explodieren würde, aber das tat er nicht, und meiner Meinung nach brannte er auch nicht mehr. Ich überlegte, runter zu klettern und erneut Feuer zu legen, denn so werden sie auf dem ersten Blick sehen, dass Herr Vollmer erstochen wurde und bräuchten dafür nicht einmal eine Autopsie. Das sagte ich auch Simone.

„Dann ist er halt ermordet worden", antwortete sie, „Feinde hatte er ja genug … Komm."

Auf der Heimfahrt besprachen wir haarklein genau, was wir vor der Polizei aussagen werden, also wo wir zur Tatzeit waren, nämlich bei mir, mit Flasche Rotwein, und dass wir nur Freunde seien. Mir war ziemlich mulmig zumute. Am liebsten wäre mir, wir würden die Wahrheit sagen, aber ich befürchtete, die würde uns mittlerweile niemand mehr abnehmen.

***

Ich klopfte bei Valerie, doch sie öffnete mir nicht, auch nicht, als ich bei ihr Sturm klingelte. Am nächsten Tag rief ich bei ihr im Krankenhaus an, doch auch da wusste die Stationsschwester nur, dass Valerie Urlaub hat. Ich konnte nichts tun, außer warten. Also ging ich ins Büro, versuchte mich dort abzulenken, indem ich weiter an einem Artikel arbeitete und immer wieder vergebens Valeries Nummer wählte. Ich war nah dran, mich wieder zu betrinken, doch damit sollte Schluss sein, hatte ich entschieden. Ich kippte vorsichtshalber alle alkoholischen Getränke in den Abfluss. Gegen frühen Abend fing ich an, mehrere SMS ins Handy zu picken, in denen ich Valerie zunächst bat, mich zurückzurufen, ihr dann mitteilte, dass ich sie vermisse und mir allmählich Sorgen mache. Schließlich schrieb ich ihr sogar eine Art Liebesgedicht, das von der Stille handelte.

Am nächsten Tag las ich in der BZ und dann im Bund, wo im Grunde das Gleiche geschrieben stand, von dem tödlichen Unfall in den Bergen, dass die Polizei Fremdeinwirkung nicht ausschließen konnte und um Hinweise bat. Genauere Angaben vermieden sie. Mir wurde ganz flau im Magen. Zudem tat mir mein Hals plötzlich wieder doller weh. Natürlich, jetzt sieht es tatsächlich wie Mord aus, dachte ich. Wir Idioten. Und genau betrachtet, war es das auch, zumindest unterlassene Hilfeleistung, auch wenn ich wirklich geglaubt hatte, er sei tot gewesen. Keinen Happen bekam ich mehr hinunter.

In einer knappen E-Mail teilte mir Alex mit, sich am Freitag in einer Woche um 19.00 Uhr mit mir und Irfan im Berner Büro treffen zu wollen. Er nannte es in Klammern: Whirlpool die Zweite!

Bereits in der Mittwochsausgabe stand, dass das Opfer Peter V. vermutlich Feinde hatte, die Polizei nach einer Zeugenaussage nun sicher von Mord ausginge.

Hatte der Typ auf dem Parkplatz mich vielleicht doch erkannt oder sich die Nummernschilder gemerkt?, dachte ich. Hoffentlich behält Simone die Nerven. Und wo verdammt noch mal ist Valerie?

Am späten Nachmittag klopfte es an meine Tür. Ohne dass ich „Herein" gesagt hatte, kam ein hochgewachsener dunkelhaarige Typ herein, der einen schwarzen Mantel trug.

„Treten Sie ruhig ein", gab ich mich hinter meinem Monitor zu erkennen.

„Merci vielmals", sagte er, meine ironische Anspielung ignorierend.

„Was kann ich für Sie tun?"

„Ist das hier das Büro von dem Verein Boykott?"

Ich nickte, ging hinter meinem Bildschirm in Deckung, meinte, ich käme gleich, er könne auf der Couch Platz nehmen. Dieser Typ näherte sich mir auf eine Weise, die nichts Gutes versprach. „Sind Sie Herr Lenk?"

„Ja, der bin ich." Ich ging den Mann begrüßen.

Er stellte sich als Kommissar Chevalier vor und roch nach einem unangenehm scharfen Rasierwasser, das mir etwas in den Augen brannte.

„Kennen Sie einen Peter Vollmer?"

„Peter Vollmer? ... Nein, ich denke nicht. Wieso fragen Sie?"

Er wandte sich dem Billardtisch zu, holte die Kugeln hervor und ließ sie in das Dreieck fallen.

„Und eine Simone Vollmer?"

„Simone Vollmer, sagen Sie?"

Er machte den ersten Stoß, die Kugeln klackerten auseinander, ohne dass eine in eines der Löcher fiel.

„Ich kenne eine Simone, aber nicht ihren Nachnamen."

„Ich weiß von Frau Simone Vollmer, dass sie mit Ihnen befreundet ist." Er reichte mir den Queue.

„Warum fragen Sie dann?" Ich visierte die weiße Kugel an und versenkte eine Rote im Mittelloch, wobei die weiße Kugel ins Eckloch fiel.

Der Kommissar ließ sich von mir den Queue geben.

„Ihr Ehemann, Peter Vollmer, ist ermordet worden."

Ich sah ihn versucht überrascht an. „Ermordet? … Wie entsetzlich."

Er stieß eine Kugel über Bande ins Eckloch. „Haben Sie nicht in der Zeitung von dem Vorfall in den Bergen oberhalb von Spiez gelesen?"

„Nee."

„Sie lesen doch Zeitung, wie ich sehe, oder?" Er versenkte eine weitere Kugel.

Mein Telefon klingelte.

„Moment bitte."

Ich setzte mich Richtung Telefon in Bewegung, hob den Hörer ab und meldete mich mit meinem vollständigen Namen, während ich in den Zeitungen umblätterte, damit der Kommissar nicht sehen konnte, dass ich von dem Mord tatsächlich aus der Zeitung wusste.

„Ich bin's, rufe von einer Telefonsäule an."

„Da müssen Sie sich verwählt haben?", sagte ich laut. „Hier ist das Büro von Boykott."

„Wir sind wie besprochen nur befreundet."

„Okay. Da kann ich Ihnen auch nicht weiterhelfen."

Sie hatte aufgelegt.

Damit kommen wir niemals durch, dachte ich, wenn sie mich ernsthaft verdächtigen, hören sie bereits mein Telefon ab und damit wäre es aus. Oder war das nur im Film so?

Der Kommissar legte den Queue auf den Tisch und sah zu mir herüber.

„Entschuldigen Sie."

„Wann haben Sie das letzte Mal mit Frau Vollmer gesprochen?"

„Da muss ich überlegen … Am Sonntag Abend, ja genau. Wir haben uns bei mir getroffen."

„Um wie viel Uhr?"

„Ich glaube, so um 18.00 Uhr."

„Hat Sie jemand gesehen … oder gehört?"

„Keine Ahnung."

„Haben Sie irgendwann am Abend oder in der Nacht das Haus verlassen?"

„Simone ist so um ein Uhr nachts nach Hause gefahren."

„Wusste Herr Vollmer von Ihnen?"

„Das weiß ich nicht, da müssen Sie Simone fragen."

„Sie sind ihm also nie begegnet?"

„Nicht dass ich wüsste."

„Frau Vollmer hat ausgesagt, dass sie eine Affäre mit Ihnen hat."

„Eine Affäre? Nee, da müssen Sie was falsch verstanden haben."

„Haben Sie eine Partnerin?"

„Hören Sie, ich helfe gerne, wo ich kann, aber das geht mir gerade ein bisschen zu weit."

„Ich kann Sie auch zum Verhör vorladen lassen, wenn Ihnen das lieber ist?"

Ich nahm eine Kugel vom Tisch, wog sie in der Hand und sah den Kerl so gelassen wie möglich an. „Machen Sie das. Denn im Moment würde ich gerne Frau Vollmer mein Beileid aussprechen."

Er umrundete die Schreibtische aufmerksam wie ein Raubtier, das Beute gewittert hat und schlenderte provokativ langsam zum Ausgang. „Sie werden von mir hören."

Die Tür knallte mit einem lauten Rums hinter ihm ins Schloss, was blieb, war der Gestank von seinem Rasierwasser. Ich öffnete ein Fenster, setzte mich in den Sessel und vergrub mein Gesicht in den Händen.

Gegen frühen Abend klopfte es erneut an meine Tür, ich lag auf der Couch, hatte furchtbare Kopfschmerzen und mir bereits zwei Schmerztabletten eingeschmissen.

„Jaaa!"

Ein Jugendlicher kam herein und reichte mir einen Zettel, auf dem geschrieben stand: Heute Abend um 21:00 Uhr im Kornhaus. Ohne Handy. Spaziergängerin.

Ich bedankte mich bei dem Jungen, gab ihm zwanzig Franken und fragte ihn, wer ihm den Zettel gegeben hatte.

„Eine Frau mit kurzen Haaren."

„Okay, danke. Mach es gut, mein Freund."

***

Ich genehmigte mir bei den Drei Eidgenossen ein frisch gezapftes Bier. Am Nebentisch unterhielten sich zwei Studenten über offene Texte und prosteten mir zu. Um halb neun nahm ich im Kornhaus Platz und bestellte mir noch ein Bier. Simone erschien um kurz vor neun an meinem Tisch, sah verheult aus. Ich erhob mich, half ihr aus dem Daunenmantel, legte ihn über eine Stuhllehne und setzte mich ihr gegenüber.

„Wir müssen jetzt cool bleiben, wahrscheinlich werden wir gerade überwacht. Denk an deine Rolle", sagte ich leise.

Sie drückte in der Kerze herum. Der Kellner erschien. Ich bestellte Hühnchen mit Kroketten und Salat, Simone eine Flasche Rotwein, die er uns sofort brachte.

„Die Polizei glaubt, ich hätte meinen Ehemann umgebracht ... und sie hat recht."

„Es war Notwehr. Er war gerade dabei, mich zu erwürgen."

Sie schüttelte den Kopf, natürlich hatte sie recht, wir hatten Mist gebaut.

„Wir müssen nur bei unseren Aussagen bleiben, dann kann uns nichts passieren. Sag mir ganz genau, was du der Polizei gesagt hast."

Simone vergrub ihr Gesicht in den Händen. Ich schob die Kerze beiseite. „Wir packen das, die haben nichts."

Sie schaute nach draußen, wo ein stummer Regen niederging. Ihre Augen füllten sich wieder mit Tränen, die ihr die Wange hinunterrannten. Ich setzte mich neben sie, reichte ihr eine Serviette, sie schniefte sich die Nase. Die Ärmste sah völlig fertig aus, ich nahm sie in den Arm, bis endlich mein Essen kam. Ich hatte zwar keinen Hunger, musste aber etwas essen, meine Wangen waren schon ganz eingefallen. Während ich auf dem Huhn herumkaute, erzählte Simone mir von den beiden Kriminalbeamten – der Ältere war sehr dick, tat freundlich; der Jüngere war schlank, dunkle Augen und war gereizt –, die plötzlich in ihrem Garten gestanden hatten, ihr die Nachricht von ihrem verstorbenen Mann überbracht hatten und sofort dazu übergegangen waren, lästige Fragen zu stellen. Kurz darauf waren zwei weitere Beamte erschienen, hatten einen Hausdurchsuchungsbefehl vorgelegt, Aktenordner in Kartons geräumt und mitgenommen.

„Und was ist mit der Liste?"

„Die auch … Der jüngere Polizist, Herr Chevalier, hat mich heute Morgen wachgeklingelt. Er fragte mich erneut, wo ich zu der Tatzeit gewesen sei. Ich sagte ihm, wie wir es besprochen haben, dass ich bis ein Uhr nachts bei dir gewesen bin und dann nach Hause gefahren bin. Das wir uns vor vier, fünf Monaten in der Turnhalle kennengelernt hätten und Freunde sind. Er meinte, sie hätten mit dir gesprochen, und du hättest ausgesagt, dass wir eine Liebesbeziehung haben."

„Das habe ich nicht. Aber die Nummer hat er mit mir auch versucht."

„Merkwürdig, dass sie erst heute mit dir gesprochen haben."

„Das hast du gut gemacht", sagte ich und setzte mich ihr wieder gegenüber.

Wir verabredeten bei dieser Version bleiben zu wollen. Simone trank Wein, ich Bier, und wir schwiegen, alles war klar und endlos beschissen, ein weiteres Abwägen der Situation sinnlos. Jetzt konnten wir nur warten und hoffen, dass es nicht ganz so schlimm kommt.

„Wie läuft es mit deiner Freundin?"

Ich atmete tief ein und aus.

„Liebst du sie?"

„Ja, manchmal."

„Verstehe mich nicht falsch, ich will nichts von dir."

„Dann ist ja gut."

Ich wollte heim und hoffte, dass Valerie endlich wieder zuhause sei. Simone bezahlte die Rechnung. Ich zog meinen Parka an, half Simone in den Mantel, griff mir beim Verlassen des Restaurants einen der Regenschirme, die im Schirmständer standen und brachte Simone zur Tramstation. Der Regen wurde stärker, sodass wir dicht beieinander stehen mussten.

Ich spürte ihren Atem an meinem Hals, wovon ich eine Gänsehaut bekam, sagte: „Ich werde mich dann jetzt mal auf machen."

Simone schaute traurig in den Regen. Ich riet ihr, dass sie sich was Gutes tun solle, und nahm sie in den Arm, spürte die Wärme ihres Körpers sogar durch ihren Daunenmantel, sprach ihr zwei, drei tröstende Worte zu, als endlich die Tram vorgefahren kam. Sie wischte sich die Tränen aus den Augen und stieg ein. Ich reichte ihr den Regenschirm.

„Der gehört mir nicht", schniefte sie.

„Ein Geschenk des Hauses."

„Danke."

Die Tür schnappte zu, und die Tram fuhr bimmelnd los. Ich zog mir die Kapuze über den Kopf.

VI

Nach vier Tagen immer noch keine Spur von Valerie. Ich war beunruhigt und nervös. Außerdem bekam ich in letzter Zeit am Abend immer einen heißen kribbeligen Kopf, so als hätte ich irgendwo im Körper eine Entzündung. Ich entschied, in Valeries Wohnung einzubrechen und erkundigte mich im Baumarkt bei einer Verkäuferin, wie man am besten eine verschlossene Wohnungstür öffnet. Sie musterte mich skeptisch über ihre Lesebrille. Ich versicherte ihr, es ginge um meine eigene Wohnungstür. Sie empfahl mir, einen Schlüsseldienst zu beauftragen.

Ich überklebte das Klingelschild an Valeries Wohnungstür, schrieb meinen Nachnamen drauf und wartete unten vor der Haustür auf den Schlüsseldienst, der mir am Telefon versichert hatte, er wäre um ein Uhr bei mir. Um kurz nach eins fuhr ein blaues Firmenfahrzeug vor – an dessen Schiebetür Notschlüsseldienst geschrieben stand –, das ein Mann mit Zwirbelbart steuerte. Wir begrüßten einander und gingen nach oben zur Wohnungstür, die er direkt begutachtete.

„Und?"

„Kann ich machen. Sind Sie Herr Lenk?"

„Ja, klar."

Ich fragte ihn, ob es möglich sei, das Türschloss so zu öffnen, dass es nicht kaputt geht.

„Kann ich versuchen. Dann kostet das Ganze aber anstatt hundertzwanzig, zweihundert Franken."

„Und wenn ich auf eine Quittung verzichte?"

„Genauso viel. Ich bin ein ehrlicher Dietrich."

„Also gut."

Er bat mich, ihm meinen Pass zu zeigen und ließ mich ein Auftragsformular ausfüllen und unterschreiben. Dann holte er einen schmalen Metallschaft aus seiner Werkzeugtasche heraus, der winzige Zacken hatte, pfriemelte ihn in das Schloss und brachte den Schaft mit einer kleinen Maschine zum Vibrieren, woraufhin die Tür aufging. „Voilà."

„Wow. Das ging ja schnell." Ich gab ihm die vereinbarten zweihundert Franken.

„Sie bekommen noch eine Fotokopie von dem Auftragsformular und eine Quittung."

„Brauche ich nicht. Ihnen alles Gute."

Wir schüttelten einander zum Abschied die Hand.

Ich schaute mich in Valeries Wohnung um, in der es wunderbar nach ihr und ihren Bildern roch. Auf einem Schreibblock in der Küche entdeckte ich eine Telefonnummer mit der Vorwahl von Basel, gab sie in mein Handy ein und wartete. Eine raue Frauenstimme erzählte etwas von einem Zentrum für freie Malerei, und dass man eine Nachricht aufs Band sprechen könne. In meiner Wohnung googelte ich die Adresse und machte mich auf den Weg zum Bahnhof.

Da ich bis zur Abfahrt des Zuges noch knapp dreißig Minuten Zeit hatte, ging ich in die Bahnhofsbuchhandlung und ließ die Welt der Literatur auf mich wirken, die irgendwie etwas Beruhigendes hatte, griff mir ein Buch mit dem wunderbaren Titel *Alles von mir gelernt* von Peter Bichsel, von dem ich mehrere Kolumnen kannte, die mir allesamt gefallen haben, weil sie so schnörkellos, trocken dem Alltäglichen eine Bedeutung gaben. Ich streichelte das Buch zärtlich, sah mir das Foto von Peter Bichsel an, der trotz seines hohen Alters immer noch etwas sehr Feines, Waches, Bescheidenes ausstrahlte.

Vor Sartre ging ich in die Knie, zog ein Exemplar mit dem Titel *Der Ekel* heraus, wog es in den Händen, wollte gerade in ihm blättern, als ich auf meiner Uhr 15:06 las. In sieben Minuten sollte der Zug abfahren. Ich eilte zur Kasse, stellte mich hinter eine Frau, die sich einen Roman von Sibylle Berg als Geschenk einpacken ließ. Auf meiner Uhr verronnen die Sekunden, ich sah immer wieder darauf, auch um zu demonstrieren, dass ich es eilig habe. Eine zweite Kassiererin tauchte auf, ich reichte ihr das Buch, tauschte es gegen zwanzig Franken zurück, sagte etwas zu laut: „Stimmt so", und rannte los.

Eine Frau mit zwei Kindern im Schlepptau setzte sich neben mich, gab ihren Sprösslingen ihre Spielbox, die uns gegenüber Platz genommen hatten und schloss die Augen. Ich schaute auf einen rotbäckigen Knaben und ein Mädchen mit geflochtenem Haar, die ihr Spielzeug fixierten, Knöpfe drückten und so einen höllischen Pips- und Explosionslärm verursachten. Ich nahm mein neues

Buch zur Hand, las das Vorwort, das versprach, dass dieses Buch als Hauptroman des Existenzialismus gilt, das den Autor 1938 mit einem Schlag berühmt gemacht hatte.

Das Gedaddel der Spielbox fing an mich zu nerven, und ich hoffte, die Mutter würde jeden Moment ihre Kinder auffordern, ohne Ton zu spielen. Ich sah ein paar Mal über den Roman zu den Kindern, die völlig von dem Spiel absorbiert waren.

„Na ihr beiden, was spielt ihr denn da Schönes?", fragte ich nach wenigen Seiten.

Sie blickten nur einmal kurz auf, ohne mich zu beachten.

„Könnt ihr das bitte ohne Ton spielen", setzte ich nach.

Die Kinder reagierten nicht.

„Hallo ihr beiden", hob ich die Stimme.

Die Mutter blickte mich von der Seite an. „Das ist doch keine Bibliothek hier."

„Nee, aber ein Zug", konterte ich.

„Eben."

„Eben was?"

Sie schloss einfach wieder die Augen, und damit war die Unterhaltung zu Ende. Ich erhob mich genervt, ging einen Waggon weiter, setzte mich an einen freien Platz und las weiter in dem Buch. Die belanglose Gedankenwelt des Protagonisten Antoine Roquentin – dessen Namen ich aufgrund meiner nicht vorhandenen Französischkenntnisse nicht denken, geschweige denn aussprechen konnte –, der durch eine französische Kleinstadt spazierte, faszinierte und langweilte mich zugleich.

Am Basler Hauptbahnhof nahm ich mir ein Taxi. Kaum waren wir losgefahren, und ich sah nach draußen, fing alles um mich herum an zu flimmern und verlor an Schärfe. Ich schloss die Augen und hoffte, dass ich keinen bleibenden Sehschaden habe.

Das Fahrzeug hielt vor einem Gebäude. Ich gab dem Fahrer Geld, stieg aus, ging zur Eingangstür und klingelte. Nichts tat sich. Ich klingelte erneut, diesmal länger und aufdringlicher, bis ich Schritte hörte. Die Tür wurde geöffnet. Ein alter Mann, der einen farbverschmierten Kittel trug, sagte ernst, dass heute der Mal-Workshop sei und sie nicht gestört werden wollen.

„Ich suche Valerie Lonescou. Es ist wichtig." Ich zwängte mich an ihm vorbei auf eine Tür zu, die ich aufstieß. Zwischen Staffeleien sah ich etwas verschwommen Leute, die nackte Menschen anmalten, erkannte schließlich Valerie, die an dem Rücken eines muskulösen Mannes herumpinselte.

„Valerie!"

Sie wirkte nicht besonders erfreut mich zu sehen.

„Sorry. Ich ... öh, muss dringend mir dir reden?", sagte ich und bemerkte, dass mir das Sprechen schwer fiel.

Der Mann, der mir die Tür geöffnet hatte, tauchte neben mir auf. „Der ist hier einfach so hereingeplatzt."

Der Muskelprotz wandte sich uns zu. „Ich geh' mal aufs Klo."

„Du hast ja sogar seinen Penis angemalt."

„Das geht dich gar nichts an."

„Mich hast du noch nie angemalt."

Valerie legte den Pinsel beiseite. „Komm mit."

Ich folgte ihr in einen Nebenraum, in dem ein Buffet war.

„Ich habe mir Sorgen gemacht."

„Du tust mir nicht gut."

„Wieso das denn jetzt?"

„Bist du betrunken, oder warum sprichst du so komisch?"

„Ich sehe im Moment alles ganz verzerrt. Dein Gesicht flimmert."

Sie verdrehte die Augen und schien mir nicht zu glauben.

„Etwas ist passiert, das ich auch noch nicht verstehe. Aber eines weiß ich –"

Sie wartete, dass ich den Satz beendete.

„Ich … ich vermisse dich."

„Ich komme übermorgen nachhause, dann können wir in Ruhe reden."

„Ja, gut." Ich ging zu dem Buffet herüber. „Kann ich etwas trinken?" Ich griff mir eine Flasche Multivitaminsaft und trank sie aus. „Hunger habe ich auch."

„Lass das jetzt." Sie packte mich am Arm.

Ich nahm mir eine Frikadelle und stopfte sie mir in den Mund. Valerie geleitete mich zum Ausgang.

Ich hielt einen Jugendlichen an, der mir auf einem Skateboard entgegen kam und fragte ihn, wie ich am besten zum Hauptbahnhof käme. Er zeigte auf eine Bushaltestelle weiter die Straße hoch, wo einige Leute warteten. Meine Sehstörung wurden etwas besser, schien mir.

Am Hauptbahnhof stieg ich mit allen anderen Fahrgästen aus dem Bus und folgte ihnen bis in die Bahnhofshalle, wo ich mit Ach und Krach auf der großen Anzeige über der breiten Treppe und den Rolltreppen erkannte, dass mein Zug gleich kommen wird. Ich kaufte mir mit Hilfe einer jungen Frau an einem Automaten einen Fahrschein und lief zum Gleis, wo die letzten Fahrgäste den Zug bestiegen. Ich folgte ihnen und setzte mich zu zwei alten Menschen, die mir freundlich zunickten. Ich schloss die Augen und versuchte mich zu entspannen. Kurz hinter Olten läutete meine Handy und ich konnte wieder normal gucken. Auf dem Display stand: Nummer unbekannt.

Ich hoffte, es wäre Valerie und drückte die grüne Taste, doch es war Kommissar Chevalier, der dringend mit mir sprechen wollte. Wie verabredeten uns im Café an der kleinen Schanze.

Er kam kurz nach mir zur Tür herein, trug wieder diesen altmodischen Mantel, bestellte im Vorbeigehen einen Cappuccino, nickte mir zu, setzte sich an meinen Tisch, zückte sein Smartphone und las dort etwas. Seine Laune schien nicht die Beste zu sein. Ich fragte ihn, was es Neues gebe. Er erzählte, was ein Zeuge zu Protokoll gegeben hatte. Lebhaft konnte ich mir vorstellen, wie der Mann mit der Pelzmütze vom Parkplatz in den Bergen bei der Polizei aufgetaucht war und seine Begegnung mit dem verdächtigen Liebespärchen geschildert hatte.

„Und nun zu Ihnen: Wo waren Sie wirklich in der besagten Mordnacht?"

„Das habe ich Ihnen doch schon das letzte Mal gesagt."

Der Kellner stellte dem Kommissar seinen Cappuccino hin.

„Sie hatten mir gesagt, wann Sie das letzte Mal Frau Vollmer gesehen hatten."

„Ja, aber das war doch die Mordnacht."

Der Kellner sah uns an.

„Woher wissen Sie das?"

„Stand doch in der Zeitung."

„Die Sie aber nicht gelesen haben."

„Simone, also Frau Vollmer hat es mir vor ein paar Tagen erzählt. Was soll der Scheiß?"

„Was hat sie Ihnen erzählt?"

„Das ihr Mann in der Nacht erstochen und halb verbrannt in seinem Auto gefunden wurde, in der sie bei mir war."

„Sie können jetzt gehen", sagte der Kommissar zu dem Kellner, der mit offenen Mund unserem Gespräch gelauscht hatte.

„Ein Nachbar von Ihnen hat ausgesagt, dass Ihre Wohnung den ganzen Abend dunkel gewesen sein soll."

„Was? ... Welcher Nachbar denn? Das kann nicht sein." Ich sah dem Kellner nach.

Herr Chevalier nahm sein Getränk in die Hand, lehnte sich im Stuhl zurück, schlug die Beine übereinander und löffelte Milchschaum in sich hinein. „Ihr Kaffee wird kalt."

„Wir haben uns bei Kerzenlicht und einem Gläschen Wein unterhalten."

„Wie romantisch."

„Das war es aber nicht."

„Welche Sorte Wein?"

„Hmm. Keine Ahnung, ein Rotwein halt. Ich kenne mich da nicht so aus."

„Hatte sie die Flasche mitgebracht?"

„Nein, ich hatte noch eine da, warum?"

„Worüber haben Sie sich unterhalten?"

„Über alles Mögliche. Überwiegend über Politik und Gesellschaftliches."

„Lassen wir die Spielchen."

„Welche Spielchen?"

„Ich weiß, dass es euch um die Lebensversicherung geht."

„Was für eine Lebensversicherung? Sind Sie irre?"

Andere Gäste schauten zu uns herüber.

„Wissen Sie was?", sagte er.

„Ja, was denn?"

Er erhob sich, stand über mir und sah auf mich herab. „Sie sind ein schlechter Schauspieler."

„Ja, danke. Sie sind auch nicht viel besser."

Er schritt dem Ausgang entgegen.

„Ihren Kaffee können Sie selber bezahlen", rief ich ihm hinterher, was er ignorierte.

***

Ich war erschöpft, legte mich aufs Sofa, wollte ausruhen, bis Alex und Irfan eintreffen würden. Einige Male glaubte ich irrtümlicherweise, sie zu hören. Dann schreckte ich aus einem Traum auf – irgendetwas mit Löwinnen, die plötzlich wie aus dem Nichts aufgetaucht waren. Ich hatte mich rechtzeitig hinter einem Busch versteckt und hoffte, dass sie mich nicht entdecken würden. Dabei wusste ich ganz genau, dass sie längst wussten, wo ich war und nur so taten, als wüssten sie es nicht. Vielleicht hatten sie aber auch einfach kein Interesse an mir? Mir war es recht, und auch wieder nicht.

Die Tür flog auf. Ich erschrak. Alex und Irfan kamen herein. Alex ließ sich neben mich fallen, knuffte mich in die Seite. Irfan nahm im Sessel Platz, blickte sich um und lächelte überlegen.

„Lass das", sagte ich.

Er boxte mich leicht auf den Oberschenkel. „Schön, dich zu sehen, mein Lieber. Wie geht es dir?" Er sah mich fürsorglich an und umarmte mich. „Du bist ja ganz heiß. Hast du Fieber?"

Irfan reichte mir die Hand. „Ich hoffe, du bist nicht ansteckend."

„Du wirst es überleben", sagte ich.

Er grinste, wobei er sich mit der Hand über seinen blanken Schädel strich.

Alex sah mich von der Seite an. „Du hast abgenommen."

„Lasst uns in den Keller gehen. Ich habe alles vorbereitet."

Wir zogen uns aus und stiegen in den Whirlpool. Alex erzählte, dass die Mitgliederzahlen in den letzten Monaten etwas gestiegen sind und er im Prinzip mit unseren Leistungen zufrieden sei, dabei schaute er länger Irfan an und nickte bedächtig. Das Ziel sei ja, sich noch mehr zu vergrößern, mehr Mitglieder würden auf Dauer ein sich selbsttragendes Projekt bedeuten.

Ich tauchte etwas ab.

„Helle, ist alles okay mit dir?", fragte Alex.

„Was soll sein?"

„Bei deinem letzten Vortrag sollst du etwas ausfallend geworden sein."

„Ja und?"

Irfan drehte die Düsen voll auf. Wasser schwappte mir in die Augen.

„Jedenfalls ist es seitdem schwieriger, für dich Auftritte zu organisieren", sagte Alex. „Aber das kriegen wir hin."

Nach einem kurzen Schweigen sprachen Irfan und Alex über eine neue Bürgerbewegung in Kreuzberg. Irgendetwas mit Alternativparlament, ich hörte nicht richtig zu. Mir war ein bisschen übel und schwindelig. Irfan schüttete einen Badezusatz in die Wanne, der nach Lavendelöl duftete. Er wollte von mir wissen, mit welchen Themen ich mich im Moment journalistisch beschäftige. Es bildete sich Schaum. Ich erzählte von der Schweizer Zeitschrift die Weltwoche, die intensiv gegen Ausländer und Moslems Hetze betreibe.

„Die Weltwoche", unterbrach Alex mich, „ist da nicht ... Roger Köppel Chefredakteur?"

„Dieser Oberhetzer wurde vor ein paar Jahren zum Schweizer Journalisten des Jahres gewählt."

„Na sieh mal einer an. Der Kreis schließt sich allmählich."

„Ja, ja", machte ich, obwohl ich nicht wusste, welchen Kreis Alex meinte. „Sogar Frau Alice Schwarzer, die berühmte Feministin, durfte kürzlich in diesem Blatt davon reden, dass der Islam der Faschismus des einundzwanzigsten Jahrhunderts ist."

„Das ist ja alles schön und gut", sagte Irfan. „Aber es wird hier demnächst über das Verbot von Waffenexporten abgestimmt."

„Und über den Bau von Minaretten", sagte ich.

„Wie sind denn die Prognosen?", schaltete sich Alex ein.

Irfan: „Waffenverkauf: Ja! Wegen Arbeitsplätzen und so. Minarettenbau: Nein! Weil eine nicht ganz unbegründete Angst vor Islamisten besteht."

Wir waren mittlerweile vollständig von Schaum umgeben.

„Kapitalismus und Rassismus gehen quasi Hand in Hand", sagte ich kraftlos. Ich hatte plötzlich starke Kopfschmerzen und mein Kreislauf machte Probleme.

„Da hat er recht", meinte Alex.

Ich hörte Schritte, hatte so eine Vorahnung, etwas Furchtbares würde gleich passieren und schaute zur Tür hinüber. Alex und Irfan rückten näher an mich heran. Ich sackte etwas in mich zusammen. Von weit entfernt hörte ich Alex meinen Namen sagen.

Hinter Irfan ging die Tür auf, zwei Männer in Anzügen mit albernen Strumpfhosen über den Köpfen kamen herein, der eine war groß, der andere klein und breitschultrig. Alex sah sie an, als würde er seinen Augen nicht trauen. Irfan wandte sich um und sagte: „Was wollt ihr denn?"

Sie zeigten uns beinah entschuldigend ihre mit Schalldämpfern bestückten Pistolen, die noch im Halfter steckten. Irfan beabsichtigte, sich zu erheben, aber Alex hielt ihn zurück.

Ich massierte mir die Schläfen, wollte mich erheben, irgendetwas Kluges sagen, etwas, das diese beschissene Situation entschärfte.

„Sitzen bleiben", sagte der Große, er war eindeutig der Blonde, der mit mir das Interview geführt hatte.

„Was kriegt ihr dafür?", fragte Alex, während er Schaum aufnahm und in den Händen hielt wie eine milde Gabe. „Wir zahlen das Doppelte … oder nein, das Dreifache!"

Irfan nickte zustimmend. Ich schloss die Augen, der Schmerz hinter meiner Stirn war unerträglich.

„Können wir nicht machen."

„Warten Sie, wir können doch über alles reden."

Drei leise Schüsse wurden abgefeuert. Ich öffnete die Augen. Aus Alex' Brust lief Blut. Er sackte langsam zu mir herüber. Ich fing ihn auf, sah nicht auf die Einschusslöcher und das Blut, sondern in sein Gesicht, das sich vollkommen entspannt hatte. Irfan erhob sich, die Brust und den Rücken voller Schaum. Ehe er den Mund aufbekam, schossen die Strumpfhosen-Männer auf ihn. Mit einem „Aum" auf den Lippen fiel Irfan vornüber und klatschte hart auf die Kacheln des Fußbodens.

„Von nun an suchst du dir lieber eine andere Beschäftigung", sagte der Kantige zu mir.

Ich nickte nicht. Sie gingen, machten das Licht aus, ließen mich in vollkommener Stille und Dunkelheit zurück.

***

Etwas war da, ein zäher Gedanke, ein unbewegtes Bild, eine ganz leise Stimme. Diese Idee, diese Stimme, dieses leichte Kratzen an der Wirklichkeit hatte etwas Vertrautes.

„Über gefallene Blätter, im Meer der gesunkenen Schiffe, ein Ast, eine Strömung, ich folge dem Licht, wärme mich …"

Ich öffnete die Augen, erkannte Valerie, die da an meinem Bett saß und ein Lied summte. Eine Nadel steckte in meinem Unterarm, Schläuche hier und da, Saugnäpfe auf meiner Brust. Ich wollte mich gerade bemerkbar machen, da wurde eine Tür geöffnet, ein Mann und eine Frau, beide in Weiß, kamen herein. Der Mann, der kaum älter als ich war, stellte sich mit norddeutschen Akzent als Doktor Linke vor, fragte mich, wie es mir ginge. Ich sagte nichts. Valerie reichte mir ein Glas Wasser, das ich leertrank. Der Doktor sah auf den kurvenzeichnenden Monitor, an den ich angeschlossen war, dann leuchtete er mir mit einer kleinen Taschenlampe in die Augen. Als nächstes wollte er wissen, wie viele Finger ich sähe, und ließ sie vor meinem Gesicht tanzen. Nebenbei fragte er mich nach meinem Namen, Geburtsdatum, Nationalität, wer Bundespräsident der Schweiz sei, in welcher Stadt ich lebe.

„Hundert Punkte, Sie sind eine Runde weiter."

Zum Abschluss wollte er noch einen Reaktionstest mit mir machen. Er fuhr meinen Oberkörper in die Senkrechte, drehte mich rechts herüber, sodass meine Beine aus dem Bett baumelten, klopfte mit einem kleinen Hämmerchen auf meine Knie und wies danach Schwester Nina an, sie könne mich nun abstöpseln. Valerie half ihrer Kollegin dabei, die Saugnäpfe von meiner Brust zu entfernen, die kraterähnliche Abdrücke hinterließen. Der Doktor schaute ihnen dabei zu und fragte, was das Letzte sei, woran ich mich erinnern könne, bevor ich das Bewusstsein verloren hätte.

Zögerlich: „Ich saß mit zwei Freunden in einem Whirlpool, als zwei Männer –" Ich schluckte. „Die haben Alex und Irfan erschossen." Tränen stiegen mir in die Augen. „Mich aber nicht."

„Niemand wurde erschossen. Sie sind in eine Art Amnesie gefallen und haben fantasiert. Woraufhin ihre beiden Freunde Sie hierher gebracht haben, und ich Ihnen ein starkes Schlafmittel verabreicht habe. Herr Wörmann gab uns den Hinweis, Sie auf einen Zeckenbiss hin zu untersuchen, weil Sie früher schon öfter von denen gebissen wurden."

„Sind Sie sicher?"

„Alex und Irfan sind gestern Abend heimgefahren, als du noch tief und fest am Schlafen warst", mischte Valerie sich ein. „Sie lassen dich grüßen." Sie legte mir ihre Hand auf den Oberarm.

Ich lächelte über das ganze Gesicht. Valerie umarmte mich kurz.

„Sie haben eine verschleppte Hirnhautentzündung, die wahrscheinlich durch einen länger zurückliegenden Zeckenbiss ausgelöst wurde."

„Ich hatte in den letzten Monaten oft Kopfschmerzen."

„Das Antibiotikum wird rasch Besserung bringen."

„Das heißt, ich habe nicht das Hirnorganische Psychosyndrom?"

„Nein."

„Wahnsinn! … Kann ich dann jetzt nach Hause?", fragte ich.

„Das Medikament ist wirkungsvoller, wenn Sie es intravenös bekommen."

Ich erklärte dem Doktor, dass ich eine Krankenhausphobie habe und unterschreiben werde, dass ich gegen seinen Rat das Krankenhaus verlassen habe. Er wandte sich Valerie zu. Sie nickte dem Doktor zu. Er gab der Krankenschwester einen Wink, woraufhin sie die Kanüle aus meinem Unterarm zog.

Nachdem der Doktor und die Krankenschwester das Zimmer verlassen hatten, klopfte es an der Tür. Valerie meinte, dass das meine Eltern seien und ging ihnen die Tür öffnen. Meine Mutter schob meinen Vater herein, kam an mein Bett, beugte sich über mich und gab mir einen Kuss auf die Stirn. Mein Vater fing an zu husten, erst leicht, dann immer doller, es wurde ein richtiger Anfall, er bekam kaum noch Luft und lief puterrot an. Meine Mutter versuchte ihn zu beruhigen, streichelte ihm den Rücken, und auch ich faselte, das ginge gleich vorbei, mein Lieber, komme doch mal her, und tätschelte ihm das Knie. Er hörte auf zu husten, streckte die Arme aus und ertastete mein Gesicht.

„Heh, du, nimm den Finger aus meiner Nase", sagte ich.

Er grunzte ein Lachen, schien gerührt und drückte ein wenig an meiner Hand herum. Es war wie früher, ich brauchte nur irgendetwas zu sagen, und ihm ging das Herz auf. Ich stand auf und zog mich an, während Valerie meine Mutter über meine Erkrankung aufklärte, die mich halbherzig versuchte davon zu überzeugen, dass ich zur Sicherheit lieber noch ein paar Tage im Krankenhaus bleiben solle.

„Ich habe Hunger. Lass uns in die Cafeteria gehen", sagte ich, griff mir meinen Parka und war entschlossen, Simone nach dem Essen einen Besuch abzustatten, um von ihr die verdammte Wahrheit herauszubekommen. Auf dem Weg zu den Fahrstühlen stießen wir auf Herrn Chevalier und einen flureinnehmenden Mann, der Schweißperlen auf der Stirn hatte. Er stellte den wuchtigen Mann als Hauptkommissar Bohler vor. Ich wies mit einem Blick auf meine Familie. Herr Chevalier nickte ernst in die Runde und teilte uns mit, dass sie mich sprechen müssten. Ich schaute die beiden Kommissare an, sagte: „Keine Zeit, Sie sehen ja ... Familienausflug."

Herr Bohler hob seine rechte Hand, ein Kraftakt. „Entschuldigen Sie, aber es ist wirklich dringend." Er sprach langsam mit fester Stimme. Etwas in seinem und Herrn Chevaliers Gesicht verriet mir, dass sie keine guten Neuigkeiten hatten.

„Meine Herren, wie wäre es, wenn sie mit uns in die Cafeteria gehen", schlug meine Mutter vor.

Bis auf Valerie nickten alle zustimmend, sie sah Herrn Chevalier aus den Augenwinkeln an. Mir kam es so vor, als würde sie ihn kennen, als würde die beiden etwas miteinander verbinden, von dem ich nichts wissen durfte. Meine Mutter setzte sich in Bewegung, mühte sich lächelnd mit dem Schieben meines Vaters ab. Wir schlossen zu ihr auf. Chefarzt Professor Dr. Smith kam im Gefolge einer ganzen Ärztemannschaft aus einem Krankenzimmer, grüßte uns mit englischem Akzent und fragte mich, wie es mir ginge. Und eh ich antwortete, erzählte er der jungen Ärzteschaft und allen, die da standen und vorbeigingen, viele lateinische Begriffe gebrauchend, etwas über meine Krankheit und die der Koma-Patientin, aus deren Zimmer sie gerade gekommen waren. Ich drängelte mich an den Leuten in Weiß vorbei, die anderen folgten mir.

Herr Bohler zwängte sich mit ungesunder Gesichtsfarbe aus seinem Jackett. Sein Kollege machte keine Anstalten, ihm zu helfen, setzte sich, legte eine Mappe auf den Tisch. Herr Bohler hängte sein Jackett über eine Stuhllehne, faltete seine Wurstfinger ineinander und schaute zu mir hoch. „Nehmen Sie bitte Platz." Er griff sich die Mappe, schlug sie auf. „Herr Lenk."

Ich setzte mich, blickte zu meinem Vater hinüber, der alleine an einem Tisch saß. Seine Hände ruhten auf seinen Beinen, er hielt seine Nase in den Raum wie ein Bär, der die Witterung aufgenommen hat. Meine Mutter stand mit Valerie an der Kasse.

„Sie haben am achtzehnten November Herrn Chevalier gegenüber ausgesagt, dass sie am fünfzehnten November den ganzen Abend bis spät in die Nacht mit Frau Vollmer bei Ihnen in der Wohnung der Dorngasse 6 waren", sagte Herr Bohler, wobei sein Gesicht arg in Bewegung geriet. „Ich frage Sie also noch einmal: Wo waren Sie am Abend des fünfzehnten Novembers zwischen achtzehn und null Uhr?"

Ich tat wenig beeindruckt. „Das habe ich doch gesagt: Ich war mit Simone bei mir."

Die beiden schauten mich eindringlich an. Dann gab Herr Bohler Herrn Chevalier ein unmerkliches Zeichen, worauf dieser jemanden herbei winkte, der schräg hinter mir am Fenster saß. Ich erkannte ihn nicht sofort, doch dann dämmerte es mir: Es war der Typ mit der Fellmütze und den wuscheligen Augenbrauen von dem Parkplatz in den Bergen, der da auf uns zu kam. Er blieb an unserem Tisch stehen, beugte sich etwas vor und glotzte mich beschnuppernd an. Herr Bohler lehnte sich zurück, wobei der Stuhl auf dem er saß, ächzte.

„Der – Stümme – nach – könnte – er – es – sein", sagte der Typ langsam mit kratziger Stimme, darauf bedacht, Hochdeutsch zu sprechen.

„Was soll das hier?", wollte ich so gelassen wie möglich wissen.

„Das ist eine Zeugengegenüberstellung", sagte Herr Bohler. „Könnten Sie sich bitte kurz erheben und ein paar Schritte auf und ab gehen!"

Ich erhob mich, was blieb mir anderes übrig? Herr Chevalier schlug die Beine übereinander, hatte bestimmt seine Freude. Ich blickte zu meiner Mutter, meinem Vater und Valerie, die besorgt zu mir herüber sahen, zwinkerte ihnen zu und ging so natürlich wie möglich einige Schritte auf sie zu und kehrte wieder um. Ich blickte zu den Kommissaren herunter, um abzuschätzen, was sie als Nächstes von mir verlangten, doch die sahen erwartungsvoll ihren Zeugen an. Der Mann starrte mich stirnrunzelnd an.

„Und?", sagte Herr Bohler.

„Hmm … Ich glaube …" Er verstummte mitten im Satz.

Ich setzte mich.

„Ja, was glauben Sie?"

„Ich glaube … er ist es!"

Die beiden Kommissare warteten, ob ihr Zeuge seinen Worten noch etwas hinzufügen wollte. Mir wurde übel.

„Sie glauben, dass das der Mann von dem Parkplatz ist, oder sind Sie sich sicher?", fragte Herr Bohler nach.

Der Typ machte Schmatzgeräusche. „Sicher bin ich mir nicht. Ich glaube."

„Haben Sie sonst noch etwas zu sagen?"

„Sein Wesen ist verdächtig."

„Danke, warten Sie bitte unten im Eingangsbereich des Spitals, wir holen Sie da gleich ab", sagte Herr Chevalier, nachdem Herr Bohler ihm ein Zeichen gegeben hatte.

Wir schauten ihm nach.

„Ich würde dann jetzt gerne zu meinen Eltern gehen."

Herr Chevalier beugte sich etwas zu mir herüber, wollte etwas sagen. Herr Bohler bedeutete ihm mit einer Handbewegung, er möge sich zurückhalten, und sagte: „Ja, merci vielmals. Wir kommen gleich nochmal auf Sie zurück."

Ich erhob mich.

„Vielleicht fällt Ihnen in der Zwischenzeit noch etwas ein, was Sie uns bisher verschwiegen haben."

Ich ging zu dem Tisch, an dem meine Eltern mit Valerie saßen und bat Valerie, ein paar Meter mit mir zu gehen. Nachdem wir die Cafeteria verlassen hatten, fragte ich sie leise, ob die beiden Kommissare schon mit ihr gesprochen hätten, was sie verneinte. Ich erzählte ihr die Lügengeschichte, die ich mit Simone abgesprochen hatte – also, dass ich mit Simone in der Nacht vor knapp zwei Wochen bei mir abgehangen habe, während ihr Ehemann im Berner Oberland tot in seinem Auto gefunden wurde, dass von der Straße abgekommen war.

„Ich glaube dir kein Wort – aber egal, ich vertraue dir."

Hinter uns ging die Fahrstuhltür auf, der Zeuge aus den Bergen blickte uns misstrauisch mit seinen dunklen Augen an und stellte den Fuß in die Tür, bevor diese schließen konnte.

„Fahren Sie ruhig", sagte Valerie.

Er erwiderte nichts. Die Fahrstuhltür ging zu und der Mann fuhr nach unten. Ich ging mit Valerie einen Flur entlang.

„Wir haben uns nur unterhalten, sonst nichts. Wir haben nichts mit diesem Mord zu tun."

„Mord?"

„Davon gehen die zumindest aus."

Am Ende des Flurs war ein Fenster, durch welches wir einen herrlichen Ausblick auf die Stadt und die Berge hatten.

„Bitte sag meiner Mutter nichts von all dem", sagte ich. „Das werde ich später machen ... Ich gehe gleich nach Hause."

„Das ist doch jetzt nicht dein Ernst?"

„Doch."

Ich drückte Valerie an mich, was sie zögerlich zuließ.

„Komm, du Idiot", sagte sie liebevoll, begleitete mich zu den beiden Kommissaren, teilte ihnen mit, dass es für heute genug sei, da ich noch ziemlich angeschlagen sei.

Herr Bohler wollte gerade etwas erwidern, da muhte sein Handy. Er zupfte es aus der Gürteltasche, würgte mit einem Knopfdruck das Muhen ab, sprach ein paar Sätze Französisch, klappte das Ding wieder zu und sagte:

„Also gut, falls Ihnen noch etwas einfällt, rufen Sie uns an … Sie hören von uns."

Zum Abschied zog Herr Chevalier aus seinem Sakko eine Visitenkarte und gab sie mir, woraufhin Valerie und ich zu meinen Eltern zurückgingen. Ich sagte so beiläufig wie möglich zu meiner Mutter, die mich besorgt anschaute, dass die Polizei wegen einiger Drohbriefe, die an den Verein Boykott gerichtet waren, ermittelte und noch Fragen hatte. Nichts Besonderes. Mein Vater schielte mich an, als würde er noch etwas sehen.

Meine Mutter schob ein Stück Käsekuchen und einen Kaffee zu mir. „Iss mal was, Junge. Oder brauchst du was Richtiges? Die haben auch Hähnchen mit Reis und Gemüse."

„Klingt super."

Valerie ging mir eine Portion holen. Ich rückte näher an meine Mutter heran und meinte, dass ich froh sei, zu wissen, dass ich in Anführungsstrichen „nur" eine Hirnhautentzündung habe und es mir schon viel besser ginge. Nachdem ich das Mittagessen verputzt hatte, sagte ich ihr, dass ich mich freue, sie und Vater gesehen zu haben, mir aber nun wünsche, sie würden zurückfahren. Sie protestierte.

„Bitte akzeptiert das."

Ihre Augen fingen an sich zu röten, gleich würde sie anfangen zu weinen. Ich stand von meinem Stuhl auf, beugte mich zu ihr herunter, nahm sie in den Arm. „Ich habe euch lieb … Heh, ich bin auf dem Weg der Besserung. Und wenn ich gesund bin, komme ich euch besuchen … Jetzt möchte ich erst Mal nach Hause und mich ausruhen." Ich gab ihr und meinem Vater einen Kuss auf die Wange, nahm meinen Parka, küsste auch Valerie und verließ die Cafeteria.

Kaum hatte ich das Krankenhaus hinter mir gelassen, sprangen die Straßenlaternen an und verströmten ein unwirkliches warmes Licht. Ich hatte plötzlich das ungute Gefühl, dass irgendetwas mit mir und der Welt nicht stimmte.

***

Auf Höhe der Reithalle fragte mich ein älterer Mann, der fürchterlich nach Pisse roch, ob ich ein paar Rappen für ihn hätte. Ich zückte mein Portemonnaie und gab ihm irgendeinen Geldschein. Röchelnd bedankte der Mann sich, hustete, ich solle nicht traurig sein. Ich sah ihn erstaunt an.

„Du bist nicht dein Körper, du bist nicht dein Ich." Er schien sich verschluckt zu haben, zog Schleim hoch, den er ausspuckte. „Du bist auch nicht dein Verstand." Er rotzte noch einmal aus, diesmal auf die eigenen Schuhe. Ich trat einen Schritt zurück.

„Oder bist du es?", hustete er nun richtig schlimm und stützte sich auf seine Knie.

Vorsichtig klopfte ich ihm den Rücken.

„Du hast all das nur für eine gewisse Zeit. Du kannst es formen und nutzen."

„Is' schon gut. Geh nach Hause, ich komme klar."

„Du bist das Selbst. Und das Selbst ist das, was dem Leben Atem gibt." Seine Stimme hatte plötzlich einen lächerlich lieblichen Unterton, dazu diese schwankende

Körperhaltung. „Du brauchst es nicht zu suchen, es ist hier. Du bist das, womit du suchst." Er holte tief Luft. „Du bist das, wonach du suchst! Und das ist alles, was ist." Er hielt sich an einem Parkverbotsschild fest.

„Danke, mein Guter." Ich rannte über die Straße auf die andere Seite und überquerte die Lorrainebrücke, von wo es nicht mehr weit bis zu Simones Haus war.

Da ich nicht gesehen werden wollte, zog ich mir die Kapuze über den Kopf, kletterte über die Mauer, zwängte mich durch einen Rhododendronbusch und überquerte eine Wiese, während nach und nach kleine Laternen angingen. Ich wollte an die Terrassentür klopfen, hinter der Kerzenlicht flimmerte, doch kaum hatte ich mich ihr genähert, sprangen einige Scheinwerfer an, die die Nacht zum Tage machten. Jetzt ist es eh egal, dachte ich, und ging zum Hauseingang, der ebenfalls voll beleuchtet war, klingelte, wartete, bis Simone mir endlich die Tür öffnete. Sie schaute mich mit verweinten Augen an. Ich trat ein, schmiss die Tür hinter mir zu, packte Simone am Arm und zerrte sie ins Wohnzimmer.

„Du tust mir weh. Was soll das?"

Ich schubste sie auf die Couch. „Du hast mich von Anfang an benutzt."

„Nein!" Sie schüttelte den Kopf.

„Das passt alles nur allzu gut zusammen. Erster Akt: Zufällige Bekanntschaft. Zweiter Akt: Zufälliges Wiedersehen."

„Du spinnst", sagte sie weinerlich.

„Dritter Akt: Du besuchst mich, faselst davon, dass ich möglicherweise in Gefahr bin. Vierter Akt … jetzt habe ich den Faden … ach genau. Vierter Akt: Dein

Ehemann taucht bei mir auf, weiß, dass wir zwei uns kennen, weiß, dass ich für Boykott tätig ... ach, ist doch egal. Er wusste sogar über Alex und Irfan Bescheid. Scheiße, verdammt."

„So war es nicht."

„Fünfter Akt: Dieses merkwürdige Treffen mit dir in Zürich, du hast das arrangiert."

„Habe ich nicht."

Ich beugte mich zu ihr hinunter. „Sechster Akt: Du rufst mich zu dir, besitzt angeblich eine Todesliste, auf der mein bester Freund steht. Siebter Akt: Der eifersüchtige Ehemann kommt zufällig eher nach Hause."

„Ich schwöre dir –"

„Fast wäre ich dabei draufgegangen." Ich sagte es als Feststellung. „Ist dir eigentlich klar –" Sie erhob sich blitzschnell von der Couch, sprang mich an und riss an meinem Hals herum.

„Ich bin noch nicht fertig."

Sie drückte ihren Mund auf meinen, wollte mich am Sprechen hindern, aber ich redete einfach weiter in sie hinein.

„Achter Akt: Toter Ehemann. Neunter Akt: Leichenbeseitigung. Zehnter Akt: Lebensversicherung. Ganz schön clever! Elfter Akt – hör auf." Ich presste ihren Mund zusammen, hielt ihn von mir weg, schlug ihr sachte mit der Handkante vors Gesicht. Sie stolperte nach hinten auf die Couch und hielt sich ihre Nase, die blutete. Der Bär über dem Kamin guckte blöde.

„Wer über Leichen geht, muss damit rechnen, selber eine zu werden. So sind die Regeln hier unten."

Sie legte den Kopf in den Nacken.

An der Tür klingelte es.

Stille.

„Wer ist das?"

Sie zuckte mit den Schultern.

„Willst du die Tür nicht öffnen?"

„Nein."

Es klingelte erneut.

„Warum nicht?"

Sie wandte mir den Rücken zu und stolzierte ins Arbeitszimmer.

Ich ging in die Küche und spähte durch die Gardine in den voll beleuchteten Garten, erkannte Kommissar Chevalier, der auf die Terrassentür zusteuerte. Ich eilte ins Arbeitszimmer, wo Simone mit einer Pistole in der Hand hinterm Schreibtisch saß und mich aufforderte, in dem Ohrensessel Platz zu nehmen.

„Ist die echt oder was?"

Sie nickte.

„Es ist dieser Chevalier. Ist die Terrassentür abgeschlossen?"

Sie griff sich aus der oberen Schreibtischschublade eine Packung Taschentücher, tupfte sich die Nase ab. Ich ging auf sie zu.

„Bleib stehen!" Sie richtete die Pistole auf mich.

„Willst du mich jetzt erschießen oder was?"

Der Kommissar hatte dem Geräusch nach die Terrassentür geöffnet und näherte sich dem Wohnzimmer. Simone legte die Pistole in die Schublade und ging dem Kommissar entgegen, während ich in den Ohrensessel sank, der in der Ecke stand.

„Was fällt Ihnen ein, hier einfach so einzubrechen?",

hörte ich Simone sagen.

„Was ist mit Ihrem Gesicht passiert?" Ein bedrohlicher Unterton lag in Herrn Chevaliers Stimme.

„Verlassen Sie bitte mein Haus."

„Früher oder später machen Sie einen Fehler und verraten sich und diesen bemitleidenswerten Lenk."

„Wovon reden Sie?"

„Ich habe so das Gefühl, als könntet ihr beide Hilfe gebrauchen. Besonders dieser Herr Lenk, ich glaube, der hat den Ernst seiner Lage nicht ganz kapiert … Mir kann das ja egal sein. Doch der ist ziemlich überfordert."

„Gehen Sie jetzt bitte."

„Vertrauen Sie sich mir an, ich kann Ihnen helfen, wenn Sie sich erkenntlich zeigen."

Die beiden gingen Richtung Terrassentür, vermutete ich.

„Denken Sie drüber nach."

Simone schloss hinter ihm die Tür, kam ins Arbeitszimmer zurück, sah auf mich herunter, zog sich die Leggins aus, öffnete mir den Hosenschlitz, holte meinen Schwanz heraus, der prompt steif wurde, setzte sich auf meinen Schoss und fickte mich. Ich ließ das alles teilnahmslos geschehen, meine Hände ruhten auf der Armlehne, was dem Fick eine besondere Note verlieh, will sagen, mir war alles egal, Welt, Schwanz, Muschi, Valerie, Leben und Tod, ich war völlig im Moment und doch total woanders. Nachdem Simone gekommen war, stieg sie von mir herunter, ohne mich eines Blickes zu würdigen und verschwand ins Badezimmer. Ich trocknete mir mit Simones Leggins Penis und Bauch ab, zog mir die Jeans hoch und überlegte, wie es jetzt weitergehen könnte.

„Am besten, du verschwindest jetzt", rief Simone vom Wohnzimmer aus. „Nach Möglichkeit sollte dich hier niemand sehen."

Sie saß auf der Couch, trug einen weißen Bademantel und rauchte eine Zigarette.

Ich setzte mich auf den Sessel, zündete mir ebenfalls eine Zigarette an. „Ich brauche Geld ... und zwar jetzt. Ich dachte an fünfzigtausend Franken."

„Ich weiß doch noch gar nicht, ob ich die Versicherungssumme überhaupt bekomme."

„Das interessiert mich nicht. Du sitzt hier in einer fetten Villa, wirst reich erben –"

„Gar nichts werde ich ... Peter war hoch verschuldet."

„Ich riskiere hier für dich, in den Knast zu gehen, und dafür will ich jetzt eine Gegenleistung."

Sie drückte ihre Kippe aus, erhob sich, ging nach oben in eines der Zimmer, kam mit einer Plastiktüte in der Hand zurück, die sie mir in den Schoss schmiss. „Vierunddreißigtausend Franken, mehr habe ich nicht."

Auf dem Weg zur Terrasse überlegte ich, Simone zu sagen, dass es mit leid tue, dass ich sie geschlagen habe und es ein Fehler war, dass wir miteinander geschlafen haben. Sie schaltete die Außenbeleuchtung ab.

Ich schnippte die Kippe auf den Rasen und sagte: „Wenn was Wichtiges ist, lass mir wieder über einen Botenjungen eine Nachricht zukommen ... Ich habe das Gefühl, die Polizei weiß überhaupt nichts, was uns betrifft. Aber du kannst denen natürlich trotzdem jederzeit die Wahrheit sagen. Wenn du uns einen guten Anwalt besorgst, sollten wir mit einer Geld- und Bewährungsstrafe davonkommen." Ich wandte ihr den Rücken zu.

„Warte mal."

Wir sahen einander an.

„Ach, nichts."

Ich überquerte die Terrasse, bahnte mir einen Weg durch das Gebüsch und stieg auf die Mauer, von der ich den Mond erblickte, der aussah, als würde er auf dem Rücken liegen und in die Sterne schauen.

***

Ich stieß auf einen Zug von Menschen. Sie bogen in eine Gasse ab, und da dies auch meine Richtung war, ging ich neben ihnen her, fragte einen Kleinwüchsigen, der eine Fackel in der Hand hielt, was passiert sei. Er hieß mir mit einer Kopfbewegung, sich neben ihm einzureihen. Polizisten sah ich keine. Hinter uns fingen junge Leute zu singen an:

„Völker, hört die Signale! Auf, zum letzten Gefecht!

Die Internationale erkämpft das Menschenrecht!

Es rettet uns kein hö'hres Wesen, kein Gott, kein Kaiser, noch Tribun.

Uns aus dem Elend zu erlösen, können wir nur selber tun!"

Eine Frau, deren linke Gesichtshälfte Brandnarben hatte und deren rechte Gesichtshälfte sehr sympathisch und hübsch aussah, reichte mir eine rote Friedhofskerze, die ich dankend ablehnte. Vor mir erkannte ich ein Pappschild, auf dem ich las:

Ich schäme mich, Schweizer zu sein!

Auf einem anderen Schild war ein Maschinengewehr zu sehen, darunter stand:

Arbeitsplätze für Kriege!

Vor dem Bundeshaus hielt der Menschentross. Drei Männer stellten ein Minarett aus Pappe auf. Eine Frau mit einer Geige trat vor und strich eine traurige Melodie.

„Sie kommen", rief ein Jugendlicher, zeigte auf die Polizisten, die angerannt kamen, sich hinter uns postierten, die Hände in die Hüfte stemmten und grimmig durch Helmvisiere schauten. Ein älterer Mann trat vor, dankte allen Anwesenden, sagte, dass dieser Tag in die Geschichte eingehen werde, wir stolz sein könnten, uns hier spontan eingefunden zu haben und niemals aufhören sollten, gegen Rassismus und Unterdrückung zu kämpfen und uns für den Frieden, die Freiheit und die Liebe einzusetzen. Viele klatschten, einige sangen:

„Nimm meinen Pass,

nimm mein Gewehr,

ich bin kein Schweizer mehr!"

Ich wusste, es musste nur einer den ersten Stein schmeißen, und die Situation würde eskalieren. Doch nirgendwo waren lose Steine zu sehen. Ein Mann mit einer Kamera auf der Schulter ging durch die Reihen und filmte so selbstverständlich, als wären wir Komparsen in einem Film. Ich drängte aus der Menschenmenge auf das Bundeshaus zu und blieb bei einem älteren Mann aus Stein stehen, der ein aufgeschlagenes Buch in der Hand hielt. Zwei Polizisten, die in einer Plastikrüstung steckten, kamen auf mich zu.

Alex, weißt du noch, dachte ich, wie uns früher kein Gegner zu groß war? Wir waren einmal richtige Ritter.

Wir meinten es sehr ernst mit dieser Welt, so ernst, wie es nur Kinder meinen konnten.

Ich legte meine Hand auf das Buch.

„Was machen Sie da? Gehen Sie da weg!", sagte einer der Robocops durch sein Helmvisier. „Haben Sie nicht gehört?"

„Ja ja", murmelte ich.

„Komm, komm, weg da."

„Da hinten winkt euch jemand."

„Was hat der gesagt?"

„Was haben Sie gesagt?"

„Ihr steht mir im Mond."

Die beiden guckten sich an und schienen zu überlegen, welchen Knochen sie mir zu erst brechen wollten. Der linke Robocop streckte seinen Arm nach mir aus. „Gehen Sie nach Hause, hier gibt es nichts zu gucken."

Ich machte einen Schritt zurück, sah hinter den beiden Typen die Demonstranten und wie immer mehr Polizisten anrückten. Eine Frau und ein Mann kamen herbeigeeilt und schimpften mit den beiden Robocops, die über ihre Ohrstöpsel Anweisungen erhielten und schließlich mit quietschenden Gelenken davon trabten, was ein komischer Anblick war. Doch ich war zu erschöpft, um zu lachen und trat den Heimweg an.

Valerie öffnete mir die Wohnungstür. Ich schaffte es gerade noch, mir den Parka auszuziehen und mich rücklings auf ihr Bett fallenzulassen. Am nächsten Morgen erwachte ich aus einem endlos langen Traum, der einem Spielfilm glich, dessen Sinn ich nicht verstanden hatte, und der voller Figuren war, die, das wurde mir später klar, ich alle mehr oder weniger selbst gespielt hatte. Mir fehlte eine Weile der echte Zugang zu mir selbst und der Realität. Erst als ich über die Bettdecke lugte, sah, wie Valerie an einem Bild malte, machte es mehrmals klick, und ich war wieder in meinem Leben eingerastet.

„Guten Morgen", sagte Valerie und durchbrach damit das feine Geräusch des flüsternden Pinsels.

„Morgen."

Sie brachte mir meine Medikamente und ein Glas Wasser. Ich schluckte die Pillen.

„Wie geht es dir?"

Ich fiel mit einem Seufzer ins Kissen zurück und dachte flüchtig an den Sex mit Simone und war nah dran, Valerie davon zu erzählen. Doch der Zeitpunkt war eher schlecht.

„Wo warst du?"

Mir fiel der Protestmarsch ein. Ich erzählte Valerie davon und entschied kurzerhand, meine Tätigkeit als Journalist und Redner einzustellen und schaute, wo die Tüte mit dem Geld war. Sie lag mit meinen Klamotten auf dem Stuhl am Fenster.

„Lass uns hier abhauen und irgendwo ein neues Leben anfangen."

Sie wuschelte mir die Haare auseinander. „Werde erst Mal gesund."

„Ich meine es ernst."

„Ich weiß."

„Ich fühle mich großartig."

Valerie ging zu ihrer Leinwand und malte weiter. Sie anzuschauen, war schön, die große Fensterfront rahmte sie ganz wunderbar. Hinter ihr war eine Wolke zu sehen, die mich an herabstürzendes Wasser erinnerte. Ich schlug vor, übermorgen eine kleine Wanderung zu irgendeinem Wasserfall zu machen. Sie riet mir davon ab, meinte, ich solle mich nicht überanstrengen. Außerdem müsse sie übermorgen arbeiten. Sie würde aber gerne mit mir in zwei Wochen ins Simmental zu der Energiequelle Sieben Brunnen fahren, wo man mit dem Zug gut hinkäme. Sie schwärmte, dort in den Bergen auf knapp zweitausend Metern kämen sieben unterirdische Flüsse zusammen, die zu einem kaskadenförmigen Wasserfall werden. Das hörte sich gut an, fand ich, und nahm mir vor, dort bald alleine hinzufahren.

***

Neunzig Minuten wurden für den Weg zum Wasserfall Siebenbrunnen auf einem gelben Wegweiser angezeigt. Zunächst ging es der Simme steil entgegen, die sich unter lautem Getöse den Weg durch einen verschneiten Wald brach. Nach einem anstrengenden Aufstieg bog ich nach links ab, überquerte eine Brücke, die über eine tiefe Schlucht führte und verließ die Simme. Hinter meiner Stirn pochte es seit einigen Minuten unangenehm, und ich fühlte mich etwas schlapp.

An einer Parkbank machte ich eine Rast und picknickte meine Stullen und den Tee. Leider gingen meine Kopfschmerzen davon auch nicht weg. Adlerschreie waren zu hören. Ich zitterte vor Kälte, weshalb ich ein paar Kniebeugen machte und dann weiterging. Nach einer Rechtskurve erblickte ich weit oben am Hang ein Häuschen, aus dessen Schornstein Rauch stieg. Einige Male rutschte ich fast aus, meine Wanderschuhe griffen aufzunehmend hart gefrorenem Schnee kaum noch. Jeder Schritt erforderte Konzentration und war anstrengend. Der pochende Schmerz hinter meiner Stirn hatte sich in ein Ziehen verändert. Ich suchte nach meinem Handy, wollte wissen, ob ich hier oben Netz habe, hatte es aber wohl vergessen. Weit dürfte es nicht mehr sein, das Wasser kann man bestimmt trinken, ist bestimmt Heilwasser. Ganz bestimmt. Kaum hatte ich das gedacht, wurde das Atmen richtig schwer, und ich befürchtete, dass mir jeden Moment der Kreislauf wegsacken könnte. Ich zerrte mir den Rucksack vom Rücken, lehnte mich an einen Felsen und blickte in den Himmel, der sich etwas aufgeklärt hatte, als plötzlich etwas an meiner Brust vibrierte. Ich fasste hin, es war mein Handy, ich hatte es also doch dabei. Ich probierte, es mir herbei zu fingern, was nicht so einfach war, da meine Finger ganz taub waren vor Kälte. Als ich das Ding endlich in der Hand hatte, flutschte es mir wie ein glitschiger Fisch durch die Finger, glitt den Weg ein Stück hinunter und fiel in die Tiefe. Ich seufzte und gab die Idee mit dem Wasserfall auf, wollte nur noch von diesem Berg herunter. Schon nach wenigen Metern rutschte ich aus, schaffte es nicht mehr in die Aufrechte, blieb einfach liegen. Weit über mir kreisten zwei Adler. Ich schloss die Augen, flog im fahlen Mondlicht auf einen Tempel zu, unter dessen Säulen Leute standen, die auf mich zu warten schienen.

Jemand rüttelte an mir. Es war ein alter Mann mit wachen Augen. Er half mir aufzustehen und gab mir aus einer Thermoskanne einen Schluck warmes Wasser. Quellwasser, wie er meinte.

Vielen Dank, dass du dieses Buch gelesen hast. Wenn es dir gefallen hat, kannst du es gerne weiterempfehlen und zum Beispiel bei www.FairBuch.de bewerten und rezensieren. Darüber würde ich mich freuen.

Ansonsten gibt es von mir noch den Reiseroman *Das Kino bin ich*.

Dein *Robin Becker*